U0612102

润　土

李开运　编著

云南出版集团

云南美术出版社

序

饶明勇

读万卷书,行万里路,立志攀顶峰,能见好风光。被誉为"银生文坛小蜜蜂"的李开运就是这样的人。早在 2002 年我在景东县委工作时就与他结下了不解之缘,并始终是我的良师益友。

李开运老师 1958 年初中毕业后就参加了工作,当年他只有 16 岁。先后担任小学教师、二胡演奏员、创作员、文工队队长、文化馆馆长、文体局局长。他热爱文学,酷爱读书,善于创作,即使到外地学习出差,他都要到图书馆查阅资料,摘抄备用。功夫不负有心人,常年不懈的阅读习惯让他汲取了书中的营养和精华,并在社会这所大学里积累了丰富的知识底蕴。

李开运老师一生和文化结缘,对文化工作情有独钟并颇有建树。在岗时勤勉敬业,出色完成本职工作,卸下领导职务后又用手中的笔继续致力于他所挚爱的文化事业。2003 年,62 岁的李开运老师用不到一年的时间,创作出版了反映景东傣族千年历史的 32 万字的历史章回小说《陶府传》,生动再现了银生府乃至东南亚一带傣族的悠久历史。2012 年 10 月在景东召开的中国第二届土司研究会,对《陶府传》和李开运老师对傣族土司历史文化的研究成果给予了高度评价。《陶府传》至今已四次再版,读者圈仍在扩大。十余年来,李开运老师又陆续编著出版了《用肩膀托起人生》《芳草地》《演艺春秋》《无量天韵》四本文学专著。

年逾七旬的李开运老师笔耕不辍，今年又创作了 30 万字的《润土》文集，全书选编了有关景东亚热带植物园的文章、景东历史文化名人刘崐和景东陶府的历史故事。文集中有小说、历史故事、散文、纪实文学、古体诗、现代笑话等以及作者磨炼成长的百味人生感悟记载。此书图文并茂，语言精练，具有资料性、历史性、文学性、可读性，是一本值得一读的好书。在此向李开运老师学无止境、孜孜不倦的精神致敬。同时也期待我市广大文艺工作者认真学习和深刻领会习总书记《在文艺工作座谈会上的讲话》精神，深入生活，贴近民众，勤于耕耘，多出精品佳作，唱响主旋律，为我市文艺事业繁荣发展作出新的贡献！

2015 年 11 月 18 日

（序言作者系普洱市文化体育局局长）

银生文坛奇葩飘香

——李开运著《润土》文集序

黄桂枢

昔年老友添新著,银生文坛展奇葩。《润土》文集,开运文友之新著也;嘱吾作序,实为读后之感言矣。作者多才多艺,昔日从教从文;创作文思敏捷,今朝写书写诗。《润土》洋洋大观,上下跨越千余载;文集皇皇精美,纵横挥毫三十万言。书古银生节度之文史,言之有据;撰昔明清陶府之兴衰,读后感人。"马龙象战""密使""战四川",历史故事民间传景东。刘崐乃同治皇帝之师,银生名人也;轶事传京城湘滇之地,巡抚书家矣。景东亚热带植物,乃天地神工之所造;无量山黑长臂猿,乃国家珍稀之动物。作者文集有纪实,读者心里留猿声。老友一生之冷与暖,书中万言倾苦和甘。叙民间之笑话故事,写凡人之小说散文。喜笑来自文中之幽默,感悟出于读后之深思。悦在书中矣,乐存心间也。《润土》润人,争气争光。作者多年笔耕不辍,编著十部流传于世。在职获文化部级先进,退休任银生诗坛主席。实乃振泰之才子,亦是景东之文人。祝《润土》文集付梓出版,贺银生奇葩开放飘香。

八十初度茅塞愚人黄桂枢
2015 年 10 月 10 日于普洱茶城墨水斋

（序言作者黄桂枢,普洱市文物管理所原所长,研究员（教授）,云南省作家协会会员,全球汉诗总会理事,享受国务院特殊津贴专家。）

目　录

七绝·吟《润土》二首

一

瑞云雨露万物馨，
润土温床溯源本。
浩瀚原野飘绿影，
银生大地尽缘春。

二

南疆浩瀚一润土，
古雅渊源是故乡。
宝地丰华文采荟，
银生新韵有辞章。

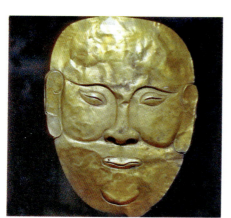
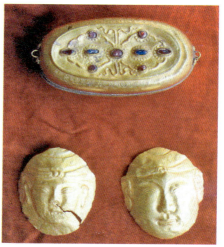

景东明代"陶府"国宝级文物——金面具、金酒壶、金盒、莲花金碗。摄影 吴永康

国家颁发给作者的金质奖章

国家颁发给作者的铜质奖章(直径15厘米、重500克)

全国健康老人——原体宪和妻子肖宋杰

作者和他在柏树林小学的学生李富学(左)、王德祥(右)合影

摄影:吴永康 2015 年 5 月 1 日

贺景东亚热带植物园建成

满天彩霞瑞云曙，
润土培哺万物出。
亚热绿荫林似海，
建成乐园万人呼。

梅月园·无量山黑冠长臂猿

万山无量一丝红,绿海白云中。终生隐居,难觅日月春风。姿美娇娜,长臂灵巧,腾涧飞空。羞见凡人缘面,来去神秘无踪。

长蕊兰(国家一级保护植物)

建景东亚热带植物园是天造地设，众望所归

　　当前我国南部的自然生态有喜亦有忧,忧大于喜。

　　先说说忧吧,不讲远古,就讲近代吧,有幸活到八九十岁的老人都记得,那时候的景东,雄伟宽厚的哀牢山,展翠抹云的无量山,以及延绵哀牢山、无量山的余脉,数百里都是绿阴飘洒,被绿色的世界遮盖着。又看那从无量、哀牢大山中涌出的三岔河、会良河、瓦伟河、文燕河、冷窝河、菊河等,许多支流奔腾汇聚。那时

景东椤木

候的川河,到了雨季,河水汹涌澎湃浊浪滔天,摆出一副吓人的样子,令人生畏。那时候沿河的渡口,一律停渡,两岸的人只能隔河相望,鸡犬相闻,不能往来……到了阳春三月,川河水又变得轻波荡漾缓缓而行,如一群少女碎步慢语,眉眼含情。可是,这碧波下也暗藏旋涡,危机四伏,人们还需要提防着。所以川河上的文龙、文燕、魁阁楼、斗阁、清凉、文苍、蛮骂等渡口的船夫们又忙碌起来,忙着摆渡过河的人们。

　　而现实呢,由于人类生存活动的加剧,这颗蓝色的星球,可耕地与森林在减少,一天天变得灰黄,甚至演变为沙漠,导致全球气候异常、长江中下游大旱、北方大旱、西南五省大旱、长江上游两百四十多天滴雨未下等令人震惊的消息。无法想象的是号称水资源王国的云南省也发出了"云南秋冬春连旱""云南多年持续大旱"

1

"云南特旱生存危急""云南山火再度燃起"的紧急信号。现实中,一片片森林在干旱缺水中死去,无数物种因缺水而灭绝。就说景东,当年可以种植水稻的一汪汪水田,现在变得只能种旱地作物,景东城里的南沧井、摆夷井、凉水井等,当年喷如泉涌,今天是如眼泪似地流着, 当年要撑船摆渡的川河, 如今只要稍卷裤腿就能走过去了!

水,到哪去了!

水是生命之源,如果没有了水,明天将是多么可怕! 水,你到哪去了? 是天上不下雨吗? 不是! 是地上出水洞堵塞了吗? 不是! 是水库建少了吗? 不是!

答案只有一个。水是被人类滥肆砍伐,"豪夺强取",飞上天去了!

在古代,因人口不多交通不便等因素,可以想象广阔的云南大山里到处是茫茫的原始森林,古人们还用"封山育林碑"来告示要保护森林,古人保护森林的目的不言而喻,就是要保护水源。

然而,我们的树木哪去了? 山还是那一座座山,但是,那一座座山上的树正在被现代电锯疯狂"杀戮",瞬间变成一座座光秃秃的山,之后寸草不生。当一座座绿色之山变成一片片红土山后,动植物们无路可逃。根据一位企业老总统计:从 20 世纪 60 年代初至 90 年代的 30 年中,景东国家林业部门伐木近 1000 万立方米左右。这些木材用卡车运输,以每辆车运 10 立方计算,要 100 万辆卡车才能拉完。不管怎么说,那时候伐木,也算是对国家的贡献吧,可惜的是只伐林不造林。

我们的树木哪里去了? 一些"豪夺巧取"森林财富的人,打着"开发资源"的旗号,将漫山遍野的树木伐光,水源林在他们的贮木场堆积成山,他们的腰包越来越胀,建起了高楼大厦,树木越来越少,水源就越来越枯竭……

据考证,中华民族发源地黄河的上游,古代也是郁郁葱葱,如今北京古都很多建筑木材都是来自陕北高原大地，那些参天大树被砍伐之后两千多年，那里就变成"黄土高原"了！远去的警钟已经逝去了。而我们普洱周边的大理、楚雄、玉溪等地的旱情资讯无时无刻不在撞击着我们。近几年来，普洱还未水荒成灾，无疑归功于我们良好的生态环境。但是，现实中大量的森林被"采伐"，水确确实实一年比一年少了，如果不保护森林，"绿色景东，天赐普洱"就会失去，这不是耸人听闻！

水正离开我们，无数物种一天天逐渐消失，我们有什么办法留住水？又有什么办法阻挡动植物种的消亡，如何使我们的家园可持续发展？种树！种植！保护！保护！这一答案已经在中央及省市各级决策层形成共识："云南省要建林业大省""普洱要建设绿色经济试验示范区"，在云南要建一个亚热带植物园。建一个亚热带植物园，它是一件跨世纪的大事，是全民提高生态意识的大事，是林业科研的需要，是促进自然生态进步的需要，是满足人们日益增长的自然生态旅游的需要。具体说，人工亚热带植物园为生态旅游、科普教育、科学研究、物种保存和科技开发等方面发挥了相当的作用。同时，可以为地方经济建设做出积极贡献。亚热带植物园与旅游相结合，也尤为重要，它将会对普洱北部滇西地区乃至全省经济、文化等的发展起到推动示范作用。因为人工植物园通过人工栽培各种植物，可以供人观赏或科学研究，可以用园林艺术的建设，创造美的艺术让人们喜爱自然的美，可以达到人与大自然零距离亲密接近和融洽……综合上述，亚热带植物园建成后，是利在当代，功在千秋，一举多得的大事。

事实上，为什么要在景东建设亚热带植物园，这一想法，早在50多年前就有先辈提及并践行。50多年后的今天，命运之神再次把相同的命题重回景东解答。

目前已经退休在家的原文化局局长李开运先生回忆：1959年，国家在南方的景东挂了一块"景东林业实验局"的牌子，据说北方是在大兴安岭地区的伊春挂了"北方实验局"的牌子，并调来一个叫谢铭的林业专家任局长,同时调来一些著名大学的毕业生到"实验局"工作,主要是以保护森林、保护南方物种为宗旨。谢局长调到景东不到两年,受到"极左"思潮冲击,实验局完全无法开展工作,他被迫离开。无独有偶,据原景东县太忠乡村民杨进先回忆:他正读四年级,从景东县城调去教书的老师给他们讲:景东要建设南方的林业城市。他清楚记得老师讲到,北有黑龙江伊春,南有云南景东。李开运先生和杨进先老师的回忆可以相互印证。

还有一条鲜为人知的翔实报道,论证景东是一个林业资源十分丰富,得到省委书记的赞赏的地方。20世纪60年代初,云南省委第一书记阎红彦到景东调研,他的调研深入实际,他不但调研了人民生活、农业、畜牧业,还重点调研了景东的林业,他对景东森林覆盖率在百分之八十以上很满意。**1961年5月16日,阎书记给毛泽东主席的报告信中,对景东的林业问题提出了"山林分级管理问题",并且深刻指出:"山林必须明确所有权,应按区域和山林地理条件委托管理,明确应尽的义务和应有的权益,只要解决好山林分级管理这个重点问题,不出十年,又是山林茂密,水源大增。"**(摘自李开运编著、云南民族出版社出版的《用肩膀托起人生》一书,书中资料由原景东林产工业总公司董事长伍荣良先生提供)

实际上景东拥有着湿润的气候,有着丰富的森林资源和物种,这块世外风水宝地,在50多年前,早就被高层领导和专家学者们瞧中了!

再让我们回到50多年前的1958年,"总路线""大跃进"、人民公社三面红旗已经在中国大地上风声猎猎,红旗所到之处,所向披靡,摧枯拉朽。尤其为"大跃进"而进行的"大炼钢铁铜",燃起熊熊大火,全国的森林被大规模无情地毁灭。专家和林业精英们,为了保护森林,提出了一个"实验局"的方案,想借此保护景东的森林资源。然而,1959年的"庐山会议"后,为变本加利的"大跃进"火上烧油,据相关人士依稀回忆,"景东林业实验局"被更名为"景东林业工业局"。今天,林业部门有人考究后撰文称:从20世纪60年代开始,景东木料便源源不断运往山东、河北、河南、湖南、湖北等地,加上这一时期,由于人民生活极端困难,为缓解粮食紧张局面,又不惜毁林开荒,吞食森林。

"实验局"下马,"砍伐局"立即上马了,改名为"云南景东林业局(县处级单位)",他们从滇西招来七八百个伐木工人,又从山东河南调来六七十个驾驶员,在景东文龙、小干河、龙街、太忠、大街、者后,镇沅的恩乐、和平等地建起了十二个林场进行"掠夺式"的砍伐。李开运先生又讲起一件事,他的家属在锦屏镇农村,他听说小干河林场的工人撤走转移了,他请了一台大拖拉机,到那里捡一点柴火。到那里一看,只见满箐满沟散落着锯断的大圆木(这些圆木是工人们怕费力气不愿拉上来装车遗落的),这些木头最少也有几百立方米。还好,那天他请的是四五个青年农民,他们在两个多小时里,捡得满满的一车"柴火"。他怎么舍得把这些优质木材当"柴火",遂解成七八丈木板,第二年他家盖了一间房子,刚好作楼板用。

这只是一个林场"掠夺式"砍伐的现象,那么十多个林场砍伐三十多年,又浪费了多少木材呢?

景东古人不但有悠久的历史文化和人文气质,而且有着保护自然生态的意识。在李开运先生编著的《无量天韵》一书中,记载了者后乡路东村石崖社在清代道光年间立了一块"封山育林碑"(又称"村规民约碑")。碑文写着:"砍柞把,修树枝,砍伐树木,引火烧山等,都要罚款,轻者罚银叁钱,重者罚银叁拾叁两……"270年前的护林碑文,难道不能引起现代人的深思吗?

曾何几时,川河,在三阳春天里,河东河西的百姓,听着船夫唱着渔歌摆渡;菊河里的新民乡的渔民用箩筐担着一两斤重的细鳞鱼木头鱼在街上摆着卖;县立一中的总务主任杨立坤老师在川河用大拖网拖出一两百斤活蹦乱跳的鲤鱼、青鱼、白鱼……又曾记得,城里的孩子们站在通化桥上,高高跃起跳入水中……这些都是美好的记忆了!

前面讲的都是"忧",也要讲一些"喜"吧,没有"喜",怎么国家会在景东县建一个亚热带植物园呢？景东最大的"喜",就是保住了无量山、哀牢山的50多万亩原始森林,保住了森林中丰富的动物物种。无量山的最大功

西康玉兰(国家二级保护植物)

劳,就是保住了国家一级珍稀濒危野生动物——黑冠长臂猿,景东被中国野生动物保护协会命名为"中国黑冠长臂猿之乡"。

因为无量山哀牢山,延绵数百里,山高林密重叠铺盖,两山虽历经磨难,还郁郁葱葱绿阴飘洒,保住无量山哀牢山,也就保住了自然生态,保住了动物物种。所以,可以称这是景东的最大优势。也由于保护了无量山、哀牢山的自然生态和原始森林,所以,三岔河、瓦伟河、文燕河、大坝河、文垂河、冷窝河、清凉河等川河支流,还流出一丝丝"珍珠泉水"。据笔者观察,近些年来,川河水没有涨,也没有落,这也算"半喜半忧"吧！

让我们再从几个例子来说明景东建亚热带植物园的价值所在。已经于2013年97岁去世的中国科学院吴征镒院士,是一个有"全球战略"眼光的人,景东人很幸运,无意中被他纳入了战略视野中。20世纪50年代末至60年代中期,国家受到"大跃进""文化大革命"的影响,社会进入动荡时期,在此背景下,吴征镒院士没有灰心。在"文革"刚结束不久,在他的主持和倡导下,中国科学院昆明分院,从1979年开始为寻找亚热带常绿阔叶林的野外定位测点,他走遍了云南高原的山山水水。最后,于1980年12月,选定了景东哀牢山的徐家坝(今更名为杜鹃湖),建立了亚热带森林生态定位研究站——这是我国目前一片保存面积最大的亚热带原生态绿阔叶林,是一片认识我国广大亚热带地区原始植被类型的宝地。该定位站一直发展到今天,已成为中国科学院和国家所属的野外台站之一,积累了近30年的亚热带常绿阔叶林的宝贵科学资料。这

些资料，对于指导我国广大亚热带地区的保护和可持续发展，具有极其宝贵的价值。同时,这一生态站,也为景东赢得广泛的影响力。因为它吸收来了众多国内外科考专家进行科学考察研究工作。据统计自2005年科技部正式批准哀牢山生态站成立国家生态系统野外科学观测研究站后，它已经成为景东县一个

景东短檐苣苔

开放的窗口和一个科学研究平台。几年来,研究站共接待了320余个国内外的科学家和研究生。2011年,生态站建站30周年之际,景东县政府与中国科学院西双版纳亚热带植物园,共同举办了庆祝建站30周年科研成果展览活动,成了研究站和地方合作的典范。

还有一件值得景东人庆幸的事是，吴老在关注天然植被群落的同时,对人工植物群落的研究工作,也一直抓得很紧。1955年,中国苏联联合紫胶考察队(后更名为云南生物综合考察队),除考察紫胶外,还增加调查动植物的区系。苏联方面增加副队长伊万诺夫,中方增加副队长吴征镒,专业人员增至122人,分两队在景东和屏边大山进行考察。考察队沿昆洛公路至允景洪,沿滇缅公路西走,足迹遍及滇南、滇西各地,并到景东、景谷、镇康、耿马等地考察。此后,国家林业部建立了"景东紫胶研究所(最初所址选在景东的望城坡山下的川河岸上,后迁到电视台下新建紫胶所)。紫胶所还调集了北大、清华等名校的高材生汇集景东进行紫胶研究,当时国内外紫胶研究领域的数名精英荟萃景东。但是,"文革"的爆发,引发了一件惨痛的事:中国研究紫胶的专家戴明杰,被定为"反动学术权威",押到人民会堂一千多人进行批斗,看着戴先生戴着高度近视眼镜,汗流浃背鼻涕眼泪长流也不敢擦,人们都难过得流下了眼泪。第二天,戴先生"失踪"了！那时正是川河涨水时节,只要走出研究所下到川河也只有二三百米,估计他已投河自尽,但未找到

遗体。(以上资料李开运供)

　　为什么中国唯一的紫胶研究所要建在景东？因为有关人员在滇西滇南考察了多县之后，又考察了通海、华宁、石屏、建水等地，条件都没景东好，选址没有成功，最后，中国唯一的紫胶研究所定在景东。(紫胶所现已经发展壮大为中国林业科学院资源昆虫所，其大本营迁至昆明，紫胶研究的功能有所弱化。景东紫胶研究所，曾与印度紫胶研究所齐名，并得到周总理的关注。景东不但森林资源和物种丰富，而且气候湿润，是适合繁衍昆虫的大本营)。

　　值得庆幸的是：由于银生人有着保护自然生态的意识，无量山和哀牢山的原始森林还是被保存下来了。现在我们打开电脑，可以依靠谷歌地球，从太空以无与伦比的高度俯瞰景东，有两片墨绿色带状标志横亘西南，这就是哀牢山无量山自然保护区。某件事物要凸显出来，要么是出类拔萃、鹤立鸡群，要么就是其他过于平庸了。好比置放在一起的许多高脚杯子，大多被打破后，只剩下两只杯子，这两只杯子自然就显眼起来，景东的哀牢山、无量山这"两只杯子"的价值就呈现在人们的眼前。20世纪80年代末至90年代中期，随着云南森林大量减少，鉴于无量山、哀牢山还相对保存完整的原始森林，在吴征镒院士的建议下，两山被确定为国家级自然保护区，加以高级别的保护，景东也因此成为一个同时拥有两个国家级自然保护区的原始森林大县。为什么吴老要如此钟情于景东？让我们去吴老曾经给(景东)哀牢山生态站的题词中寻找答案，他这样写道："未来很可能在人类'上天'的时候，要利用这些科学资料，带已有的生物至其它星球上进行进化工程，来使得它较快适应人类生存发展的需要。"吴老给出的答案将惠泽环宇，并显示了两山的价值何其重要。

　　景东拥有无量山、哀牢山，其巨大价值在于森林生态系统，有了森林，这里就是动植物的乐园。景东在全球高度上来看，就成了以珍稀黑冠长臂猿为主要品牌的动物王国。栖息于两山的黑冠长臂猿，我们不妨以它的数量比大熊猫还少来认识其价值所在。因此,20世纪80年代,有来自美国、荷兰等发达国家的科学家们成批到达景东研究长臂猿。黑冠长臂猿的研究已经取得重大成果,培养出数名该领域的博士研究生。景东的价值早已在高端科学界被认知,推而广之。从古到今,景东的物华天宝也正因为其保存完好的森林的功效。我们坚信"景东无量山、哀牢山是野生动植物生存的天堂"实乃经典名言。

　　以上可以说明,景东的无量山、哀牢山的森林能够得以保存下来,其主要原因是景东有着独特的地理位置,并受着交通的制约,所以,景东成了一个适合国家级保护区生存的地方:无量山、哀牢山两个国家级自然保护区,中国林业紫胶研究所,两个国家级大电站(漫湾电站、大朝山电站)。另外,因为有着亚热带雨林气候的滋润,自唐朝以来,景东就是中国的粮仓。

哀牢山生态站的启示

　　景东两个自然保护区的建立, 首先是由中国科学院哀牢山生态站的创始人,中科院院士吴征镒院士亲自步行到哀牢山徐家坝,选定了哀牢山生态站站址以后,回到昆明,首先向云南省人民政府提出建议(1980年),并亲自参与保护区的考察、调研、规划等,才有现在的国家级自然保护区。

　　生态站是一个自然保护区的科学研究平台,同时进行一些水分、土壤、气候和生物的基础数据监测,为国家的宏观决策提供服务。它需要一个原始生态的环境,所以,在哀牢山生态站建立以后就建立保护区,目的就是希望这种自然环境能长期保留下去。也先有人知道,景东可以有一个引以为骄傲和自豪的"国家级森林生态站",它不但为我们国家宏观决策提供基础的科学数据,还吸引国内外的科学家来这里从事科学研究。

　　自然保护区保护对象是:珍稀濒危野生动物资源、珍稀保护植物和森林生态系统。

　　自然保护区建设方针是:全面保护自然环境,积极开展科学研究,大力发展生物资源,为国家和人类造福。

我们守护着两个国家级自然保护区,生活在这块土地上的人引以为自豪和骄傲,但我们肩负着的责任光荣又重大。如果没有了自然保护区的环境,也就没有了黑冠长臂猿,要知道黑冠长臂猿是比我国的国宝大熊猫还要珍稀濒危。实际上,保护大熊猫、保护黑冠长臂猿是自然科学家的一些无奈之举,科学意义上的保护是一个广义概念的保护,是对自然环境与整个生态系统的保护。但是,真正的保护环境和保护生态系统是科学家想做而做不到的事情。保护珍稀濒危野生动物资源和珍稀植物,可能大家还基本都能认同,但是,更重要的是保护森林生态系统,可能知道的人就非常有限了。因此,就需要通过黑冠长臂猿的保护,达到实现整个生态系统的保护。要达到这个目的,必须在政府领导下,全民共同参与才能实现。让所有人都意识到保护环境就是保护我们的家园,我们的家园才能青山绿水,蓝天白云,形成人与自然和谐的景象。

哀牢山生态站建站 30 多年,它不但让景东这块难得的热土——高原明珠走向全国,走向世界,而且让许多中外学者慕名而至,为研究自然科学而来,多年来,景东接待了 20 多个国家的 1000 多人的科考工作者,培养了 50 多名硕士、博士研究生。生态站硕果累累,成了培养森林自然科学工作者的摇篮。而且,哀牢山生态站的建立使科学工作者深入研究掌握了野生动植物成长的习性和规律,更重要的是提高了人们对这些珍稀动植物的认识,知道如何保护它们。

哀牢山生态站有那么多的硕果和贡献,功不可没。可是,它比起要建设的景东亚热带植物园,只是一个缩影。让我们在中科院哀牢山生态站的经验启示下,使景东亚热带植物园发芽、开花、结果,开拓出一个让国人和世界都知晓的亚热带雨林的大花园。

为什么要建设景东亚热带植物园

上帝恩赐给景东哀牢山和无量山。可是,由于人口不断增长、社会的发展,大部分土地已被开发利用,幸存下来的原始森林非常有限了,自然保护区的面积也有限了。我们还注意到,目前景东两个自然保护区的形状都是一个狭窄长条形,这是由于历史上地形陡峭、气候寒冷、不宜人居、交通不便等多方面的因素,没有被人们开发利用。而这些地方生态环境是脆弱的,一旦受到人为和自然灾害的破坏,修复就很困难。

黑冠长臂猿是景东的名片,是无量山、哀牢山的名片。在自然保护区这个"大家庭"里,还有许多珍贵动物物种、微生物、昆虫 、菌类等等。这些珍稀的动植物物种,它的作用我们现在还没有完全破解和认识。黑冠长臂猿和这些珍稀物种,一旦失去了生活环境,就面临灾难,也意味着保护工作的失败,我们这一代人将会是历史罪人,说得有些危言耸听,但还是警钟常鸣为好。公众对自然保护区和生态系统的认识和关心,是需要进行经常性宣传和教育的,这也是政府和科学家的责任,对于自然保护区的自然资源和生态系统的保护,不是简单的读读有关文件就可以完成的。要使人们知道,生物生存是按照自然规律进行的,在生态系统内,其中的一个生物链一旦遭到破坏,对与其有关的生物就可能是一场毁灭性的灾难,就没有了生存的空间。所以,目前对自然保护区的保护就是最大限度减少人为的干扰。两山的自然保护区为了减少人为的干扰,是绝对不能向公众开放的。因为目前的科学技术对自然资源和生态系统的了解还在逐步深入,既没有把两山的自然资源完全掌握,也有待于科学技术发展手段的提高。但是由于气候变化,人类活动等因素的加剧,自然保护区内的生态系统受到严重干扰,物种在逐步地消失和减少,我们不能制止物种的消失,但是我们可以减缓物种消失的速度。既然保护区为了减少人为的干扰,不能对外开放,它是握在我们手中的王牌,暂时不能打出去。但是,随着社会的进

步和发展,对于大自然的了解和认识,保护和发展是一对非常尖锐的矛盾,所以,就必须建设一个反映景东,乃至中国西南地区实貌的亚热带植物园,人工亚热带植物是自然保护区的化身和缩影。这样,可以减少自然保护区的干扰和压力,在某些功能方面亚热带植物园还优于自然保护区……

同时,党中央倡导生态文明建设。观光者通过观览景东亚热带植物园,可以陶冶情操,惊叹祖国还有这样一片美丽的热土!

景东亚热带植物园的建设,恰恰融洽了时代背景。

景东亚热带植物园的憧憬

景东亚热带植物园建成后,既可将其打造成为云南省科研、科普、旅游等基地,又可加快景东乃至普洱、云南的生态文明建设,实现生态效益、社会效益和经济效益的统筹发展。能填补云南省目前无亚热带植物园的空白,是中国西部南亚热带地区的首个植物园,也是澜沧江流域收集保护亚热带植物的首个植物园,对完善植物园网络体系建设具有重要意义。同时,也是全面开展森林生态系统研究的理想场所和生物多样性科学研究基地。可吸引国内外科学家来此开展科学研究,成为云南"植物王国"中又一个面向世界开放的窗口。同时预计项目建成后第6年,年平均来访人数可达30万人以上,将拉动2亿元以上的消费;从第10年开始,每年将带动5亿元以上的消费。

从滇西与景东的交界处的安定鼠街,驱车往南沿着川河奔驰而去,森林逐渐变得绿荫起来。行至文龙镇看着三岔河、会良河、沙拉河、蛮路河、瓦伟河、鸪孤河从无量山、哀牢山中流出注入了川河,河水变得大了许多。又沿河而下,只见得河水清波逐浪,两岸的亚热带绿阴掩映着川河,古藤垂吊、瑞气蕴然,使人飘飘然然……景东亚热带植物园选址在这里,既是大自然的眷顾,又是科学家智慧的馈赠。

在川河岸边,建着气势雄伟结构新颖的两座大桥——南大桥、北大桥。经过两座大桥来到西面山上,植物园便到了。登上观景台俯瞰,啊!是一个小小的亚热带"植物王国",使人们目不暇接映入眼中,在郁郁葱葱的树丛中或绿茵茵的草地上,大师们勾勒出了一片片一块块彩色图画,使人们沉浸在山水一色的美景中……

有诗为证:

赞景东亚热带植物园

南疆降下夜明珠,　　点缀江山霓彩图。
天上老君留"脚步",　人间还要赛天姝?
雨林植物来荟萃,　　千树百花万人舒。
雾里观景望秋水,　　薄纱绰影是"翠姑"。

(本文由景东县委宣传部记者李洪湖、中科院哀牢山生态站常务副站长刘玉洪提供文章资料,本书作者编辑而成)

景东亚热带植物园南部入口景观大桥设计构想图

景东县第二届感动银生人物

他们，在平凡的一隅，用无悔注解青春的情怀；他们，以一颗爱心，用岁月诠释奉献的意义；他们，坚守着内心的执着，有情有义、无怨无悔……他们就是感动银生人物。在此，为他们骄傲，为他们自豪，向他们学习，向他们致敬。（景东县委宣传部供稿　王秀才、李世华图文，摘自《普洱日报》）

众生平等，方能体现大爱无疆。在保护野生动物的道路上，您是先行者，也是领路人。我们感谢您，长臂猿感谢您——

龙勇诚：让天籁之音不成绝唱

龙勇诚，现任大自然保护协会首席科学家、中国灵长类专家组组长、中国动物协会兽类学分会常务理事、中国动物生态学会理事。

自 2010 年以来，他开始致力于推动中国长臂猿保护事业发展，亲自担任了普洱市长臂猿保护协会和景东县长臂猿保护协会的名誉主席，并于 2012 年在各级政府和无量、哀牢两山国家级自然保护区的鼎力支持下，成功地举办了"普洱·景东长臂猿保护管理与科学研究国际研讨会暨中国灵长类专家组 2012 年度工作会"，从而把长臂猿保护事业推向一个新的高潮；2012 年 11 月 17 日在人民大会堂召开的"第三届中国生态文明和传统文化国际研讨会"上成功地做了一个题为"两岸猿声的思考"的大会报告，号召全社会关注普洱景东这一全国迄今唯一尚存的"两岸猿声"之地，对长臂猿之乡的生态文明成果给予认可和实际支持。

目前,龙勇诚正在积极与各方协调,试图策划中国猿之乡生态文明和生态经济示范区建设项目。

十年追猿路,你守护着景东黑冠长臂猿之乡的称号;也许你的一生就只做一件事,进了无量山,见了长臂猿,就是一辈子——

刘业勇:无量深山护猿人

刘业勇 16 岁那年,被中科院昆明动物研究所研究员、博士生导师蒋学龙,聘请当自己学生范鹏飞的助手,在无量山大寨子跟踪研究黑冠长臂猿。

刘业勇、范鹏飞和刘业坤三个年轻人的两年坚持,完成了景东也是世界上第一群野生黑冠长臂猿的习惯化,同时开创了世界上不投食习惯化先河。在地势险峻的无量山,许多人认为,这几乎是不可能的!这个振奋人心的消息在当年的《新闻联播》播出。

刘业勇在 10 余年护猿中,风吹日晒、忍饥挨饿是常事,有时还会遭遇毒虫猛兽。每年 365 天,他不进山的日子还不到 20 天。现在,刘业勇承担着大寨子附近第五群长臂猿和一群灰叶猴的观察任务。

10 余年,中科院动物研究所来的学生已经是第四茬了,刘业勇担任了亦师亦友的角色。在这期间,大寨子监测站遭遇泥石流灾害,他冒着生命危险抢救研究生黄蓓脱险的故事,感人至深。

有人问,10 年过去了,你后悔么?想过放弃吗?刘业勇腼腆地笑笑说:"我对它们有感情了。"

你用微笑诠释什么是工作,用坚强表达着什么是信念。工作带给你身体的疼痛,犹如阴阳走一回;人生有着许多的挫折,你比我们更多一份坦然——

李维泽：呕心沥血铸警魂

"我是一名共产党员，为民做事、服务群众是我的职责；我是一名警察，打击犯罪、维护社会稳定是我的使命；我是一名法医，还原真相、维护公平正义是我最大的追求。"这是景东县公安局刑事侦查大队副大队长李维泽的铮铮誓言。

1992年7月，李维泽从昆明医学院法医学系法医专业毕业，他放弃了许多条件优越的工作岗位，毅然选择回家乡工作。从事法医工作20年来，李维泽独立主持完成各类尸体检验2865具，出具检验报告2835份，死亡分析意见30份，完成"1980案"法医物证检验，进行活体损伤鉴定4650人次，撰写发表有学术价值的专业论文35篇，利用刑事技术手段认定抓获杀人案犯126人，为维护景东社会稳定做出了积极贡献。李维泽本人也多次受到各级党委、政府和上级公安机关的表彰奖励。

李维泽积劳成疾，患上了"糖尿病""肝肿瘤""陈旧性心肌梗塞"等疾病，因工作任务重而实在太忙，依然抱病坚持工作。

读万卷好书，行万里难路，交万个益友，成万千事业。您笔耕不辍，在景东文化这块芳草地上，书写着精彩人生——

李开运：银生文坛"小蜜蜂"

李开运，一生与文化结缘，对景东文化保护和弘扬做出了较大贡献。他在人生晚年，依然辛勤耕耘在文化领域。

他组织人编写了《景东民歌》《景东器乐曲》《景东民族民间舞蹈集成》《景东民间故事》《景东民间谚语歇后语》《景东洞经音乐：花灯集成》《景东文化志》《哀牢无量情》《景东文学作品集》和《银生新韵》等书籍。

退休后，他撰写了长篇历史章回小说《陶府传》和散文集《芳草地》《用肩膀托起人生》《演艺春秋》等书籍。任县诗书画主席以来，引领和培养了县内70多位诗书画作者，并出版了《银生墨韵》12

辑,7000 多首(幅)。

由于在景东傣族陶金墓葬发掘和文物保护方面的突出贡献,1991 年 11 月,李开运被评为"全国文化系统先进工作者",省级劳模。中华人民共和国文化部、中华人民共和国人事部,授予他荣誉证书和奖章。颁奖会上,受到江泽民和李瑞环等党和国家领导人的亲切接见。

从田间到案头的距离,不过是一页书的时间;从农民到作家。不过是一个转身。那些散发着油墨清香的累累硕果,无愧于您的青丝白发——

罗意:农民写手谱华章

罗意,是景东清凉一个农民。他的一生,除了干农活外,做过木工,盖过房子,做过家具;后来修理自行车,制作嫁接刀,加工水泥桌出售,赚钱谋生,为家庭生计辛苦劳作。他几十年如一日,一直坚持白天干体力活,晚上坚持阅读和写作。

罗意的家也在街头路边上,别人纷纷开商场,他却不开商场开"书店",坚守一份精神家园。

2007 年,罗意已经 60 多岁,买了一台电脑,仅仅三个多月,他已经把多年来写出的文章三万多字基本输入到电脑中,没有人知道罗意花了多少时间及精力。

罗意在坚持中,也有了一定的收获。1998 年参加湖北省《向阳湖》杂志社举办的"全国《情》征文大赛",作品《痴情》获优秀奖,《彩云》获笔会二等奖。接着在部分地市级举办的全国征文大赛中获奖多次。

他最近在《设计死亡》一文中写道:"也许我的创作旺季才刚刚开始,如果命运之神对我宽厚一点,我还愿意笔耕二十年。"

小小的药箱,装着的是整个村庄;村民们因你而感到安心,你却因此奔波在治病救人的路上。无名无利无怨悔，有情有义有乡亲——

陈奕霖：村医足迹印山乡

当笔者问起做村医后悔吗时，有些腼腆的陈奕霖医生说："用我的双手解除了病人的痛苦，挽救了一个个垂危的生命，我感觉值得。"

陈奕霖居住在曼等乡后河村，辖区内有 17 个自然村民小组，2430 多人，方圆几十平方公里。20 年前，交通极其落后。由于山路崎岖，群众就医困难，一旦生病，买一点药都要走上几个小时的山路。陈奕霖初中毕业后，参加乡卫生院村医培训，培训合格后走上工作岗位。20 年来，他挎着药箱，行走在乡间小路，他无怨无悔，立足农村，扎根农村，在最基层的医疗工作岗位上，默默地履行着乡村医生的职责。凭着高尚的医德、过硬的医术守护着当地村民的健康，赢得了广大群众的信赖和赞誉。

笔者去采访陈奕霖曾经医治过的一个老人张福恩时，他反复念叨："没有陈医生连夜从小路赶来帮医病，我早就没有了，陈医生是好医生啊。我们老百姓感谢他。"

三百六十行，行行出状元。生活充满挑战，生活更需要创新，是您告诉我们，只要肯学习，只要肯攀登，人人都是发明家——

苏海：农民当上发明家

苏海，生于 1971 年，文井镇下姚组农民，初中文化。

苏海常常开车行驶在乡村公路上，长期困于轿车底盘低，行驶路况差时易刮蹭的状况。并在多年从事推土机、挖机、装载机工作和修理中，受到了启发。自主研发了一种汽车底盘的升降悬架装置，2012 年，他获得中华人民共和国国家专利局颁发的《实用新型技术专利证书》。据说，这项发明，填补了中国汽车行业在这方面的空白。

　　该项专利技术特点:设计制作是运用液压千斤顶的原理,不影响汽车的构造和安全性能;成本低,仅需 1500 元,目前,只有 100 万元以上的高档车和国外豪车才有升降功能配置;攻克了气压装置易发热的难题,可长时间长距离使用;使原来为实现通过性强而底盘设计过高的车辆得以降低,达到高速行驶时的稳定性,而在需要时又可升高实现较强的通过性。

　　有代理商愿出价 380 万元买断专利知识产权,签订合同,并邀请他到厂家做此项技术总监。为能够造福广大国产系列轿车消费者,他没有签约。

　　路曼曼其修远兮,吾将上下而求索。二十年,一盏青灯伴书香,只为圆个大学梦。书山有路,学海无涯,年近古稀的您仍然步履坚定,壮心不已——

杨庆刀:老来才圆大学梦

　　20 年前,杨庆刀已经 40 多岁,他只有小学文凭,为了圆自己的大学梦,不顾妻儿反对,毅然参加自学考试。老伴拗不过他,跟他到离县城 5 公里的地方,靠帮人看果园、承包别人的土地种菜卖,来买书、买资料和生活用品。白天劳作,晚上苦读,为了节省电费,他只用油灯照明,常常通宵达旦。

　　在自学考试开始时,有人笑话他,有人反对他,有人打击他,这一切他都不在乎。为了能安心读书,他舍家住进茅草房。没有电,他就用煤油灯,青灯苦读。就是一盏煤油灯,伴他走了 20 余年求学路。

　　2005 年 3 月,杨庆刀终于顺利通过 14 门单科课程考试,拿到了法律专业专科文凭学历证书。2011 年,68 岁的杨庆刀报名参加了"天下第一考"的国家司法考试,成为当年国家司法考试云南省年龄最大的考生。那次,考试成绩虽然与合格分数相差甚远,但是,他没有想过放弃。

有人问他,你考试会有用吗? 杨庆刀说,我就是为了圆大学梦。

只为心中的善良,你"爱心乞讨",为家乡一百多个孩子送去求学希望。你的心和泥土一样质朴。你用你真诚的爱,浇灌着一个山村的希望。终有一天,善良会生长成参天大树——

郭子艳:"爱心乞讨"为学子

郭子艳,笔名彬燕,景东县曼等乡人。在广州打工的她一直在为家乡的贫困学生进行"爱心乞讨",寻找好心人捐资助学。在她持之不懈的努力下,争取到 10 多个老板常年资助。目前,已经有 120 多名学生通过她的善举得以继续进行学业。其中有一个台湾人认下了 3 个学生,承诺一直供孩子们到大学毕业。

2011 年,为了修缮故乡通往外界的唯一通道,她在自己的博客和多家论坛上发帖在网上募捐,"给我 10 元钱,我要给村里修路。"帖子发出后,众多网友慷慨解囊,募集到了 38000 多元,村道得以拓宽修复。

彬燕自己并不是过得多好,她省吃俭用,衣柜里没有任何一件价值超过 100 元的衣服。据她估算,每年贴在公益上的电话费、差旅费却不少于万元。业余时间,彬燕卖卖自家的野生蜂蜜、普洱茶,贴补家用。

郭子艳帮助了那么多人,对家人,她很是愧疚。自己老家的房子多处漏雨,几乎算是村里最破旧的人家了。

一支粉笔,两袖清风。身教重于言教,你是景东教育中一面鲜明的旗帜。我们相信教育能改变社会,而你为教育做出楷模——

陈星志:倾心教育四十载

陈星志,四川省江津县人,1958 年 8 月分配到景东一中任教,一直工作到退休。他在景东一中工作的41年里，多次被评为县、市、省各级先进教师，1993年被授予"全国教育系统劳动模范"称号。他是普洱市首批中学物理高级教师，1993年又被评为云南省中学物理特级教师。

陈星志所教班级的学生参加物理高考和会考，成绩在普洱市名列前茅。他撰写的《求物理量极值的教学方法》《动能定理及其应用》《类比法在中学物理教学中的应用》等十余篇论文，有关内容已在全国范围内交流，产生了较好的影响。他曾多次被聘请参加云南省高中会考和高中、中专统一招生考试物理组的命题工作。

上世纪80年代末期，由于多方面的原因，景东一中的办学状况陷入了低谷。1990年，陈星志临危受命，出任景东一中校长。到1997年时，他把景东一中带入普洱市先进学校的行列，高考、会考成绩名列全市前茅，办学成果受到了有关上级领导和景东社会一致认可。

文明薪火，三代人手中接力传递；二十载爱心，让孤鳏者老有所养。没有华丽的口号，只有默默的付出，回索小组村民用朴实善良续写了中华民族传统美德——

文井回索小组：爱心接力二十年

文井回索小组村民，文明薪火，三代人手中接力传递；二十载爱心，让村里一位孤鳏者老有所养。该小组荣获感动银生特别奖。

那是20年前的一天下午饭后，万兴福去看李毓坤，看见他还未做饭吃，一问，才知道没有粮食了。万兴福当即回到家里，把饭菜端来给他吃。后来，在万兴福倡议下，按承包人口称粮食给他。2000年，李毓坤老人患上了白内障，身体虚弱，难于自理。在万兴福提议下，按小组现有84个承包人口制定了送饭日程表，每个承包人送一日三餐，就这样一轮接着一轮，从未间歇。20年来，老人的衣物、被子等生活用品，都是村民所送。2007年，村民为李毓坤凑足了医疗费用,安排好住院期间的护理人员,送老人进医院做了白内障手术,使老人重见光明。2011年,小组建盖会议室,万兴福提议同时盖一间给李毓坤老人居住,获得村民一致通过。

文井速南村回索小组村民团结、淳朴、善良,弘扬了中华民族的传统美德。

杜鹃湖　纪昆摄影

杜鹃湖

峰高碧影嵌着天,
睡女幽娴眠静湖。
娇媚杜鹃花似海,
哀牢山上夜明珠。

诗　李开运
摄影 纪　昆

荣　誉

出席全国文化系统表彰大会纪实

1991 年 11 月 1 日,时为景东县文化馆馆长的李开运,荣获全国文化系统先进工作者(省级劳模)的光荣称号,出席在北京召开的全国文化系统先进单位(56 个)、先进集体(156 个)、先进工作者(全国 266 名,云南省 7 人)共有 478 人参加的首届表彰大会。受到党和国家领导人江泽民、李瑞环、李铁映和文化部部长贺敬之、人事部副部长程连昌等亲切接见。同时,颁发了荣誉证书和金质奖章(小)、铜质奖章(大)各一个。(文章后面附照片)

二十多年的文化工作积淀了业绩

本书作者,长期从事文化艺术演出和群众文化工作。特别是从文艺宣传队长调到文化馆任馆长的 11 年中,在上级领导的关心支持下,用 4 年时间,主持修复了有 370 多年历史的景东文庙,成为云南省第一个修复的文庙,文庙 1987 年被列为云南省重点文物保护单位,2013 年被列为全国重点文物保护单位。在长期的群众文化工作中,领导全馆的同志们,积极敬业进取,全面开展文物普查发掘、民族民间艺术资料的调查整理出版工作,编辑出版了 7 本书。同时,认真开展文学刊物、美术、摄影等阵地工作,积极全面开展农村业余文化的演出工作,重视以文补文的“造血”工作,增强了文化馆软件设施,促进了全面开展群众文化工作。所以,景东文化馆的工作得到了省文化厅的重视和鼓励。云南省文化厅于 1987 年 7 月在曲靖召开了全省文化系统的表彰大会,景东县文化馆,在有 300

多个文化单位参加的表彰大会上，被评为先进集体。此次表彰大会的大横幅是"表彰云南省文化系统景东文化馆等四十个先进集体"。景东县文化馆馆长，从省文化厅厅长白祖诗手中接过沉甸甸的表彰证书、奖状，景东县文化馆也进入了省级文化先进行列。

1988年11月初秋，出现了一件震撼景东人的大事：发现了470多年前的明代傣族第11任知府陶金及其夫人墓葬，景东县委、县政府和省文物处指派景东文化馆完成发掘任务。文化馆在公安、财政的支持下，义不容辞地接受了这项重要的光荣任务。在馆长的带领下，奋战11个昼夜，金面具、金酒壶、金碗、金筷、金链、金盒、金手镯、金挖耳、金鸟、金叶、金花、金小刀……银器、铜镜、铜器饰物、瓷器、陶器饰物等文物瑰宝共887件展示在银生人面前。"陶金面具"和"金酒壶"被云南省博物馆馆长马文斗先生带领的鉴定组评定为国家一级文物；金碗、金盒、元代彩釉瓷罐等八件为国家二级文物；三级文物28件。2001年，在泰国法政大学任教，并在联合国兼职、专门研究东南亚傣族历史的素迷教授论证：景东墓葬出土的傣族文物，堪称世界一绝，乃是绝品瑰宝，是至今为止傣族出土文物之首。这次发掘的文物成为宣传景东悠久历史的最好见证。这批文物，可以说扬名中国，据现任景东博物馆馆长李昌荣说，2015年，内蒙古博物馆、四川博物馆、景东博物馆将联合在呼和浩特、成都、昆明等城市进行一次古代金器文物展出，景东县委、县政府批准了此次参展。现在，景东这批文物瑰宝，被称为"金色中国"的图片，在云南省博物馆悬挂着，并且上了中央电视台。

由于本文作者在长期文化工作中积淀的业绩，所以被评为全国文化系统先进工作者。

1991年10月30日，全国文化系统的56个先进单位，156个先进集体，266个先进工作者，共478人，汇集北京，文化部、人事部召开了新中国成立以来首届全国文化系统最大的表彰大会。云南省出席这次表彰大会的先进单位有两个，它们是：

玉溪县（由副县长查大林出席）

路南县(由董副县长出席)

先进集体:5个

大理市博物馆

腾冲县图书馆

云南省杂技团

迪庆州歌舞团

贡山县文化馆

(由于名额限制,先进集体只出席二人)

先进个人:

郭建鼎(曲靖市文化局局长,离休干部,局里有事,请假未出席)

刘德荣(文山州文化局集成办主任)

李开运(景东县文化馆馆长)

张金生(石屏县龙朋文化站站长)

依　团(德宏州歌舞团演员)

鲁子仁(镇康县龙朋镇文化站站长)

唐汝森(大姚县文化馆馆长)

我也荣幸地被评为全国文化系统先进工作者。

这次云南省的评选工作,据云南省文化厅厅长毛治雄介绍,先进个人着重评选基层单位工作者,占百分之八十以上。我们到北京翻开表彰花名册一看,中央和各省市名家名人占代表的百分之五十以上,如著名演员李雪健、王铁成;作曲家徐沛东,中国美术馆馆长刘开渠、北京京剧团著名演员赵淑敏、舞蹈家阿甲等。

云南省的评选工作,由各州市上报材料为初评。第一轮评选中,其中两人是由省文化厅党组确定的,一人是郭建鼎(曲靖地区文化局局长,离休干部),一人是李开运(景东县文化馆馆长)。要求这两个地区文化局上报材料,最后评定。思茅地区文化局局长陈天一,积极支持省厅的决定,他派了艺术科科长杨文康到景东写上报材料。杨科长看了我的业绩,用了三天时间就写成了。这次上报材料的审定是比较严格的,从县、地区、省(市)直至北京文化部、人事部等部门，层层审核批准盖章。景东县委书记徐明良，看了材料很高兴，说这是大好事，赶快盖章上报。我们的材料呈报到省文化厅以后，由厅长、副厅长、有关处长、各地州市文化局长二十七人，进行投票表决，我获得二十六票通过。（这是玉溪市文化局张局长告诉我的）

1991年10月29日，我们到昆明报到。我这个人还是很注意仪表的，穿着西装和新的黄皮鞋（到了开会那天，看着代表们都是笔挺的西装，都系着领带），登上了波音747飞机驶向北京。这是我第二次坐飞机，也是最高级的飞机。（第一次坐飞机，那是1979年带领思茅地区演出队参加云南省首届农民汇演（思茅地区参加汇演有两个节目：一个是西盟县的"木鼓舞"，一个是景东县的"吹起芦笙跳欢歌"）。那时候，北京到昆明的飞机是苏联时期的伊尔型小飞机，只有四十几个座位，而且，机票很紧张。为了那次坐飞机，在寒冷的冬季夜里，我带着演员们，在售机票的楼前草地上，烧着一堆火烤着，轮流排队，终于买到了飞昆明的36张机票，此情此景令人难忘）。那天，我坐上了波音747飞机，天上湛蓝无云，天气晴朗，空姐不时地给我们分发食品饮料，为解寂寞和困乏，还发给画报观阅。那天，我坐边窗，低头鸟瞰，只见森林莽莽一片黑黝；河流像一条条银线盘绕；房屋像火柴盒重叠，白山黑水，云南的山河真是美丽！这一天坐飞机稳稳当当，像在家里会客厅坐着。三个小时后，不知不觉飞机降落在首都机场。下飞机后，在拥挤的人群中，在二三十个接客牌中，我们看见了一个人高高地举着牌，上面写着"云南省文化厅"。接我们的人是文化部大会接待处的工作人员，他把我们四人（乘飞机的有查大林副县长、董副县长、大理博物馆馆长、腾冲县图书馆馆长），接上了两张黑色奔驰轿车（文化部有十张奔驰轿车是专门接待外宾用的，这也是我坐过的最高级的轿车），驶进北京的时候天已经黑了。已在此等候的赵自庄处长（因厅长毛治雄、副厅长高德林为即将在云南昆明举办的中国第一届艺术节做准备工作，不能率队前往参会，就委派人事处长赵自庄带队）把我们迎进了"国谊宾馆"。这个宾馆很高级,楼上楼下房间铺着地毯,宾馆有电梯电话,设施很现代化,并且有解放军战士昼夜值勤。我们这些"乡巴佬"能住这样的高级宾馆,心情十分激动。

30日,在国谊宾馆礼堂举行大会开幕式,会上,文化部部长贺敬之、人事部副部长程连昌作了重要讲话。总结了三中全会以后,全国文化艺术界阳光普照、大地复苏、五彩缤飞、欣欣向荣的景象,涌现出了一大批文化界的优秀人物。文化界的繁荣发展,受到了以江泽民为首的党中央高度重视,所以,决定召开这次全国文化战线上的表彰大会。贺部长还在报告中强调,这次受表彰的260名全国文化先进工作者,享受部省级劳动模范待遇。

江泽民总书记接见了代表们

1991年11月1日,是参会代表们光荣的日子、幸福的日子,上午9时前,代表们手持鲜红的大请柬,迈进了人民大会堂的接见大厅,500多名代表在那里等候接见。9时正,只见出来8位身着银灰色中山装气宇轩昂长得英俊的警卫,站成两排,紧接着江泽民、李瑞环、李铁映等党和国家领导人和陪同的贺敬之、程连昌等部长们进入接见大厅,江总书记挥手致意,大厅内发出雷鸣般的掌声。摄影师推着摇头相机,只用六七秒钟就录下了这有历史纪念意义的镜头。和领导人合影时,本来我们云南代表和西藏代表是排在领导人后面的一排。但是,代表们都想挤在前面,老实的云南代表就被挤散了,只有玉溪县的查大林副县长和路南县董副县长抢在第二排,并且还站在江总书记的后面。我不想和他们挤,只站在最后第六排的中央,距离前面的江总书记也只有五六米,站在我旁边的是两位西藏代表。合影后,领导人在警卫人员的陪同下退场,代表们才依次退场。这是一次难忘的接见。

高规格的接待

这次全国文化系统表彰大会,受到党中央的高度重视,所以,接待规格高,住宿高级宾馆,每日有丰富的三餐,每餐有十多样菜肴和酒水。此外还特别组织我们游览参观了天安门、故宫、颐和园、毛主席纪念堂、长城等。游览长城那天,出行车队十分壮观,只见警车开道,后面就是公安部、文化部、人事部的十多辆轿车紧随,代表们乘坐的是40多辆丰田越野大客车,每辆之间相隔100米,警车长鸣,60多辆车汇成一条长龙,奔驰在四五公里的柏油路上,确实壮观无比。那一天,大会通知,中午有一个重要车队(越南共产党总书记游览长城的车队)出发,所以,要文化部的车队12时赶回,避免中途相遇。这样,我们9时出发,12时准时回到北京。这次游览长城,代表们享受了一次"首长"的待遇,感到无比的光荣和自豪。

后 记

大会结束后,代表们或坐飞机或坐火车返程了,我决定和赵处长等人坐飞机回昆明。那时候乘坐飞机管理很严格,报销机票要由县长或常务副县长批准,所以云南的各地县代表,只敢坐单程飞机,另一程坐火车。我回县以后,请常务副县长段守梦批核机票,他爽快地批了。我推迟回县的原因是患了严重的感冒。之所以会感冒,是因为县文化馆的陈燕燕,要托我带给她爷爷陈著一点三七冰糖之类的土特产,要我亲自送到。陈著,景东城街人,解放前参加地下工作,解放后当了北京某区的区委书记。三中全会后,任北京市城乡企业局局长(地厅级),这时候,他刚从局长位子上退下来。这位地厅级干部,他不派一辆车接我,也没有叫人来取,并吩咐我亲自送去。从我们住的宾馆到陈局长住的北京市城乡企业局灶君庙,有二三十公里。我一问,出租车不开那里,要出200元,司机才到那里。我只得坐公交车了,但有三十多个站,还要转两次车。坐上公交车可能太累了,我在车上睡着了,坐过了三个站,驾驶员喊我才醒过来,惹得一车人好笑。到灶君庙,一看城乡企业局有100多幢相同的房子,七打听八打听才找到陈局长的家,交了东西,陈局长留我吃了饭,我又坐公交车返回宾馆。11月的北京,天气严寒,我就这样冷病了,高烧三十九度多。赵处长照顾着我住进了军事博物馆招待所,又感谢史宗龙主席(赵处长的爱人,时任省文联党组书记,常务副主席)带我到北医大医院看病输液,这样医治休息了两天,病情有所好转,史主席、赵处长我们一同乘飞机回到昆明。

回到昆明后,省文化厅又一次召开了表彰会,把因为名额限制,没有到北京参加表彰会的曲靖文化局局长郭建鼎、省杂技团团长、迪庆歌舞团团长等人请到昆明表彰,加上我们到北京的 11 人,共 15 人参加表彰会。参加表彰会的领导有省委宣传部常务副部长邹启宇,省文化厅党组书记王以中、厅长毛治雄,常务副厅长高德林和艺术处、群文处、电影处等有关领导参加,至此,参加表彰大会结束。

感触:我做了一些有益于人民的事情,党和政府给了我崇高的荣誉,给我以后更好地做好文化工作加足了油,鼓足了劲。

(附铜质奖章、金质奖章照片)

庆祝景东彝族自治县成立三十周年(诗词)

水调歌头·贺景东彝族自治县成立三十周年

金乌何时讴？晓色罩青天。忽闻荡起笙，今是彝家年。蓝色帕巾似海，裙饰叮当玉彩，九曲挚比高，拱起歌琼台，喜鹊舞蹁跹。

杜鹃红，花绣鞋，喜人间。俫俫蒙化，唱起踩起聚团圆。无量哀牢瑞雪，五彩景致纷，欢庆彝家年。

颂景东县十四个乡镇

(为庆祝景东彝族自治县成立三十周年而作)

锦 屏

(一)

悠久历史溯渊源，
节度银生建锦屏。
"帮泰"①朝东风水地，
傣家陶氏知府城。
渊源玉水朝南去，
孔雀开屏啸凌云②。
眺望北方"植物园"③，
瑞云霞彩满天新。

注①"帮泰"：陶府遗址后面山，最早称为"帮泰山"。

②"凌云"：指锦屏南面的孔雀山凌云塔。

③"植物园"：指锦屏北面20公里处川河畔上，中国科学院于2014年开始兴建的景东亚热带植物园。

30

（二）

建国百姓换新天，

欢庆梓民气象新。

古镇娴雅添妙景，

闲庭信步众人吟。

改革开放如潮涌，

工农商学更新颖。

"领衔"锦屏跨大步，

繁荣乡镇带头人。

安　定

（一）

滇西接壤是北门，

村寨住着蒙化人①。

"搓脚苍蝇""羊皮舞"②，

彝家"跳菜"③迎新人。

芦笙响起三弦映，

孩童小妹舞得成。

原始之歌是安定，

哀牢无量对山吟。

①蒙化人：安定乡东边住着彝族，西边住蒙化人，也是彝族。

②"苍蝇搓脚""羊皮舞"都是原生态的彝族舞蹈。

③"跳菜"：是安定乡彝族习俗舞蹈，娶亲嫁女的宴席上，都要跳着有节奏的舞蹈上席。

（二）

西边蒙化东边彝，

隔河芦笙听清晰。

古老银生产茶地，

如今茶树更称奇。

多种经济百花艳，

豆禾烤烟坐首席。

"无量"丰歌佳"哀牢",

民族家庭唱欢喜。

(注)安定无量山西边的"蒙化族"和东边哀牢山的彝族,隔着川河鸡犬相闻、笙歌牵线、合谐相处。

文 井

(一)

文井坝子似天堂,

人物风华在此方。

唐代悠久渊源地,

开南节度镇边疆。

天然美景成诗画,

土林柱塔气势昂。

"蛮骂"①"蛮窝"②百里坝,

"白夷"③故地有新妆。

注①蛮骂,白夷故地,即现在文井镇的文华。

②蛮窝:即现在文井镇的文窝办事处。

③白夷:唐代对傣族的谓称。

(二)

平溜坝子凝远方,

稼禾丰腴百姓昂。

明代屯兵在此处。

粮丰兵壮奔疆场。

革新社会跨阔步。

粮蔗蚕桑美名扬。

川河东西吟新调,

银生赞颂唱家乡。

者 后

（一）

者后撤乡归文井，

历史留下好名声。

诸多碑记书中载，

"育林封山"先辈铭。

清代修渠水倒流，

佳书"驿站"^注记得清。

"村规纪律"先人定，

文化之乡"文会村"。

注：在者后、文会村发现了一块全国唯一的驿站碑记，碑记被县博物馆收存。

（二）

绿荫遮盖着素妆，

绿水青山点缀忙。

苍莽琼台有异景，

云中仙寨"备战"忙。

"仙人"已是西归去，

妙景奇山味更香。

川河"尾巴"是者后，

明珠闪烁君难忘。

花 山

（一）

哀牢山藏鱼米乡，

蕴成篇章历史长。

人杰风华多儒士，

坡头雍正建学堂。

排版木刻①独家有，

彝文手抄"翻译"②忙。

石嵌拱桥沿河砌，

水车润地孜孜淌。

注：①木刻板：文化馆文物普查时在花山乡发现数百块可以印一套书的木刻板，真是罕见。

②彝文书，文物普查时，发现花山保存着三卷百多页的彝文书，请彝文专家翻译，其书内容丰富，是难得的彝文孤书。

（二）

绵延绿影铺哀牢，

碧水清波顺坝绕。

丰腴花山百姓笑，

桑叶万亩雪白缫。

谷花飞起鱼儿壮，

沿河豆禾挥手摇。

叠起梯田绕寨子，

山欢水笑唱歌谣。

大　街

（一）

哀牢浩瀚绿荫眠，

福地者干在此间。

西畔三营建文庙，

东边关圣①义学馆。

"如来"端坐石佛寺②，

"仙女"飘然降人间，

渊源大街蕴文化，

名人古地又出贤。

注:①关圣:三营河对面,清代雍正时建有关圣宫义学一馆。

②石佛寺:又称石洞寺,石洞寺内塑有数十尊佛像。

(二)

高山林密静幽幽,

采茶娇娘纤手柔。

万亩嫩茶采进箩,

百鸟欢喜练歌喉。

大街经济齐腾跃,

洋芋丰收赞歌讴。

麦浪稼禾迎面来,

家家户户唱欢曲。

太 忠

(一)

哀牢百里葱茏茏,

山顶歇着杜鹃湖。

生态环绕花似海,

高原世界一明珠,

平掌街过有石笋,

似兽似人似写书。

"陶熊"①知府过此地,

"流官"②碑立"陶府输"。

亚热带植物园内植物千果榄仁
(国家二级保护植物)

注:①陶熊,他是陶氏第二十四任傣族知府,在太忠乡岔箐村水廊小学查到一块陶熊有罪被黜的石碑。

②流官:清代中后期,朝廷派出到直隶厅任职的官员。

（二）

太忠河坝小而巧，
山水窈窕物产骄。
稻子高产吨粮过，
蔗田节节试比高。
烤烟一派丰收样，
桑树茵茵更好瞧。
五谷丰收哀牢岭，
春秋冬夏唱丰饶。

龙　街

（一）

翻山过岭小河淌，
小镇幽雅静穆中。
四面群山来怀抱，
二条清水西朝东。
赶集之日熙攘攘，
街道室舍似"小龙"。
小巧玲珑实在美，
哀牢山下闹融融。

（二）

三中全会指方针，
变样龙街又变人。
经济腾飞勤百姓，
核桃瓜果迎嘉宾。
烤烟竖起"顶梁柱"，
生态原鸡味道醇。
锅瓦新茶滇南誉，
丰收农民更新颖。

文 龙

（一）

文龙安定紧相连，

姊妹彝家意缠绵。

川河滔滔朝南淌，

东西两岸天嵌连。

深山有个仙人洞，

老祖才高韵诗篇。

山水蕴成出贤圣，

连年出着"七品官"。

注：景东文龙乡，改革开放以后，有三四个厅级，七八个正处级干部脱颖而出。

（二）

西边无量在"招手"，

东面哀牢"点点头"。

川河欢歌穿山过，

轻筏已过魁阁楼①。

森林茂盛写蓝图，

山水绘成"植物园"②。

社会和谐促进步，

银生滇镜夜明珠。

注：①魁阁楼：指景东县城渡船口上的一座古楼，已拆毁。

②国家级景东亚热带植物园位于文龙锦屏交界地。

林 街

（一）

凤毛麟角称"麟街"①，

麒麟珍稀金鼎山。

"龙洞"②涓涓淌泉水，

峻峰异景有奇观。

磨刀河③西温卜寨，

学者首观长臂猿。

无量雄浑滇南境，

两山相望彩云间。

注：①"景东府志"称为麟街。

②"龙洞"：在林街乡政府的对面龙洞办事处，有一个长约七八百米流着泉水的龙洞。笔者曾亲自考察过此洞。

③磨刀河：无量山黑长臂猿最早为世人所知，始于1957年中国科学院西南生物考察队，在景东林街出境的磨刀河翻下山的"温卜"采集的5号标本。此后，中国科学院动物研究所于1964年在"磨刀河"又采集到了3号标本。

（二）

背枕无量望沧江，

生态葱葱有草场。

黄牯山羊四处逛，

麟街有名牛肉汤。

回民建有清真寺，

省保清真①佳远方。

民族团结歌合谐，

日新月异麟街昌。

注：①林街清真寺，列为云南省级文物保护单位。

曼 等

（一）

高瞻远瞩好地方，

踏雾过江是临沧。

无量山中文星耀，

两名进士①写文章。

38

沧江已渡花烂漫，

凹子寨中降凤凰。

"侍郎"② 之名誉朝野，

"帝师同治"③ 刘崐当。

注：①曼等乡在清代出了两名进士，是刘体舒、刘崐叔侄二人。

②侍郎：刘崐曾在清咸丰、同治年间，任过户部侍郎、工部侍郎、礼部侍郎等职。

③"帝师同治"是指刘崐曾任过同治皇帝的老师。

（二）

山高气爽林石密，

沧水岸边有热区。

烘烤烟草百姓富，

咖啡栽种数第一。

曼等经济大发展，

国富民强百姓喜。

政策优先致富路，

和谐社会出奇迹。

景东冬青

景 福

（一）

主峰无量在"五福"①，

"勐令天池"② 绣蓝图。

"寨孜"③ 观察黑冠吼，

"长猿五百"娇脸出。

风云啸傲攀岩跃，

"玉笔"④ 金庸撰写书。

浩瀚绵延添玉彩，

西区宝地在景福。

注：①景福乡原称"五福乡"。

②"勐令天池"指无量山风景秀丽的湾水河水库。

③"寨孜"指景福大寨子黑长臂猿观察站，通过观察站研究人员的长期观察，掌握了长臂猿的习性，能观察到"终生不落地"行踪诡秘的黑长臂猿。无量山还生存着八十多群五百多只黑长臂猿。

④玉笔瀑布：据说金庸著作的"天龙八部"就是根据无量山的"玉笔瀑布"等景致而写成的。

（二）

明媚秀丽水清莹，
蒸煮青酒香气醇。
滇境享名"小门坎"①，
"醉翁"琼液情更深。
"公平""竹箐""金鸡岭"②，
经济发展好景欣。
"回寺""竹箐""塘黎箐"③，
一年更比一年兴。

注：①指从无量山流出的勐片小河岸边的"小门坎"酒厂。

②"公平""竹箐""金鸡岭"是景福乡的村名

③"回寺""赵奇""塘黎箐"是景福乡的村名。

漫　湾

（一）

雪山融水流南疆，
筑坝截流汇海洋。
抬眼凝空天雾降，
流纱细雨湿衣裳。
闸门启动华灯亮，
银线情深闪闪光。
漫湾电网输两粤，
银生受惠富彝乡。

（二）

丰腴保甸稼蔗香，

"文冒"①塔高写词章。

"五里"②江宽鲤鱼跳，

"安召"③彝族跳歌忙。

"新村"④山后森林莽，

"德胜"⑤新街生意隆。

漫湾沧江流水急，

各族儿女享安康。

注：①②③④⑤皆是漫湾镇的办事处的名称。

大朝山东镇

（一）

朝山东镇临沧江，

"野马"套缰站住昂。

千里啸喧显静湖，

开闸放水发银光。

景东云县双"兄弟"，

肩并肩来"战斗"忙。

漫湾朝山两"姊妹"，

双双携手向前方。

（二）

银生西部朝山蔗，

文玉丰饶夜明珠。

小厂街宿"苏大人"①，

西区称雄写史书。

41

森林茂盛物产富，

橡胶咖啡胶片足。

东镇开发有赞韵，

欢歌一路唱幸福。

注：①苏大人，即苏三宝，清代末年他称雄澜沧江流域。

景东山橙

景东翅子树

景东十大功劳

明代马龙象战

景东唐朝就有养象记载。《蛮书》载："茫蛮部落,并是开南杂种也……妇人披五色莎笼,孔雀巢人家树上。象大如水牛,土俗养象以耕田,仍烧其粪。"

在元代《傣族史》中载："至顺二年二月,云南景东甸蛮官阿只弄遣子罕旺来朝,献驯象,乞升甸为景东军民府,阿只弄为知府事,罕旺升千户,常赋外岁赠输金五千两、银七百两,许之,其地为云南景东。"

《明史·云南土司》载："明朝大军到达楚雄后派通司姜固宗以及阿哀到楚雄向明军卫官柳指挥史献马一百六十匹,银三千一百两,驯象两头",同书载:《云南土司·景东》写道:"景东,部焚种,性淳朴,司努射,历讨铁索、米鲁、那鉴、安铨、凤继祖诸役,皆其兵及战象……"

《明实录》可以查到:景东向元明两朝贡象共有四次六只。第一次阿只弄之子罕旺向元皇贡象 2 只;第二次是洪武十五年(1382年)向明朝贡象 2 只;第三次是宣德二年(1472年)向明朝贡象 1只;第四次是1435年向明朝贡象 1 只。在明朝时,陶明卿战象破安邦彦之后,以后的史籍中,不再有景东大象的记载了。记载中,景东有大象的鼎盛时期,从唐朝(618 年)到大象在记载中消失,经历了一千多年的历史。景东贡象的历史久远。现在的景东城(古称银生城)的河滨长廊吊桥上面的川河大沟旁,还有一条长约一千多米的两丈宽的深箐,叫"夹象沟",现在人们还呼其名。据说开南的深箐里也辟有养象场。景东的驯象有两种,一种是用来耕田和驮运东西,一种是训练出来打仗的,这种象称"战象"。"马龙象战"参战的七只大象,就是专门训练出来打仗的。在古代人类战争中,除了军士和配备作战的武器外,还有马、牛、犬参加作战的。

说到马龙象战,就要说到贵州、云南的"改土归流"。云南的曲靖是贵州入滇的重要门户,明朝中期以来,朝廷加快"改土归流"的步伐,废除土司制度,改朝廷所派的流官管理这一地区的事务,就必然触动了土司们千百年来经营的独立王国,使土司们失去了他们的权力和享受,以致引起土司的反抗,难免就会有此起彼伏刀光剑影的战争。杜其渐在《义象传》中写道:"滇自万历以来土酋日事跳梁,寻事歼之。及天启初,滇、蜀、黔三省诸酋相继为乱,而助逆者沾益土酋安效良也。"

明天启四年(1624年),云南、贵州、四川交界处的土司们,纷纷起兵。战斗十分激烈,形势危急。明朝在西南地区的政权摇摇欲坠。天启二年(1622年),一支明军由云南赶到贵州毕节,前去的四川明军,却被贵州大首酋设伏打败。《马龙州志》载:"天启二年二月,遣都司杨明廷三千援蜀,师至毕节,乌撒土酋安效良助逆,伏兵阻截,朝廷兵溃,与中军程坤死之。"还有女土司设科反叛:"二年二月,沾益土妇恶目补鲊。李贤,武定彝旦张世臣纠东川土冠禄千钟,禄阿伽叛,陷亦佐、平夷、沾益诸城。"后来,设科被剿灭,安效良逃脱。

天启五年(1625年)三月,安效良又纠集水西、永宁土酋叛乱。云南参将袁善指挥军队,大败安效良一伙。是年,安效良又鼓动巧家、会泽、东川地区土酋起兵叛乱,勾结水西土酋焚滇境。云南巡抚闵识学下令布政使谢存仁、参将袁善,率军在马龙迎战安效良军。景东土知府(即陶土司),率劲卒千余和七头战象前来助战。五月初,各路大军会师马龙州北面,合力抵御北来的安效良军。当时,明军威武整齐,"及熊罴之威,誓苍凹之猛",七头战象披挂上阵,"聚如环丘,动如徒阜,为之金铁之饰,绵绵之装,如其形以为之备(大象出阵时的装饰描写);又约剑于两牙之上,使之左右游刃而有余(描写象牙的威风厉害)。"明史又载:"景东部皆夷种,性淳朴,武艺

44

精,习弓弩。景东调兵一千,便自效二千,府兵粮饷,未尝仰仗朝廷,为土司中最恭顺者。天启五年,贵州水西安邦彦(安效良)反,率兵二十万入滇境,至马龙后山,去会城十五里,总兵官调景东土司伏路左。贼分两路进击,激战,明卿以象阵自左翼冲出横击,安溃败,追奔二十里,巡抚上书,推明卿第一。"明熹宗闻奏,下旨:"景东土知府陶明卿征安邦彦普名声有功,加三品服。"

这次战役是这么进行的:安邦彦仗着人多势众,计算着要从南北两方夹击明军,只见安邦彦指挥着大队人马,如洪水般冲来包抄明军,两军在阵地前遭遇,便厮杀起来,喊声震天,惨壮激烈,气吞山河,明军虽然英勇,却也不断有人倒下……陶明卿早在后阵暗暗窥视着,料到双方如此拼杀下去,明军十分危险。安邦彦有二十万大军,可能抵挡不住,到那时,明军兵败如山倒,增援就迟了,说不定自己的夷兵也会被冲垮。他看到,西面的敌军已经出击,后寨空虚,此时横冲出击,敌军定会措手不及,这是一个进攻的好机会。陶明卿率着两千兵马,驱着七头战象,暴风骤雨般从西横击过来。看着那七头战象,吼声震天地冲进敌营,为首的一头彪形战象,打着响鼻,更是英勇,率着象群横冲直闯,如入无人之境,刹那间把敌阵踏得稀巴烂,无数敌兵被踩死或被象鼻高高挑起摔死,幸免的敌兵喊爹叫娘地溃逃……

在象战中,树林深处埋伏着数百敌军弓箭手,他们都瞄准了冲得最凶的战象,领头大象鼻中中了一支毒箭,这是致命的一箭……

明军凯旋后,检查这头重伤的大象,它身上中箭多处,密密麻麻,兽医逐一拔取剔除箭镞,差不多得到一筐箭,有的毒箭射中象鼻,并深入鼻窍。鼻子是大象的中枢神经和赖以生存的重要器官,这头大象过了三天就死去了。

有书盛赞这头战象:其威,犹如巨鹿之战项羽率军击破秦将统帅的军队一样,破釜沉舟,反败为胜;其烈,犹如赵云大战汉水一样,浑身是胆,于千军万马之中取敌人首级如囊中取物;其功,犹如信陵君窃兵符救赵国一样,须臾之间定胜负存亡,功不可没;其死,犹如唐代张巡捍卫睢阳一样,杀身成仁,彪炳史册。它与不拜安禄山的唐明皇相比,凛然正气有过之而无不及。当时的主事者,十分悲痛,视其为正义的化身,说它"振皇威,殄冠逆,功在百世,命殒一镟"。

人们选择吉日、吉地,葬此象于城北(原马龙县城北门外云龙寺旁),为之棺椁奠祭,刻石立碑,铭记其功,大碑立于天启七年(1627年),上面镌刻"义勇全城列神象之冢"十个大字。崇祯三年(1630年),云南巡抚王伉入滇经过马龙,至象冢凭吊,写了四首绝句。其中一首写道:

> 分明物亦凛王征,
>
> 一代关河九死争。
>
> 为语行人莫挥涕,
>
> 马龙坏土是长城。

王伉感叹不已,下令在象冢建坊,上面镌刻"忠勇异象之坊"六个字。

明代无名氏在《象冢铭》中写道:

> 捐躯殉国,
>
> 百世可风。
>
> 九京埋玉,
>
> 一气贯虹。
>
> 酬勋勒石,
>
> 千载名雄。

抗日战争期间,此象冢及牌坊犹存。著名植物学家在《长征日记——由长沙到昆明》中记载:"民国二十七年三月十四日。昨夜大风雨,气温大降。行七十五里至马龙,松林多毁于畜牧及纵火,西门外有象冢及忠勇异象牌坊。"

(此文根据作者的《景东府历史资料汇编》以及曲靖市财政局彭竹兵著的《明代马龙战象和象冢》一文有关资料编写而成。)

密　使

　　南明永历十三年(1659年)，这是景东白夷傣族知府第十四代了。知府陶次，是陶明卿之弟陶明璧之子，他四十七岁接任了知府位。为何这般年纪才当了知府，原来陶氏知府是子袭父职。但是前任知府是陶氏的堂弟陶玺，陶玺正值壮年去世，传给其子陶尔鉴。陶尔鉴时年只有八岁，年幼不识事体，不懂政务，好在大小事情都由堂叔陶次指教办理。尔鉴也是年少聪明，到十六岁时，他已长成一个才华横溢，风华正茂的人物了，多年的叔父帮助理政，耳闻目睹，他已经成为一个有职有权的少年知府了。十八岁这一年，哀牢山地区东山蒲蒲寨保保聚集数千人起事，搞得那些地方的百姓们不得安宁，怨声载道。陶尔鉴年轻气盛，早就想显显本事了。不顾叔叔们的劝阻，便领着五百白夷兵勇前往东山镇压保保叛乱。陶尔鉴也真年少英勇，在攻寨时，他率领白夷士兵冲在前面，冲锋时，中了保保安着的地弩，箭上涂有毒液，毒液扩散，大腿红肿，最后毒液扩散到心脏，他年纪轻轻就这样去世了。陶尔鉴年少没有娶亲，这样，堂叔陶次接任了陶尔鉴的知府位。

　　这一年是战乱纷纷之年，是多事之年，朝廷改天换地了。明朝从俄陶袭了其父罕旺的白夷知府的位子以来，经过了风风雨雨惊心动魄风云变幻二百七十六年，陶氏知府沿袭了十三任知府官衔。可是，传到陶次这一任，明朝已经风雨飘摇动荡不安，真是无可奈何花落去，明朝的年号终于中止了。

　　就是那一年，一位头戴方巾，身着布衣，眉清目秀，下巴上留着一口长须，身挂一个青袋，看似一个谋士，乍一看又像一个走江湖

陶明卿率象大破安邦彦

马龙要塞起风云，
傣祖兴兵征战迎。
大象凶猛撼山岳，
破敌浩气义象坟。

的道士先生，真是叫人捉摸不透。更奇怪的是他身后紧随着两个短衣青裤的人，腰系黑带，脚穿麻草鞋，身背利剑短刀，步伐矫健利索，一看就知道是习武之人。并且瞧着便知晓是这位先生的护身保镖。晚上，他们从银生城里一个不起眼的旅店里像幽灵夜游似的出来了。星星眨着眼睛的夜里，看见三个黑影在飘动着，看不清他们的面目。他们此行的目的是为着陶府而来，要拜会陶次。

陶府府邸的守卫，因为明朝嘉靖年间，者乐甸（今恩乐）的长官司刀重、刀仪（八品官）抢走陶府的大印后（明代第十一任知府陶金率兵杀了刀重、刀仪夺回大印），府邸的防守更加森严壁垒。府邸分为三院，一院为知府大堂；二院为守备将士演武厅；三院为知府亲眷住所。三院前面都有一块宽敞的场地，四周有高高的围墙，三院都有守卫的士兵。因为夜行人的行动十分诡秘，丝毫不能透露消息，所以只能夜访陶府了。夜行人看着黑暗中显露出陶府雄伟森严的府邸轮廓，看着屹立在大门口的雄狮，思考着如何进入陶府……

要说夜行人的此行目的，就必须说说那个时期的历史了。那时候，李自成、张献忠的农民起义，震撼了明朝的江山。李自成攻下北京，立号为大顺。张献忠攻下四川，在成都建立大西政权，自封皇帝。他有三个干儿子：李定国、孙可望、艾能奇，最后他失败了，两个干儿子孙可望、艾能奇投降清朝，李定国归顺了永历帝，成了帐前大将，被封为晋王，对永历帝忠心耿耿。李自成虽然打下了北京，当了几十天的皇帝，但是只有三百多万人口的满人，由于有拥着重兵的吴三桂、洪承畴叛明降清，在这两位得力鹰犬的帮助下，如秋风扫落叶，打败了拥有两亿多人口的大明，建立了清朝。谈到吴三桂，也真是既能干又狠毒，他打败李自成，逼死崇祯帝，抢走陈圆圆，登上五华山，当了南方的太上皇，最后连逃到缅甸的永历皇帝也不放过，从缅甸将其追回，在勐腊逮捕，绞死在昆明，后人还立了一块碑。吴三桂镇守云南二十年，养着占着清朝三分之一的军队，富可敌国。可是，这位土皇帝并不满足，他联络南方的诸侯，问鼎中原，向清朝大举进攻，妄图要当中国王，最后在征战中，病死湖南，以致兵败,灭了美梦……

夜行人望着两扇黑幽幽的大门,他命随行者前去敲门。随行人轻轻地敲着门,敲了好一会儿,大门还紧闭着,随行人握紧拳头,重重地敲了几下,门内闪出两名门哨,大声喝问:

"半夜三更,乱敲门干什么?"

门哨说完后就要关门,夜游人身旁的随行着急了,就硬闯入大门内说:

"我们大人有紧急大事,要拜见陶次大人。"

守门卫士说:

"有要事也不行,陶大人晚上不见人。"

武士硬闯入大门,守门的卫士刀出鞘,强行阻挡,武士上前两步夺走腰刀,四人就在大门内打斗起来。武士的武艺更高强,三拳两掌几个回合就把守门的两个卫士撂翻在地。他们哪里知道,这两名武士是永历皇帝帐前大将军李定国四个保镖中的两位,一位叫"影无踪",一位叫"去无常",卫士哪里是他俩的对手。更多的陶府卫士从演武厅拥出,准备擒拿这两个"不速之客"。厮打喊叫声惊动了陶次,因为改朝换代非常时期,公务繁忙,陶次晚间也到公堂里办公务,他大声喝道:

"住手。"

双方停止了打斗。陶次严厉问道:

"你们是什么人,胆敢夜闯我府?"

夜行先生上前凑近陶次低声回答:

"我是明朝永历皇帝的信使,名叫龚彝,晋王李定国特派我送来一封永历帝的密信。"

说着他从内衣里掏出一封用火漆封口的信件递上。陶次警惕地看看四周,挥手叫众人退下。龚彝被请到公堂看座。坐定后,龚彝说:

"永历帝嘱咐之事,尽在信中,请大人观之。"

陶次警惕地看看四周,撕开信封的火漆口,信中写道:

"陶次知府大人明鉴:

吾大明二百七十四年江山,被满人从东北南下攻打,汉贼吴(三桂)洪(承畴)引狼入室,助纣为虐,涂毒生灵,攻陷北京,崇祯缢死景山,闯贼逃陕,吴三桂掳走陈圆圆,悲也惨也!又一路追杀我大明将士。但是,大明百姓还念着皇恩,怎能容忍满人当道。在广东拥戴我为帝。后吴三桂又攻下广西,逼吾离广,在昆明立都,现中国纷纷响应,勤王护驾,要复大明王朝。景东白夷傣氏知府,从俄陶将军至今已有十三任知府,二百多年来,忠心耿耿护我大明江山:者吉之战,三征思伦发;马龙象战,九千白夷将士征战四川凉山等等,无数将士战死沙场,无不为我大明浴血奋战,赤胆忠心,天地可鉴。近者,我大西军在景东蛮龙蛮代等地征粮千担,征兵千余。知我大明者乃是景东陶氏元江那氏(注:元江那氏也是白夷傣族,有着和景东陶氏同样的历史,元江那氏积极响应永历复明,后被吴三桂派重兵渡过元江,攻打那府。攻陷那府后,知府那松誓死不降,全家三百余口人遇难。世袭了四百二十年的那府至此绝嗣了)。现在已到了紧急关头,请陶次大人勤王调兵,成败在此一举,助我复大明江山,切盼,切盼!

永历于

隆武元年(1645年)夏"

陶次看完信,捏着信纸,久久思索着,好久没有说话。他想着,派兵勤王,也是正理。陶府在大明的呵护下,顺风顺水地走过二百多年,现在陶府山川锦绣,景东山河峥嵘,兵强马壮,粮食满仓,百姓安康,他也真心拥护大明。可是,他想到元江亡府绝嗣的悲惨下场,不由得打了一个冷噤,急得一身冷汗,他不能走"那府"的路,陶次手里捏着的信纸都湿了。

陶次已经镇定了,问道:

"龚大人,你从哪里来,还要到哪里去?"

龚彝回答:

"我从元江府来,他们已经发兵,还要到永昌、顺宁、蒙化,也只有这几处忠于大明了。"

陶次说：

"我就不复信了，请你禀告永历帝和晋王，我府调足兵马，备足粮饷，前去勤王。"

"不知大人出兵多少？"龚彝问道。

"我要和本府官员商议才能定，现在无可奉告。"陶次笑着答道。

就这样，陶次派了四个卫士，在夜幕中把龚彝小心地护送出景东。

陶次使的是缓兵之计，终究未调一兵一卒，他知道，这是关系到陶府存亡的大事。

(此故事是根据佚名《旅滇闻见随笔》而编写)

陶府九千家兵远征四川图

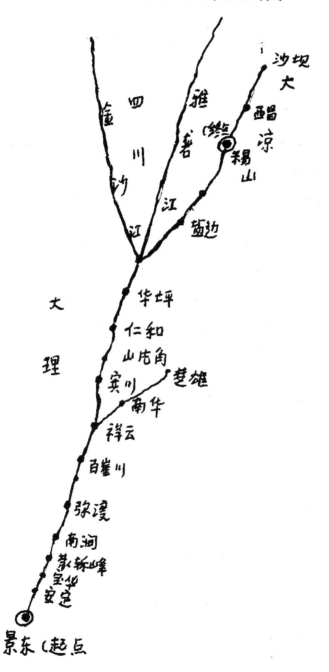

景东历史故事之三

九千家兵征四川

编者按：

见伍湛《四川傣族基本情况调查》文载《四川苗族傈僳族白族傣族社会历史调查》214~219 页引文："四川所属建昌（现凉山州西昌一带）草寇扰壤……乃差颖国公（蓝玉）率师扫荡，奉差催促各路土司发兵随师征讨。景东知府陶承恩亲率家兵九千亲赴征剿，陶承恩途中染病难行，所统带家兵请安伏成、刀佩代往前征。兄弟叔侄四人受此重任，不辞艰辛劳苦，愿与国家效犬马之劳……"

又载："米昌（现米易县）千户所土官贤姓，其先云南景东僰种（傣族）也，徙其族来种田，洪武十六年随征归附，以随征东川，芒都劳，援世袭傅千户，居所治城外，所辖僰（傣族）八百户。"

史书载："明洪武年间，建昌月鲁帖木耳叛明，云南景东土官刀佩、安伏成等率兵随明将前往征讨，事平之后，'改兵为民，婚娶耕种'……"

又载："渡口五七公社的傣族，来自'景东暗瓦'，距今已有五六百年。"

以上种种史记载明了此篇故事的真实性。

"陶府"奉调战四川，九千将士落米易

明朝洪武皇帝一封圣旨到了景东：

"四川凉山帖木耳叛明，十万叛逆之贼侵并西昌、米易、会理数州县，声势浩荡，贼殃及数百里百姓，剿逆数月，仍无效。云南总

54

兵奉兵部之命,征调云南土知府承恩亲率九千家兵出征作战。"

陶承恩接到圣旨,觉得事关重大,也急得毛焦火燎,坐卧不安。圣命如天,军令如山,谁敢违抗? 可是,陶府平时也只有五六千常备兵将,而且,也不能全部往外调出,总得留一二千人守府看院,九千人差不多是景东傣族二分之一的青年壮丁,到哪里去召集这九千白夷士兵。知府大人只得召集府衙官员和各路把总千户百户,前来商议。会议上,众人面对圣旨,七嘴八舌,讨论倒是很活跃,就是议不出这九千人马从哪里出。有的人甚至说,山高皇帝远,干脆回了圣旨不出兵。陶承恩说:"圣命只能执行,不能违抗,陶氏忠于大明,世代忠良,才有今天的盛世,调我府兵马,乃是陶府的荣耀。"官员们觉得知府大人说得也有道理,但是,就是想不出一个万全之策,凑足这九千人马。最后,还是陶承恩说了话:"景东有四十八个白夷大寨,除本府出兵外,其余的由这些大寨摊派出兵"。接着陶承恩如数家珍似的说出了这些大寨子的名称:

南区有:蛮玉、蛮冷、蛮帕、蛮甸、蛮缅、蛮扎、蛮东、蛮乃、蛮索、蛮平、蛮道、蛮杭、蛮蒙、蛮开、蛮猛(猛统);

中区有:蛮会、蛮哈、蛮新、蛮骂、蛮井、蛮窝、蛮光、蛮道营、前所、左所、中所、右所、北屯、蛮黑、蛮垂、蛮新、蛮怨、蛮赖营;

北区有:蛮龙、蛮带、蛮禄、蛮路;

东区有:蛮武、蛮育、蛮岔、蛮召、蛮明、蛮营、(三营)那罕;

西区有:蛮冒、蛮胜。

陶知府接着说:"景东有四十八个白夷大寨,每个寨子出兵一百人,计出兵四千八百人,本府出兵三千人,总计也只有七千八百人,怎么算也还差一千二百人。"知府挠头抓耳,想不出办法了。

"这一千二百人,我们民乐大寨出。"

坐在后面的一位年轻英俊的白夷后生铿锵有力地说了话,真是一语惊四座。

"刀佩侄儿,军中无戏言,你们能出这么多的兵吗?"

"舅舅放心,我们民乐大镇有二万多白夷弟兄,难道还凑不足这点人马吗？"

说起民乐(现属景谷县民乐镇)，还有着一段悠久的历史。民乐这个宽广丰肥的大寨子，自唐朝以来，就是白夷的故乡，居住着数万白夷，这里百姓有两大姓，一是姓陶，二是姓刀，这里还是景东陶府的后家。据说唐代陶家的始祖岩龙，一次从景东到民乐巡寨围猎。在进大寨门口时，巧遇大酋长风韵万种美若天仙的女儿刀佩兰，他们一见钟情，成了姻缘。自此以后，景东的陶氏和民乐的刀氏，姻缘不断。

陶氏知府的九千远征大军出发了。牛角号发出了震天动地的声音。"陶"字的帅旗迎风猎猎，前面十多匹战马雄纠纠昂着头，上面骑坐着主帅陶承恩和副帅安伏成、刀佩等人。还有安伏忠、安启正、安启武、刀有用、刀有进、刀镇帮等十多位将领，骑在战马上紧随，接着是身背白夷战刀头扎白巾的三百名骑兵队，随后是二百多匹战马驮着粮草辎重。后队还走在通化桥上，先锋已登上望城坡……数千父老乡亲挥泪送别，他们哪里知道，九千将士一去不复返了。

出征路线图：景东——文龙——安定——无量——南涧——百崖——祥云——宾川——山片角——仁和——华坪——金沙江——四川盐边——米易——大凉山——西昌

诗吟：

出　征

千山万水彩云间，

报国忠君只等闲。

泪水挥洒惜别去，

白夷兄弟远征难。

九千健儿攀山岭，

万马雄兵涉水涧。

川渝滇南两天地，

离乡背井望回还。

景东白夷远征军行了二日，来到景东和滇西接壤之地安定——鼠街,它的东西两面耸立着延绵数百里的哀牢、无量大山,这里住着一两万彝族人。这里的头领已探知白夷大土司陶承恩率着几千人的大军到四川征战,知道这是一支仁义之师,没有在鼠街战略要地嘎埂营设卡哨,景东征讨大军就顺利出境了。大军走出一里地就是定边(现南涧县)了。

大军出了景东城,翻过望城坡,顺着大河往北而去,两岸莽林遮掩,川河水中间流淌,道路平坦。士兵们心情很好,一百多里路,两天就走完了。可是,过了鼠街,走的路就不同了,陡坎大坡一个接着一个,深箐密林走不完,道路越走越难。更为艰难的是要翻越蒙轹大山(无量山原称蒙轹山)。远征军人困马乏,士兵们全身像散了架,历尽艰辛,终于爬上了蒙轹山顶,虽说是山顶,这里的大梁子上有一块平地,两边长着茂密的树林。陶知府正要安排人马歇息。不料,前面的十几个士兵踏着地弩,倒翻在地,接着,从密林中射出一阵阵箭雨,射倒了十多个弟兄。更为触目惊心的是,数十个手持短刀利剑,下身穿着黑色短裤,上身系着树叶露出闪动着的双奶保族妇女“呀呀呀”地吼叫着冲了上来。紧接“保族王国妇女”后面,又冲出七八百个手持大刀棍棒的保保汉子。为首的一个,身体魁梧,健步如飞,一看就是习武之人。他高声喊道:

　　　　路是我来开,

　　　　树是保保栽。

　　　　若要过此路,

　　　　留下买路财。

刀佩也冲上前,说:“不留买路钱怎么样?”

彝家头领喝道:“看棍。”

刀佩说:“接刀!”

他俩就在阵前较量起来。看来头领有些武艺,可是战了十几个回合,他的铁棍被刀佩的大刀削落在地,人也倒翻地上。保保兵队手持武器冲上来,陶府兵将也逼了上去,眼看着就是一场厮杀。陶化启高声唱道:“住手!都退下去!”并接着问:“何方人氏,为什么在此阻挡大军前进？"

俅俅头领反问道："何方兵马，为何犯我定边？"

陶化启说："我们是接圣旨，到四川剿寇。"

头领看着这黑压压的几千人队伍，早已胆怯几分，又听说是奉皇命剿寇，晓得理亏，他上前作揖拜叩，赔礼道歉，命部下让道拜别！

原来，这里已经是滇西了，定边（南涧）知县探得，已经有千军万马开出景东，向大理方向开来，是何原因，概不知晓。知县清楚记得，在十多年前，西域麓川王思伦发，率着二十万大军百头大象，攻下景东。又是沿着这条路，进攻定边，并占领定边四年。思伦发贼心不死，头脑发热，他还想进攻大理，占领昆明，问鼎中原。镇守大理的明朝卫军统帅沐英，率着二万精兵，用火铳、火枪、火箭破了刀厮郎（思伦发的大将）的白头象阵，收复了定边。那次，思伦发也是打着白夷的旗号。所以，拦阻陶化启兵马的俅俅人马，是接受了定边知县的指令，在山顶上探密设伏。头领快马下山来报，定边知县把景东兵马迎进了县城。

到了定边，景东将士歇息了两日，不顾疲劳，又奔向北上之路了，两日后，到了百崖川（今弥渡县）。景东将士来到这里，旧地重游，感慨万千。一些年纪稍大的将士记得：思伦发大军攻下景东，城破，俄陶大帅不降，率领几千家白夷军民，携儿带女，撤退到百崖川，请求大明呵护，在这里一住就是四年。明朝大将军收复定边后，他们才回到故地景东。那时候，陶承恩才是几岁的孩童。

白夷大军开出百崖川，不向大理方向前进，而是取道宾川，直奔金沙江，这一走又是千里路程。因为大理地区有着沐英的神策卫镇守，途中倒也平安无事，每到一地，当地官员都来拜会，补充粮草。可是，这时候发生了一件严重的事情。已经接近金沙江了，此时正是酷暑，太阳像火球一样晒得人们的脸皮发烫。金沙江流域的气候，说变就变，方才还是艳阳高照，瞬间又是倾盆大雨。景东将士们风餐露宿，雨淋日晒，鞍马劳累。陶承恩也是五十出头的人了，途中

58

生起病来。士兵们扎了一副担架,把他抬着随军前进。可是,伤风感冒是不能劳累的,这样行进了两日,来到华坪大镇,陶大人的病越来越重了,发起了高烧,夜间咳嗽不止,并且水米不进。众将看着主帅病重,十分着急。安伏成、安伏武、安紫正、安紫帮(随征的四叔侄)、刀佩、刀有用、刀有进、陶渝、陶旺等都到主将帐中问候。刀佩看着陶承恩高烧满脸色红,嘴唇烧干的样子,难过得流下泪来。

陶承恩虽然病重,但是,还关心着军队的事情,又听说明军主帅派出快马前来催促:"景东兵马必须五日之内赶到米易集结,不得有误!"他心里更着急了,只得把众将传到帐中。他躺在病床上,眼睛看着安伏成、刀佩二人,艰难地说道:"伏成贤弟,看来我这病一时是好不起来,不能随你们前往了。你是这次出征的主将,以往的征战中,你都是一马当先立首功,这次征讨的九千家兵由你带领,我很放心。还有年轻的侄儿刀佩辅助你,你们是不会辜负皇命的!"

安伏成说道:"知府大人,刀佩将军我们商量好了,你尽管在此养病,我们会和众将士团结一心,完成此次征剿使命。"

陶承恩点头微笑着说:"刀佩侄儿,征战完毕,一定要把九千白夷弟兄带回景东!"

刀佩只说了"请舅舅放心"五个字,就流下了辛酸的泪水……

众将怀着难舍难分的心情,别了大帅陶承恩。老天保佑,陶承恩在华坪养病一月后痊愈了,由亲侄陶俞率着五十个亲兵护送回到了景东。知府陶承恩盼着九千家兵归来!

大军急行二日后,已经走完了云南地界,这时,只见一江潺水,波浪翻滚,漩行倒流的大河挡住了去路,早已到这里的信马报来,这条大江叫金沙江……安伏成和刀佩商议后,就决定在格里坪渡口渡江。格里坪是一个大镇,且这里水势比较平缓一些。安伏成和刀佩来到江边,渡口停放着三只小船,每只船只能摆渡二三十人,要靠这两只小船把九千兵卒和战马辎重送过江去,最少也得八九日。并且,这时候,兵部又来催促,赶快渡江和明军会合,不几日要发起对叛逆的进攻。安伏成只得找来格里坪的管事人,召集数位匠人指导,数百名兵士亲自动手,砍竹伐木,不到三日,四五十只木筏排到江边了,又重金请来几十位撑筏高手。安伏成一声令下,几十只木筏在波涛的颠簸中,三天里轮着地把九千士兵、战马、辎重物资、粮草运到了对岸,终于在四川盐边大镇和明军会合。

帖木耳原是乌蒙山官,被封为建昌知州。但是,他仍然不称心,野心逐渐膨胀起来,率部向其他部族进攻,不到半年,他攻占明军占领着的西昌、米昌、会理等州县,占领了凉山广大地区。帖木耳的人马所向披靡,他以建昌为大本营,誓与明军对抗作战,他的叛逆直接影响着四川西南部的稳定。

景东九千白夷兵,实际上是陶府的常备民兵,他们身体健壮,农忙时使牛耕田耙地,农闲时舞着夷刀在练兵场,亦农亦兵,锻炼了他们的坚强意志和体格,一旦上了战场,就是一群勇士。明帅看出陶府夷兵是一支能征善战之师,十分高兴。,帖木耳在建昌城外,连营十里,寨寨相连,岗哨林立,晚间灯火通明,帖木耳亲自坐镇中军大营指挥,紧紧护着建昌城。明军统帅集合各路土司部下以及景东九千兵马,联合明军本部人马,也有三四万之多,他们把帖木耳的人马反包围着,首先要破帖木耳的大营,再攻进建昌城。明军统帅路达指挥能征善战的景东陶府兵,作为偷袭大营的先锋。那是一个伸手不见五指的夜晚。趁着夜幕和浓雾,安伏成、刀佩众将,全身披挂,一马当先,杀死前沿阵地的前哨,九千人马拼命冲杀,虽然帖木耳守军拼死抵抗,却是无济于事。安伏成、刀佩他们攻占建昌城外的西山大营。明军各路人马,看着景东兵马偷袭得手,数万大军从东南发起攻击,贴木耳虽然寨营十里,但是缺口一打开,明军骁勇地冲进大营,冲锋厮杀,把大营踹得稀巴烂。大营被攻破,帖木耳领着五千乌蛮亲兵,逃进城内。

安伏城、刀佩占领了西山,对建昌城内的举动一目了然,看得一清二楚。他们见东西北三道城门紧闭封锁很严,只有南门卖柴火卖粮食进出着,却是盘查很严,城门内还暗藏着杀机。刀佩不由心生一计,他挑选了15名健壮的府兵,扮成当地的土民,又怕语言不通露馅,收买了数名俘获的乌蛮士兵同往,他们挑着粮食柴火乘机混入城内。

夜间,西山燃起四堆大火,明军高举无数火把,从东南北三个方向强烈攻击城门。帖木耳梦中惊醒,看见西山火光冲天,如同白昼,又听见三道城门受着猛烈攻击,急忙调动乌蛮兵增援三座城门。潜伏在城内的景东的15个白夷兵在城中最高的鼓楼上擂响了战鼓,并放起大火,乘城内一派混乱,安伏成、刀佩等兵将,顺着夷兵放下的绳索,一时间爬上了许多人,安伏成、刀佩乘机打开西门,九千景东府兵冲入城内,火光冲天,杀声阵阵,好像天兵降世,千军万马同时攻下东北南西四道城门。帖木耳领着数十卫士抵抗了一阵,从北门逃走,溜进深山。随后,明朝联合大军,激战数月攻下西昌、米易、会理等州县。安伏成、刀佩等众将率着子弟兵,持刀跃马,在数次战斗中,立了大功,并在攻占建昌城时俘获了帖木耳的大将阿富。从此,乌蒙叛军一蹶不振,销声匿迹,闹了几年的叛乱,就这样平息了。

征战胜利了,景东陶府几千将士想着遥远的故乡,心想很快就可以见到亲人了。料想不到,一封圣旨传到米易:

朕知陶承恩忠心报国,率景东九千家兵前往四川征剿,途中染病难行,所有统带家兵,交部将安伏成、刀佩带往前征,兄弟叔侄四人受此重任,不辞劳苦,为国家效了犬马之劳。旨意:"安伏成刀佩所率四千夷兵,在米易设二卫五所。并任卫所之职。五千民兵,改兵为民,婚妻耕种,刀氏改赐贤姓。"

凉山地区有一条大江,叫雅砻江,这条大江好像景东的川河。莽莽苍苍的大凉山,又好像景东的延绵数百里的无量山、哀牢山。源于大凉山的无数条小河涓水流入雅砻江,恰似从景东无量山、哀牢山的菊河、新桥河、大坝河、蛮垂河、蛮路河、文怨河、瓦伟河、冷窝河淌入川河,世界这么大,又是这么的相似。看着雅砻江,想起了美丽的川河,这时,父母在等着他们,儿子在叨念着父亲,娇妻在盼着他们,陶承恩大帅也望着他们,景东的山山水水也在等着他们归来。望着悲鸣嘶叫的南飞大雁,将士们流下了辛酸的泪水……

诗吟

> 凝空放眼雁南讴,
> 雁过留声心更愁。
> 父老双亲流眼泪,
> 一双孩童望父归。
> 娇娘想郎望穿眼,
> 梦醒空床独灯幽。
> 候鸟佳书寄忧悒,
> 何日见面常想守?

陶府九千家兵征四川线路图

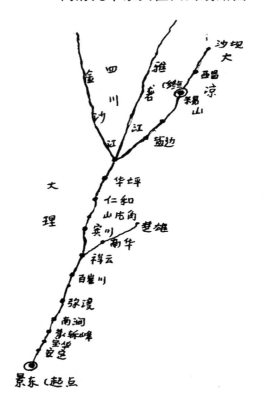

陶府九千家兵远征四川米易

63

景东历史名人刘崐的故事六则

故事一　无量山夜遇老虎

刘崐出生在曼等大行山的凹子寨里，这个寨子里的人家大多都姓刘。刘崐的父亲经营着十多匹马，经常到澜沧江缅宁（今临沧）做生意，家庭殷实，刘崐十五六岁就到银生城开南书院读书去了。那一年，刘崐又启程了，只见两个赶马人（刘崐的侍从）赶着两匹马，驮子里装着书籍、衣物、食品等生活用品。曼等到景东有两三百里路，路途难行艰险，半年或一年才能回家一次，不备足用品和食物是不行的。

从凹子寨走出，要翻过高耸入云的大行山，到了山顶，又往下走完十里长坡才到古里河，又要沿河而上，来到高榄槽，有一股清清的河水从无量山中直流而下，这条河叫磨刀河。顾名思义，这里凶猛的野兽时有出没，未上山的人们就要把刀子磨得更快。峻嶒的山峰一个接着一个没尽头，刘崐一行，到了傍晚还没有走到主峰，他们只得在磨刀河畔的一块平地上扎营歇息。营盘是安在一棵大树下，接着，又搬来许多栎柴，烧起旺旺的大火，开始做饭。刘崐虽然年少，安排这些事情都是有条有理，显得少年老成。饭刚吃完，天公不作美，天上下起雨来，雨越下越大，河水一下子猛涨。这时候，刘崐准备带到开南书院煮给学友们品尝的八九斤重的大"羡鸡"受到惊吓，从马驮子里挣扎出来高高飞起，越过磨刀河，歇到对岸的一棵大树上。看着洪水激流，刘崐也无可奈何，但愿"羡鸡"夜间不要飞走，到明日捉回。他们把火烧得更旺，打开行李拉出毡子，开始睡觉了。刚睡着不久，一阵狂风呼啸，把刘崐他们吹得脊背凉飕飕的心里发毛，接着又是后面的阴森森的林中传来一声震撼山岳的

64

怒吼,老虎下山了(那时候无量山有老虎),吓得两匹马躺下直发抖。刘崐知道老虎闻到"羡鸡"味道寻着人间烟火来了,他先是一阵毛骨悚然,接着又镇静下来。刘崐借着火光一看,后面不远的幽林里,老虎的两只眼睛像两只小灯笼绿蓝绿蓝地晃动着,并慢慢地向火塘走来……刘崐这时显得不慌不忙,他叫随从用赶马用的铓锣使劲地敲起来,铓锣声在夜里格外响亮,传遍山野,惊得山鸟从林中飞出。老虎停下来了,过了几分钟,老虎知道这是人用来吓它的,又开始行动了,而且越走越快,树林都被老虎踩踏得"踢踏踢踏"地响着,只距离火塘三四十米了,刘崐他们三人迅速从火塘抽出烧得通红的栎棒朝着老虎甩去。刘崐的赶马人,一个是本家哥哥刘启正,一个是本寨的青年赵得远。赵得远从小就放牛,体格健壮,他用石头撵牛羊,石头掷得又远又准。这时候,赵得远把烧得通红的木棒瞄准老虎用力甩去,在老虎身旁溅起一堆火花,据说还烧着了老虎的胡子和身上的毛,老虎虽然是兽中之王,可是,从来未见过这种"新式武器",吓得老虎跳起来逃跑了。第二天早上,刘崐他们到那里一看,老虎逃跑时把小树林压倒了一大片,赶马人也从大树上捉回了大"羡鸡"。

从此,磨刀河又被人们叫作"鸡跳河"。

故事二　鲤鱼跳进锅

刘崐在开南书院读书,一天,他约着几位同学,带着两口铜锣锅(一口煮饭,一口煮鱼),到菊河拿鱼野炊。他们生着火架起锅,一口锅煮上米,另一口烧了水,专等捕着鱼下锅了。两位学友从上游拉着网围了下来,两位学友也披着网专等撒网拿鱼了。那时候,菊河的鱼多极了,上面的人撵着鱼下来了,下面的人大网一撒,蹲在河边火塘边的刘崐,只见银光一片跃起许多鱼来,有两三条一两斤重的鲤鱼跳进沸腾的锅里,"叭叭叭"地烫得滚跳着。刘崐他们没有给鲤鱼开膛破肚,而是用清水煮了一锅鲜美的鱼,大家吃得不亦乐乎……

一位学友说道:"刘兄真是好运,来年一定高中。"果然,刘崐第二年进北京考中了进士。

故事三 "神童"刘崐

刘崐从小聪慧过人。三岁能背《三字经》《百家姓》《千字文》,六岁能诵唐诗宋词,八岁阅文过目不忘,文章老师教了三遍就能背出来,老师和长者赞不绝口。

刘崐的叔叔刘体舒是一位学富五车才高八斗满腹经纶的大文人。他考中进士后,朝廷钦点到广西当州官去了。临行前,刘体舒看着侄儿聪明好学,有着十分的悟性,将来可以得功名做大官,他就吩咐家人专门请教谕(老师)在家辅读,指导刘崐做学问。果然,刘崐不负众望,在青年时代就崭露头角,三十二岁就考中进士,到京城做官去了。

故事四 慈禧太后喝过刘崐进贡的"无量茶"

刘崐当了同治皇帝的老师,他和慈禧太后接触多了起来。刘崐虽然性格秉直,但有时也会拉关系,他吩咐来北京的家乡人,带一些景东土特产泡肝、香肠、茶叶进贡给慈禧太后品尝。太后的饮食很讲究,每餐饭要花六十两银子做八十样菜肴进餐。全国特产各地山珍海味哪样没有吃过。她品尝了刘崐送去的麂子干巴、鹿香肠之后,只是点头没有称赞。饭后,慈禧吩咐太监李莲英冲了一杯刘崐进贡的"无量茶",只见得开水冲开了茶叶,茶杯里散发出了一股清香,她喝了一口,茶水未下肚,可是嘴里留下了香气,这股香气让她回味无穷。太后越喝越想喝,接连喝了四杯,把肚子都喝得胀鼓鼓的。她哪里知道唐朝时就有一个叫樊绰的大文人写了一篇有关"茶出银生"的文章,这种茶产于无量山中一个叫老仓的保族大寨里的原始森林中。慈禧喝了茶以后,啧啧称赞。从此以后,刘崐就吩咐家乡人每年都要带些"无量茶"到北京给慈禧喝了,就是刘崐在湖南当了巡抚以后,刘崐进贡"无量茶"也没有间断过……

故事五　刘崐上任途中写对联

　　接到皇帝圣下后,刘崐从北京启程了,要到湖南当巡抚。侍从、护卫、家眷一支队伍,长长的一大串,有五六十人。走完河北又走到河南的信阳,也有三千多里的路程了。问题来了,估计不足,刘崐的银子没有了,面临着断炊。这时候,刘崐的心腹侍从说:"路途还远,我们还要走六个州府,凭着你的声誉,不妨召见这些州官,向他们借一点银两盘缠……"刘崐答道:"就不打扰他们了,我一生不欠什么人的人情账。"又走了两日,到了湖北的随州,住进驿站,这时刘崐是山穷水尽了。随州人口稠密,看上去是一个富庶的地方。刘崐吃了早饭,就带着两个随从到街上去了。他要干什么? 写对联换银两。只见街上的一位留着银须戴着方巾帽身着布衣长衫满面斯文的老人正磨墨等待人们写对联,但是,等了好一会都没有人理会刘崐。这时候,终于有一位当地的学士去请刘崐写对联了。学士看着刘崐写的行体书法对联刚劲有力,鲁公笔法,圆润得体,飘洒自如,他连声称赞。一打听才知道此人是朝廷二品大员,是当代书法家,还当过皇帝的老师……一传十,十传百,刹时间,求联的人络绎不绝挤满桌前,刘崐的生意很好,他写了一百多幅,乡民们多多优惠,每副二两银子,得了近二百两银子,够吃两个月了,刘崐也累得筋骨松散了……

故事六　"告诉你们刘大人,不见就算逑"

　　清同治十四年,曼等凹子寨的刘家人知道刘崐在湖南当了大官,就推举刘崐的侄儿刘开国代表族人去看望他。刘开国徒步几千里,历时两个多月,一路艰辛,来到长沙。刘开国肩挑腊肉、香肠、茶叶,操着一口无量山土话,七打听八问路,就是没有人听懂他的话,急得他满头大汗团团转。有一个在长沙开药材店的昆明人听明白了刘开国要找的人,知道此人是老乡,带着他找到了巡抚院。只见巡抚院门上戒备森严,刘开国走上前去,对着守门的卫士问道:"我要找刘崐二伯?"卫士佯装不知,这时门内又走出一人,像是当官的,问刘开国:"你是何人,指名道姓要找巡抚大人?"因为他经常跟随刘崐,懂得景东土话,见是一个土头土脸的乡巴佬,警惕地问道。

"我叫刘开国,刘崐是我的伯父,请你通报一下我要见他。"

"你真是刘大人的侄子?"门官看着这个像是老实的乡下人,而且来头不小,有些相信了,正要引刘开国入内。门官忽然又想起有人冒充刘崐的乡谊亲戚骗取钱财的事,而且刘崐告戒门官,生人一律不见。刘开国看着要开门引见却又不让进去,早就传闻刘崐当了大官六亲不认已经忘本了,他把胸中的怒气发在这门官头上,刘开国高声骂道:"你狗眼看人低,我家刘大人听说当了江南主考官,什么吏部、户部、兵部四郎(侍郎),还当了皇帝的老师,你这个烂鸡巴门官不进去通报,还在这里拿腔拿调。"刘开国越骂越气声调越高。门官说:

"息怒、息怒……"

"息你妈头的怒,告诉你们刘大人,要见么就见,不见算述,老子要走了!"

门官见这个耿直的汉子发火了,还骂出了难听的粗话,他猜着十有八九是刘大人的亲戚,闹大了还不好收拾,急忙入内禀报去。

"报告巡抚大人,外面一个自称你侄儿的人骂开了,我怕有诈,不让他进来,他骂着骂着就要走了。"门官说。

"他骂什么?"刘崐问道。

"他说不见算球"门官答着。

"这是景东人骂人的土话,定是侄儿来了。"刘崐顾不上穿鞋,拖着一双木履跑到大门口,抱着刘开国痛哭起来。

刘开国在长沙住了三个月。刘崐赠送刘开国银子三百两,并带回一封长长的家书,算是对刘氏宗族的告慰。刘崐一走就是四十多年,再也没有回来过……

故事七:刘崐跪哭求同治皇帝读书

这是个出自同治的皇后孝哲之口的故事:"那时候,陛下(同治皇帝)只有八岁,天天在南书房念书。陛下常不爱读书,师傅(刘崐)便跪下,求陛下读书,陛下还是不听,师傅急了,痛哭不止。陛下也急了,便拿出一本《论语》,翻出'君子不器'一句,并把手掩住那'器'字下面的两口,请师傅读,师傅读道:'君子不哭',师傅明白了意思,忍不住笑了起来。"孝哲皇后说到这里,同治皇帝叹了口气说道:"咳,这时候还说他干什么,那都是小时候淘气的事情,我如今没有那种聪明,也没有那般快乐了。"

(《刘崐故事七则》,是由刘崐的五代孙刘珍堂口述,作者记录整理编辑。刘珍堂是作者的同班同学,他高中毕业后被招进思茅地区水工队,后又调回景东任大街煤厂副厂长兼工程师,现移居思茅。)

清同治皇帝之师——刘崐

群艺馆里的"诸侯"们（记叙小说）

"诸侯"排列顺序

秦玉海　楚德才　齐慕文　燕单飞　赵恒尧　魏正禹

韩士改

（战国七雄：齐、楚、燕、韩、赵、魏、秦）

秦玉海

一个三十岁出头使人觉得是一个饱经风霜早已成熟的人。秦玉海出身一个古镇的诗书人家，家里的大门楹联是：

耕耘是祖训

诗书韵人家

要论此人，就必论其父。父亲秦箴言，到底是诗书人家，起名也有学问。"箴言"是古时的一种文体，是规劝告诫的话。父亲在兴隆庙学读完高等小学六年级，又不远数百里到银生城读书。黉学有三百年历史了，后来黉学改名文庙。新中国成立后，又在文庙里设立群众艺术馆，简称文化馆。说来也巧，六十年后，秦玉海在父亲当年读书的黉学里任了馆长。

据景东县清代末期著名诗人赵绂的二代孙赵鼎老先生讲：箴言的古文极好，书法笔锋圆润得体，全班第一。赵鼎是银生城人，父亲的同窗好友。父亲学成之后，回到家乡被聘到帮雅小学教书，培养了一批初级知识人才。无商不富，父亲意识到这个道理，他辞去老师职务，经营马帮到缅甸、泰国等国经商。从一无所有开始，父亲历尽艰辛，后来当了有四十多匹马的马锅头，耕耘田地也有八十多亩，成为一方富裕人家，成了当地知名人士，并任了民国时期的景

70

泰镇第一任镇长……父亲的箴言是"读书、耕耘、道德"六个字。

秦玉海的家庭出身、社会背景、亲戚关系是复杂得再也不能复杂的了。新中国成立了,这种人家是"扫地出门"的对象,所以,秦玉海初中毕业就画上了本人学历的句号。上世纪 50 年代中后期,"反右派""肃反补课""拔白旗""火烧中游"运动接踵而来,被处理的人太多,秦玉海有幸被补充到偏僻山区冷水箐小学当了一名光荣的人民教师。他喜爱音乐,在一次全县小学教师声乐器乐比赛中,以一曲《黄水谣》二胡独奏,他得了第一名,从此,他告别了教师队伍,融入了文艺圈内……

秦玉海在县文艺宣传队当了演奏员、创作员、队长。八年的宣传队长,是一次最深刻的磨炼。写剧本谱曲子,舞台上拉二胡,搬布景,拉大幕,当业余演员,他什么活都做。他率领演员们爬山涉水走遍银生山川演出五百多场,行程万余里,观众达二十多万人次。气势磅礴的无量山、哀牢山,澜沧江畔川河水旁、彝家山寨的火塘旁,无不留下了宣传队员优美的舞步,飘荡着彝家"小乖啰"的余音……

八年的人类灵魂工程师、八年的演艺春秋,秦艺海已经磨炼成熟。但是,以前秦馆长指挥的是一群天真无邪活蹦乱跳的少男少女,眼前面对的是一些学历高,资历深,性格怪异各有千秋的"诸侯"们,对秦馆长是一个考验……

楚德才

楚德才出身于滇南官家子弟,某大学毕业,曾在贵阳剧社当过演职员,后在滇南师范学校当教师。会讲英语能唱英语歌……喜欢吹牛,讲一些不着边际的笑话。上世纪 50 年代,某些正统领导,看不惯这位穿着西装结着领带皮鞋擦得贼亮的"绅士"人物。此君在会上说了几句看不惯领导的风凉话,就被打成"反革命"送沙漠农场劳改。一去沙漠就是三十年,落实政策时他已是五十六岁左手只剩三个手指(据说是在农场劳改时扎草扎断的)的楚德才,才孤零零地调到群艺馆。他虽然经历了人生悲剧,却很乐观,他讲的故事,真真假假虚虚实实引人入胜,群艺馆的几个年轻人特别喜欢他讲的故事……

楚德才在群艺馆的一些故事:

A.他每天早晨起床就在宿舍里用英语发音吊嗓,出门后在大殿庭院前"依依哇啊啊"地高唱十分钟的英语歌,吓得一群歇在大树上的小麻雀飞起。同馆的小刘说,楚叔,你的声音洪亮音色纯正,可是,我们一句都不懂……

B.楚先生说,他三十多年都没有吹小号了,叫秦馆长到县剧团借一支小号吹吹,找回当年的感觉。秦馆长借来小号。第二天早晨,只见楚德才唱完英语歌,正二八经吹起小号来。秦馆长听着听着暗暗发笑,三个手指怎么能演奏小号的全音?楚德才哪里知道,秦馆长在剧团里不但能拉二胡,还兼职吹中音号,秦馆长顾及楚先生的面子,还拍手称赞。楚德才显得很满意。

C.群艺馆组织了一个城关业余剧团,调集了一些职工演唱精英、跳舞、唱歌,还演大戏移植花灯《巧判婚事》《血溅乌纱》……到了晚间文庙内琴声四起锣鼓喧天十分热闹。楚德才在贵阳剧社唱过戏,听到了久违的琴声戏腔,他在排练场转来转去十分高兴。楚德才对馆长说,演戏我帮不了忙啦,我给乐队做十个谱架,楚先生做谱架是用木料木螺丝。于是他借来了锯子推刨,自己设计,叫小刘小陶帮忙,十天后完工了,十个谱架做好,还漆得黑黝黝的真像乐器店卖的一样。乐队正式将谱架投入使用,第一天谱架倒了五个,第二天又倒了四个,只有一个孤零零地站着……

D.楚先生给小刘说,去学一个驾驶执照。他说父亲曾在龙云手下的财政厅任过要职,留下了一颗云南最大的宝石,新中国成立时被政府没收,等着落实政策宝石回归,就买一张小轿车赠送群艺馆,叫小刘驾驶,小刘半信半疑。

E.一次文化局的张局长与秦馆长一同到省城出差,楚先生也同去。那天办完事后,晚间,楚先生带着二人转了很多大街小巷,来到一处别墅群的一幢楼下,大声喊着:"大姐开门,大姐开门。"喊了半天没人应声,楚德才埋怨说:"才十点钟,黑灯瞎火怎么不开门。"三人转身走了一小段路,楚先生指着南边的建筑群说,纺织厂那片建筑,那里都是他家的产业。

张局长、秦馆长笑了笑,不置可否……

F.楚先生十分欣赏群艺馆剧团的演出,那天,剧团在"跃进剧场"出了一张醒目的海报,演出剧目是大型古装花灯剧《巧判婚事》。那时候,四川遂宁一个姓宁的包工头,率着有一百多工人在此城搞建筑。那天下午宁队长的侄儿宁得候在剧场转了一圈,撕下了演出海报。不料,被候在这里的楚先生逮了个正着。楚先生年老气盛,揪着宁得候的领子高声斥问:是公了还是私了,公了到派出所听候处理,私了乖乖写出广告重新张贴。宁得候仗着叔叔的人多势大,看着这位留着小胡子穿着西装的小老倌,也气势汹汹地说:广东人(另一支建筑队)我们都不怕,还怕你这个小老倌,并喊来十七八个同伴,还想揍楚德才。

楚德才恼火了,最见不得这种仗势欺人的事情。他连忙打电话给秦馆长汇报此事,秦馆长觉得故意撕海报破坏演出是个事情,就带着馆里的小刘小陶小杨赶来。这时候,剧团准备当晚演出准备化妆的二十几位演员也围了上来。特别是看着身高一米八几,身材魁梧的剧团武功队长贺大雄站在最前面,围观群众有一百多人,宁得候开始退缩了。这时候,宁队长也赶来了,他看事情闹大了,知趣地赔礼道歉,补写海报,平息了事情,宁得候也灰溜溜地跟叔叔走了。

G.就在当日演出的晚上,楚德才又来站门查票了。他见一个穿着军便装的中年男子,甩着手大摇大摆地走进剧场。楚德才说,没有买票不能进,中年男子不理睬,一直往前走。楚德才发火了,厉声喊道:"没有票就滚出去,不然我就把你放倒!"男子奇怪地望着这个老头,要发怒的神色又平静下来,没有必要和这个小老头计较,他没趣地走出剧场,这个男子是文华农场的值勤干部。

齐慕文

生于永昌府的一个文化世家,毕业于四川美术学院油画系,本科生。他中等身材,一副白净的面孔,儒雅的形象,见人就微笑,给着人们亲切感。

20世纪60年代中期,齐慕文调到银生城群艺馆,任美术创作员。这时候,正值"文化大革命"期间。两个均以革命自居的派系——造反派与保皇派都高举造反的大红旗,背着红色语录包,戴着红像章,举着红宝书唱着"造反有理"的语录歌。两派各不相让斗得死去活来,可笑的是一家人都分成两派,饭桌上都要辩论,为了站稳立场,夫妻都闹着离婚。齐慕文在这一场大革命中,不自觉地卷入了两派斗争,因他能写能画,被参加的一派重用。张贴在大街墙壁上画了"走资派"的群丑图,栩栩如生,活灵活现,淋漓尽致,让古城的人们领略了图画的美妙。齐慕文在省城里认识许多人,被他参加的一派封为"联络员"。"一派高兴一派没落""一派得势另一派被打倒"。齐慕文的一派被打倒了,接着是"揭批查"。"揭批查"三个字蛮革命的,也不难听。但是群众发起火来就动用拳头和绳索。知识分子细皮白肉受不了这份苦,齐慕文很聪明,风雨未来,看着势头不对,三十六计走为上计,跑回永昌府躲了两三年。"暴风雨"过后,齐慕文毫发未损地回到古城群艺馆,政府给他落实政策,补了几千元工资。

齐慕文也算是群艺馆的"元老"了,50年代初期就是群艺馆职工的汤老先生讲起了他的一些趣事:

齐慕文追求婚姻的条件是要线条美,要"俊男配美女",他瞧中了县花灯剧团的一位女演员,貌美年轻,身材苗条凸凹有致,走过她身旁的人都要回头看她二三次才过瘾。齐慕文请女演员吃饭了,还请了县广播站播音员莫乃芬陪吃,为了表示对女演员的诚意,他还亲自做菜。菜上齐了:主菜是一碗青菜煮香肠,一小碟炒鸡蛋,两个素炒,一小碟咸菜。"四菜一汤"搭配还算可以,营养能量也够,可惜的是主菜"青菜煮香肠"有股火烟味,鸡蛋因为油放得少炒煳了……吃饭时，齐慕文红着脸腼腆地笑着，还殷勤地给两个姑娘拈菜，三人只吃了一小半。事后，女播音员转告了女演员的回音：性格不合。告吹！

齐慕文的第二次恋爱，发生在一次全地区美术写生学习班，他在这里结识了一位 A 县画国画的年轻美女。会后，通了几封信，这位女子觉得志同道合，对齐慕文怀着爱才之意，从三百多公里之外赶来"相亲"，齐慕文激动得不得了，热情地把女子安排住在县招待所。第一天下午，女子在县招待所吃完晚饭后，光临了齐慕文的寓所。住在隔壁的汤老先生说，晚间，女子坐在床上，齐慕文正正规规坐在椅子上。女子主动说着话，他有一句无一句地搭着腔，姑娘看着无话可说，要回招待所休息睡觉，齐慕文赶忙说我送你回去。

第二天晚上又把第一天晚上的故事演绎了一遍。

第三天，女子说要买车票回去了。

第四天，汤老先生看见女子在古城过街楼游览着……

女子回到 A 县后，写来回信，人倒不错，有点麻木！拜拜！

齐慕文两次恋爱失败，"文化大革命"冲击的伤痕未消，他变得寂寞孤独，整天坐在宿舍里鼓捣着，时而读书时而画画，有时还自言自语说着什么，一坐就是几个小时，要见到他只有到县革委会食堂打饭吃的时候！这位知识渊博的油画优秀生，看着此地难有发展，经同学联系推荐，调到省城一个重要刊物编辑部，改行做评论编辑，并发表论文多篇。一次，秦玉海到省城学习，见到了齐慕文，他已是五十挂零的人了，还是独身。

燕单飞

燕单飞还在襁褓中，父亲丢下儿子远走他国杳无音信。他只读完小学六年级就辍学了，少年时代就步入坎坷的人生。燕单飞在哀牢山帮人赶过"牛帮"当过搬运工人干过食馆勤杂工……年纪轻轻就尝尽了人间百味。燕单飞很聪明，悟性好，自幼喜爱音乐，喜欢拉二胡。晚间，古城西正街的小楼上飘扬着《二泉映月》《病中吟》的悠扬琴声。多年的修炼,他的二胡"民间揉弦法"终成正果,他成了一个出色的演奏员……

燕单飞尝尽了"酸苦辣"的滋味,就是没有尝到"甜味"。他三十八岁那年,被一个识才的局长招进了群艺馆,他记性好悟性高,在群艺馆的业余剧团里,他任乐队里的主弦,拉上二三遍就不用看谱了。他进了文化单位,如鱼得水,发扬了革命的"中春",他工作满腔热忱积极负责,三年就完成了三本音乐集成,收集了二百多首民间曲调,数百天跑遍了无量、哀牢的山水村寨。但是,燕单飞觉得这点苦算不得什么,现在已经是堂堂正正的国家正式职工了,比起在哀牢山帮人赶"牛帮"、在搬运队背水泥包、在食馆里挑水劈柴抹桌,这是小菜一碟!

有人说有本事有作为的人脾气大爱发火,燕单飞就是这一类吧,现列举几例:

A. 燕单飞只是小学毕业,现代评职称看文凭,他工作十八九年,再过几年就要退休了,还只是"助理馆员",凭业绩任一个"副高"也不为过。上一级领导觉得亏了燕先生,指示他报"馆员"职称,"馆员"职称比"助馆"高一级,工程系列是工程师。燕单飞满怀信心写了呈报表报到县里文化部门的评委,领导说不合顺序,应该是从下到上怎么搞成从上到下……燕单飞发怒了,他骂道,老子苦了二十年怎么才是一个小"助馆",外面都喊我"燕总"(曾担任过自治县成立10周年文艺表演的总指挥),"总"个屁……又是给领导作揖又是叩首,闹得不可开交,办公室的人都停下工作看着他。

B. 燕单飞可能是受苦太多压抑太大,特别喜欢喝酒,他是"半斤润胃,一斤不醉,二斤醉得好睡"。他还说:"李白酒醉诗三篇,老燕酒醉睡三天。"被称为文化单位的"酒神"。有一次文化单位到五公里外的孔雀山公园聚会,饭后步行回城,回到城里天黑了,发现不见了燕单飞。这时燕单飞一个人躺在公路旁鼾睡,醉得鼻涕流口水淌打着鼾。一个人驾车而来,觉得好奇,停车一看原来是"燕总指挥"(城里的许多人都知道他),把他抱上车送回家,第二天他问家里人,昨晚我在草地上睡觉,我是怎么回来的?

C. 燕单飞又喝酒了! 这一次是文化单位到郊区"北屯营"吃火烤乳猪,燕单飞看着摆在桌上的火烤乳猪和几瓶无量山名酒"小门坎",他显得很兴奋。他吃得高兴喝得过瘾。燕单飞又骂人了,他骂人什么人都敢骂什么丑话都敢说。俗话说:"县官不如现管",他不吃这一套。酒醉了他骂领导"吃吃喝喝嫖婆娘什么都不管"。领导听了,知道燕单飞醉了一下子不会歇台,只得退席。

D. 燕单飞醉得最厉害的一次:县文化局组织了一次送戏到哀牢山区的巡回演出,燕单飞作为艺术指导和乐队主弦随队前往。演出过半,到了哀牢山区的一个乡政府休整。文化局领导赶到乡政府慰问,并作小结讲话。领导讲你们乘坐敞篷汽车巡回演出辛苦啦,向大家学习致敬! 但是,这种车在崇山峻岭间颠簸不安全,出车时驾驶员不能喝酒,宣传队员也不能喝酒,你们喝了驾驶员也要喝,这是很危险的。燕单飞听了觉得不是滋味,领导讲话是对着他的。那天晚餐很丰富,还有乡政府领导陪着。他又把酒喝高了,指桑骂槐地又骂人了,声音越吼越大,据说乡政府养着的一窝鸡都吓得惊醒了叫了起来。十二点了,住在乡政府的人都不能入睡,领导也不敢劝他,最后还是乡长出来劝说才平息了这台骂。

事后回到县里,秦馆长知道了这件事,批评他不应该在乡政府骂人,影响不好。他说那晚上是要给这位领导一个下马威(那位领导上任才三个月)。他还给秦馆长说,酒醉了什么都不管了,平常不想说的说了,不想骂的骂了,什么臭话脏话都敢骂,胸中的怨气闷气一扫而光,真痛快!

燕单飞苦尽甜来,可是没有尝到什么甜。在退休六个月后也随着去世半年和他相依为命的慈母一起到"天国"去了,可能是母亲在地下念着"单飞",也许是"单飞"想着母亲……

赵恒尧

上世纪 60 年代上级总是喜欢把一些认为在省城不可靠背景

不好的人发配下来,目的是让他们接受再教育,进行锻炼改造。那些年代的年轻人,十分听话,党指向哪里就奔向哪里,从不讲价钱。赵恒尧就是这类的人,他已经在省城一个新闻单位参加工作,因家庭出身背景不好,被下放到古城群艺馆。此人专业:新闻摄影,业余爱好:打球照相短跑当裁判,还会写文章,"十八般武艺"他精通一半。

一次,秦馆长到省文艺干校学习,一位研究历史的杨教授到干训班给学员讲课,他知道赵恒尧在古城群艺馆,就说赵恒尧是他的老同学,要秦馆长善待他,并说古城是傣族的渊源地,有千年的历史了,要好好调查研究你们那里的历史。赵恒尧的摄影作品得过省里的大奖,对专业精益求精,对摄影达到"痴迷"的境地。秦馆长家是农村的,春耕插秧秋收割稻子,过年杀年猪他都要实地摄影。赵恒尧对工作认真,虽然不当官,群艺馆大小事都管,馆里苗木太多,砍哪棵间哪苗他说了算。农村业余文艺宣传队在群艺馆里排练演出,某某某不入厕就在草地上解小手,某某某乱扔纸屑某某某乱吐痰,他都向馆长"汇报"。赵恒尧对生活质量要求高,秦馆长和他出差几次,他都要提出:

1.烟要带足(那时烟很紧缺),品牌要全,红山茶、大重九、红双喜……

2.住宿要舒适。集体大间不住,起码是双人间,到地区要住"雅园",到省城要住"梁家河"(省艺术培训中心)。

3.每餐营养要充足,若是集体饭菜不好,就去"蹲"小食馆。

赵恒尧个子不高,体格健壮,短跑出色,当篮球裁判员是他的一大爱好。特别喜欢吹"常委会"和"女子篮球队"的比赛,这时候,他显得很兴奋,吹着哨子

串来串去,跑得比高了许多的篮球队员们都快。

赵恒尧对人十分和气,从不直接说人,群众关系融洽。他知道A君和B君关系极差水火不容。开会讨论问题,A君和B君发言的时候他会插上一两句两君都不想听的话,两君就会发生"口舌大战",赵恒尧暗中发笑,同事们也觉得是乐趣,最后,赵恒尧出来当"和事佬"。

赵恒尧千里迢迢到古城,青春渐逝,婚姻不顺,人到中年娶了一个"小河淌水"的滇西女子,可是,一年后妻子难产而逝。过了七八年赵恒尧又升调到更远的边疆州教育局当了一个什么"闲职副主任"。不久,他打电话给群艺馆的同事们说,他又和"歌舞队"的一个女子结婚了。群艺馆的同事们为他高兴了好一阵子。后来才搞清楚女子是林场"果木队",大家把"果木队"听成了歌舞队。

群艺馆和赵恒尧远隔千里,多年没有联系了,群艺馆的同事们叨念着他……

魏正禹

那年,秦玉海在古城附近山区么那小学教书。大队部来了两个年轻人,是县里派来的扫盲干部,其中一位身材高大,国字脸撒满了英气,此人叫魏正禹,操着正宗的京腔。此时正是假期,么那大队长派我随着他俩到大队最高海拔的猴子崖生产队教山民们识字扫盲,这里的百姓们多不识字。那时候,没有电灯,晚间,村民们举着火把汇集在生产队队房里,有四个人高举明子火把照明,烟雾弥漫,空气浑浊,一堂课下来,用手一抠,鼻孔沾满了黑色的烟尘。但是,魏正禹教得十分认真,这次扫盲完成了教会学员识500字的任务。

当时,下乡要和老百姓"三同"(同吃同住同劳动)。魏正禹全不像大城市来的人,他晚间教识字课,早晨和乡亲们到山里拖柴,白天又到地里参加劳动,与百姓们融洽在一起……魏正禹给秦玉海留下了深刻的印象。

两年后,秦玉海调到古城群艺馆后又见到了魏正禹。那时候,县政府的办公住房紧张,文教科的扫盲办公室借住在群艺馆的所在地文庙里。群艺馆的同事们和魏正禹相处了几年。此时,才了解了魏正禹。魏正禹,天津人,中央民族学院民语系毕业,本科生。据说他的家庭乃诗书门第,父母经商家境富裕。他是骑着摩托车到北京上大学的。大学毕业的前一年,正值"反右派"斗争,他说了几句"外行不能领导内行"的话,被定为"右派分子""戴帽"一年,因表现好摘掉"帽子",分配到古城文教科搞扫盲工作。在相处的日子里,看到他能拉一手好京胡,能唱字正腔圆的《借东风》《夜深沉》《武家坡》等京戏,他并且是古城文教一队的主力篮球队员。每逢打球时,他满脸朝气,生龙活虎,全不像戴过"右派分子"帽子的人。因为秦馆长喜欢拉二胡,喜欢听魏正禹唱京戏,晚间,他们就拉拉唱唱说说笑笑,那段日子,过得好快乐……

　　可是,魏正禹时运不济,接下来的是坎坷辛酸,打击不断袭来。把一个中央民族学院毕业的本科毕业生分配到县立东方红小学六年级教语文兼教音乐,这还算好景吧!可是好景也不长。也就是那一年,轰轰烈烈的"文化大革命"也降临了。东方红小学住满了全县五六百小学教师搞"揭批查"。学校大门上、墙壁上、教室里大字报简直是见缝插针,几千张大字报铺天盖地而降。其中,有一张是魏正禹的,而且只是一幅漫画,漫画上是魏正禹闭目养神,他在喃喃念着"月亮都是美国的好"。魏正禹清醒了,忆起了当年在大学里飓风暴雨的"反右派"斗争,他被这一幅漫画击垮了……

　　祸不单行,接着,又是滇省的民族学院教师们,昔日赵正禹的老师们学友们,接"大革命"的余威,集中在古城东方红小学搞"斗、批、改"。什么"铲除资产阶级学术权威,揪出学院内隐藏最深最危险的右派分子""打倒走资派×××"的大字报又一次降临。魏正禹住着的只有十平方米的小屋外也贴上了十多张大字报,魏正禹进门出门看着这些大字报,胆颤心惊,他完全被击垮了。

　　东方红小学又响起上课的钟声,魏正禹似乎没有听见,他不登讲台了……学校领导没有办法，只得安排他到伙房帮忙，附带兼养二头猪，他的工资由四十九元降到三十元。这时候，魏正禹倒显得很负责，扫地淘米切菜他争着做，他养的猪也是胖嘟嘟的。学校的老师们说，魏老师一个月只上一次街，目的只有两个，一是理发二是买烟，其余时间不出宿舍，只是坐在宿舍里的床上发呆沉思，闭目养神。

赵恒尧和魏正禹同是上面下来的，是好朋友。他约着秦馆长看望过魏正禹两三次。记得一次是暑假，学校里空荡荡的。学校伙食团停办。只见一个人蹲在一棵洋草果树下，用大树掉下来的枯枝叶作燃料，在两块石头上架着一个小铁桶煮东西吃，走近一看是魏正禹。一次是寒假，学校里也是空无一人，我们推门一看，魏正禹正聚精会神地缝补着自己的白色床单，床单是读大学时候用的，一直用着，床单上面最少也有四五十个大小补丁，补得像地毯一样。这一次是最后的见面。

魏正禹"出逃"了。一个雾茫茫的清晨，老校工隐约看见魏正禹挎着一个大大的包，急匆匆地走出东方红小学大门，据说，他"逃"回到了天津。

后记：七八年后，古城教育局觉得亏待了魏正禹，到天津给他落实政策……

韩土改

韩土改实名韩中华。因为他经常以土改干部自居，所以大家就自然而然叫他韩土改了，韩中华觉得这个名字更光荣，大家叫他土改还很高兴。

韩土改家庭出身城市贫民，在滇东北一座小城念过六年私塾八股文，后来又在本城读了三年初中，算是一个正式的初中毕业生。新中国成立后的1950年11月1日参加工作，所以他没有拿到"离休干部"的资格证书，只差一年零一个月，韩土改懊悔了一辈子，爹妈早生他一年就是"离休干部"了。参加工作后，先是分配各

81

地搞土改工作。因为喜欢摄影文学创作，又转行调到古城群艺馆主编《古城文化》。

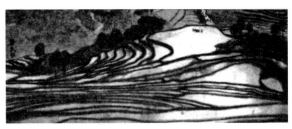

此君工作兢兢业业任劳任怨，但是，性格独特，发生了许多有趣的故事：

A.韩土改喜欢读书喜欢买书。调到群艺馆后的第一件事，就是发了工资到新华书店买文学书籍。买书后才留下生活费，他不但自己买书，还买书赠给别人。他买过二本书送秦馆长，其中一本是《古诗词读写》，他是本城藏书最多的人。

B.考本科。此君不但爱读书，还要弥补自己学历不高的缺欠。所以，他立志要拿到"文科自学考试本科毕业证书"。韩土改不但要考本科，还发动了群艺馆的陶先生、张先生、郑先生，新华书店的苟经理，电影公司的欧经理考本科。秦馆长也只是初中毕业生，他也进行积极动员，并且讲了许多考本科的好处。秦馆长说考本科要考十多门，工作太忙，谢绝了。一时间群艺馆掀起了一个"考本科"的高潮……一日上午，秦馆长到韩土改办公室找他谈工作。走到门外，听到里面鼾声如雷，推门一看，只见韩土改爬在桌上打鼾睡觉，秦馆长推醒了他，他抬起头揉揉眼睛说，考本科看书看到半夜……

苦战六个月，只见韩土改、欧经理、苟经理、张先生、陶先生、刘先生庄严地走进考本科的考场。时间过了十五分钟，只见欧先生摇着头第一个走出考场："哟，光考题就有七十多个，看考题头就昏了，还答什么题。"接着苟先生、张先生、刘先生等也走出了考场，只有韩土改、陶先生坚持考完。考试结果：欧先生0分，苟经理8分，张先生15分，韩土改18分，陶先生75分。韩土改发动的一场轰轰烈烈的"考本科"运动就这样熄火了。

只有陶先生坚持了六年考本科，终于获得了"自修文科本科的毕业证书"。

C.韩土改的一大爱好是养鸽子，他还担任了古城信鸽协会的副会长。节衣省食他也养好养鸽子。这一天,秦馆长有事骑着单车到韩土改郊区的房子找他,到了门外支好单车叫门。忽然听见一片"哗哗哗哗"的声音,把秦馆长吓了一跳,以为是地震了或者是"敌人空袭了",他抬头一看,什么东西呼拉拉黑压压地遮了半边天,原来是韩土改养的鸽子高高飞起,估计不少于七八十只……

D.韩土改的第二爱好是养狗,他自称养的狗是名狗,韩土改会搞经济效益,母狗下崽养到半大出售,每只也能卖一百多元。一天晚上,馆长家的大门被捶得震天响,开门一看是韩土改。他说家里养着的"小花、小黑、小白脸、细眼"小狗被人毒死了!秦馆长觉得好笑,怎么狗崽被人毒死也找上门汇报,又觉得他是相信自己才找上门的,劝他到派出所报案。

E.韩土改是《古城文化》主编。他对工作十分负责。他也多才多艺,审稿、改稿、编辑、插图、刻钢板、校对等,一直到刻印装订分发邮寄都是他包干负责,他还不喜欢别人插手。有时忙到晚上七点还不下班。一天,天要黑了,妻子还不见他回家,就送饭来给他,并埋怨了几句。他却大发雷霆道:"你只知道吃吃吃,我这是干革命……"

F.这是我到任前一年的故事。听人讲韩土改加班印刷刊物,点了一只200瓦电灯泡。被老谢馆长看见了,就说点100瓦就够了,不要浪费电,当时韩土改气愤极了。第二天上午九点钟,韩土改命令老馆长朝前走,自己在后面跟着。老馆长胆子小,只得按韩土改的命令。到了县革委会,领导们正在开常务会议,他叫罗主任(罗原是秦土改工作过的A县主任,因为秦土改经常向罗主任汇报工作,所以,他们很熟悉)暂停开会,先解决他的问题。罗主任只得暂停会议,问了事由,并笑了笑说,老韩你怎么不改脾气,这点事也闹到常委会……

土改又找秦馆长"汇报"工作了,一个星期日的八时左右,秦馆长家(秦住城西郊农村里)的大门又被敲响了。只见韩的妻子哭泣着在前面走着,韩土改虎着脸在后面紧跟着。他的妻子叫苏履芳

（省农大毕业生）。秦馆长还以为他家里发生了什么大事情,韩土改先告状:说家里搞一点基建,买一点牛下水(那时牛肉很便宜)煮汤锅请工人吃饭。她竟然不好好看着,让狗掀翻土锅吃了牛下水,心爱的祥云大土锅也砸烂了……妻子也诉说着他野蛮得很,用火钳打我,我一个正牌大学生嫁给他一个小初中生还这样对待我,无法和他过了,要求离婚。说着又哭了起来,并卷起裤腿露出伤痕。秦土改大声骂道,你嚓哪样,狗屁大学生,写点材料还请我修改,妻子也不依不饶地争辩着。秦馆长耐着性子劝了一阵子,看着他们一时歇不了,就说道,今天是星期天,家里人不在家,我要生火做饭了,你俩在这里吃饭,我多下一点米。这是秦馆长下逐客令了,他们只得朝大门走去,大门朝东是回家,朝南是妻子的单位农业局,可是,妻子不朝东走要朝南走。韩土改又发火了,随手在馆长家捡起一根干柴,大声喝道:跟老子闹离婚,没谱,回去!并把木柴高高举起,示意要打妻子的屁股,她回头望了望,害怕地只得朝东走了。

星期日是古城的街天,秦馆长也上街赶集。他远远地看见韩土改和苏履芳,肩并肩头挨头若无其事地说笑着来赶集了……

韩土改和楚得才的"战争"

韩土改是正统先生,念念不忘阶级斗争,念念不忘土改,是解放牌。楚得才因家庭出身之因,时时显出高才不得志,常常有着怀旧之感,生活中又是"绅士作风"。他俩虽然出生在民国时期30年代,却显出是两种不同思维不同观念的人。他俩同在群艺馆工作,同行不同志,可称是"针尖对麦芒""猴子见不得溏鸡屎",平常走路相遇从不打招呼,都是斜着眼睛各走各的路。

星期一是群艺馆工作例会,馆长安排一周工作,韩土改和楚得才准时到会。会议中,他俩都聚精会神地倾听着对方的发言,万一对方说走嘴了一句话,另一方就会紧紧抓住不放辩论起来,就会引发一场"战争"……

群艺馆是集体办公,在一幢古楼上围着十多张办公桌。馆长、办公室主任、民间文学、文物、音乐、美术、农村辅导、摄影、集成等工作人员各占一张。韩土改是《古城文化》编辑,另有一室,只有开会时他才参加,他的桌子在东面,楚得才的在西面,形成东西对峙,他们吵架时,同事们称为"东西之战"。并戏言为"不是东风压倒西风,就是西风压倒东风"。现在略举一例"东西之战"。

一次馆务会议上,馆长读完文件,讲完话,请大家发言,楚得才抢着发言,他说着说着就扯到滇省民国时期,滇省政府的一次重要会议,并煞有介事地说,"省府领导都参加了会议,讨论滇省的财政问题",楚得才讲省政府龙云主席坐正面沙发第一位,左侧坐着卢汉,右侧龙泽汇、右二是财政厅长,左二是楚润泉(楚得才的父亲),楚得才如数家珍地排列着坐位……这时候,坐在南面同是省城来的摄影师赵恒尧暗暗发笑。他发言了:这次省政府的会议楚得才也列席参加,坐在左三沙发,作候补秘书记录。全馆的同事们都忍不住哈哈笑起来,楚得才知道是赵恒尧讽刺他,恼怒得连胡子都翘了起来……韩土改见有人帮忙,十分高兴。他也发言了:说楚得才在馆务会议正题不谈,却在这里放毒吹捧国民党反动军阀,为父亲树碑立传,并说,老楚你吹牛逼不要本钱。韩土改接着说,你不要跳,不要在这里放毒,土改时我们就是来收拾你们这种人的。楚得才也不示弱,骂道:你这种老土,脚穿黄胶鞋,字不识几筐,当我的学生我都不要,你还当什么"狗屁编辑",土改正在温习功课考本科,最不爱听人说他没有学问,就针锋相对反驳对骂,架越吵越激烈,双方都站起靠近,骂时连口水都喷在对方的脸上,气氛紧张,眼见就要"开打",这时,韩土改的二个儿子也赶来在窗外站着,准备为父亲"助战"……

架吵到高峰,原来坐着暗暗发笑的赵恒尧站起来插在两人中间,他还是笑着说,都是四五十岁的人了,同是一个战壕里的战友,抬头不见低头见,何必伤肝动气……秦馆长静静坐着一言不发,见赵恒尧平息了这场"战争",站起来宣布:散会!

以后的馆务会议,都是上午十点召开,馆长读完文件,布置完工作,问道,同志们还有要发言的,请讲! 韩土改和楚得才不约而同地看了看手表,时间指在 10 点 50 分(11 点下班),都摇摇头……(10 分钟时间不够韩土改和楚得才吵架了)

一天晚上十二点左右,秦馆长家的电话铃响了,传来的是群艺馆办公室主任刘晓霞急促的声音:说楚股长(楚得才被秦馆长任命为修复文庙基建股长)在文庙抓住了一个贼,此人夜间推着推车来文庙偷白灰,要秦馆长赶来处理。秦馆长听后,沉思了一下,回答小刘,偷了一百多斤白灰,不是什么大事,他家又住得远,请楚股长处理一下。

第二天上班,馆内议论纷纷,楚股长赶来向馆长汇报:昨晚韩土改推着推车来文庙"偷"白灰(韩土改家住农村郊区搞一点建设,需要一点白灰涂墙),被他逮个正着,扣下了推车,听候处理。并且和韩土改发生了一点"摩擦"(打架)。秦馆长笑着对楚股长安抚说:"你夜间坚守岗位,工作十分负责,应该表扬。但是'土改'家经济困难,来拿点白灰情有可原,只是不要晚上来。'土改'也是上了年纪的人,晚间推白灰,路上有什么闪失更不好。"秦馆长安排了两个年轻人,推着装满白灰的推车送到韩土改的家里。

事后,小刘向秦馆长说,昨晚楚得才和韩土改发生激烈争吵,并且打架。楚股长打不过韩土改,被推倒在地……秦馆长问楚股长,昨晚打架,听说你被打倒在地,伤着哪里? 楚股长气壮如牛地说:"哼! 老子在剧社时练过武功,老土哪里是对手! 我是为了让过他的'重拳',大跳后退时碰着石头绊翻的……"

秦玉海和艺友们融洽工作十余个春秋,他记着古训:

唐朝盛世"贞观之治"皇帝李世民,为了争夺帝位,他灭了大哥李建成一党,当了唐朝皇帝以后,重用了李建成的军师魏征,魏征被封宰相。李世民采纳了魏征的许多理政建议,使唐朝成为历史上最好的朝代。

春秋战国时候,有名的"四君子"之一的信陵君,养了许多门客,其中有的人没有超人的能力,成绩平平。有人建议把他们赶走。但是,信陵君以宽人之心让他们留下来,并且厚待他们。后来,在信陵君"窃符救赵"逃出城区的时候,有两个被认为没有用的门客,用自己的"鸡鸣""狗盗"之术帮助了信陵君。这是厚道善终的结果。

秦馆长还记着开国领袖毛泽东"十个指头弹钢琴"的道理。

古城群艺馆成了"藏龙卧虎"之地。群艺馆被评为滇省先进文化单位的榜首;一人被评为全国文化先进工作者,受到国家最高领导人的接见;一人被国家文物局表彰;三人被评为省级先进,多人被评为地区先进。真是应了"龙腾虎跃"之言。

二 胡 缘

散文

二胡使我走进艺术殿堂
二胡让我改变了人生
二胡伴着我写出了《陶府传》

二胡缘的引子

我读小学四年级的时候，从一个老师窗口飘出一种美妙的音乐,曲子是《歌唱二郎山》,以后,我才知道奏出那曲调的是一种叫二胡的乐器。我在那里站了十多分钟,一下子就被这种美妙的音乐陶醉了,好像二胡的声音把我带到另一个世界,我喜欢上二胡了,我和二胡结缘了!

拉二胡的这位老师叫张晓泉(化名),是新学年才调来的。(这位张老师因为二胡拉得好,上世纪60年代末被调进家乡那个县的文艺宣传队当了队长。)从此,我就大胆地到张老师宿舍里听他拉二胡。那时候我们这里没有人销售二胡,张老师的二胡是请人从昆明买回来的。我萌发了自己做二胡的想法。

我做了两把小二胡

我照着张老师的二胡式样尝试做二胡,我做的二胡是小的,我把它称为"小二胡"。这两把小二胡,一把是用"癞蛤蟆"皮蒙起做的,一把是用蛇皮做的。制作过程是:首先砍来紫金竹做胡杆,又砍来直径七八公分左右的老苦竹,锯断用火烤干做琴筒,然后把鸡蛋清涂在表面上,又蒙上蛇皮,用一根细麻线紧紧捆上(琴筒的碗皮干了又取小麻线),这样小二胡的主体部分就做成了。二胡要发出美妙的声音,离不了二胡弓,它的弓毛和弦线产生摩擦,二胡才能发出声音。所以，做二胡弓也是很重要的，弓子是用马尾巴的毛做成，最好是用白马尾毛。那时候，我们村子里没有养马的，但是，村子下面的大河对岸经常放着几匹马，我就约着小伙伴们凫水过去，并看准了一匹大白马行动了。两个小伙伴其中一人"站岗"放哨，防着马主人发现(因为马尾巴关系着马的神经系统，所以拔下马尾巴毛很伤马的身体)，另一位伙伴手握一大把青草喂着马，然后我一泡尿尿在马尾巴上，就拉下一束马尾毛，这样两三次就能够做成一个二胡弓了，撒一泡尿采马尾毛的办法，也是张老师教的，他说采马尾毛的时候，马不感觉疼痛，会乖乖地站着。做二胡弦线就更麻烦些了，那时候，村子里偶有人家杀羊吃，就请那家人的杀羊师傅，用快刀切下两根粗细不同的羊皮线(粗的做内弦，细的做外弦)，把羊皮做成的弦线缠在二胡纽上，我做的两把小二胡，发出的声音虽然小些，但是，音很纯正。那时，小学四年级以上都有手工课，我做的小二胡手工作业，受到老师和同学称赞，被评为手工作业的优等。

一个人无论做什么事情或者从事什么事业，首先要热爱自己从事的工作或事业，并且要全身心投入持之以恒，那么你从事的事业就一定成功。我的小二胡做成以后，我就正式开始学拉二胡了，回到家里就"咯吱咯吱""杀鸡杀鸭"地拉起来，有时我母亲还骂着："离远点，怪吵人的。"读到六年级时，我拉二胡的水平有了提高。张老师说好好地拉，看来，你是一个学二胡的"天才"。

我读初中一年级，堂哥买回了二胡

我考上家乡的泰和中学以后，我的一位堂哥李开福从部队复员了。李开福在部队里是一位文化教员。复员后在家乡当了一名小学教师，"反右派"时，向校长提了一条意见："怎么一个营部文化教员才领二十元工资"，被领导分析成为："对我国的工资政策不满"，又因为"右派"的名额不够，就被划成"候补右派"，送往威远永平农场劳教，因表现好，第一批被"摘帽"。一次，到威远城集中学习，部队到此地放广场电影。一个坏蛋因为经济问题,为了报复,抱了炸药箱坐在上面看电影,电影放了一半,坏蛋引爆了炸药箱,炸死炸伤一百多名观众。堂哥受重伤,又因为是"摘帽右派"身份,不能在当地县医院抢救。用一张卡车颠颠簸簸送思茅,到了三家村(现在市委党校),堂哥因流血过多,不幸去世。现在,他埋在什么地方都不知道。我们很怀念这位堂哥。

在李家"大门楼"上练习拉二胡

新中国成立后,我家和三叔家(李开福的父亲)都被划为"地主兼工商",是属于"扫地出门"的对象,可能由于我家属于"倮倮",当地政府和贫下中农还算照顾李家,"扫地没有出门"。三叔家的四五幢房屋被分给八九家贫下中农居住,三叔家又搬到我家居住。我家有正房、耳房、地楼、大门楼、大马厩(上面可以住人)。政府是这样分配的:我家住正房,三叔家住地楼,么叔家住耳房(么叔到缅甸马帮经商,途中生病去世,家中只留下开仙姐建堂弟两个孩子,建堂又年幼就去世,所以只有叔妈和开仙姐二人,开仙姐的二儿子李荣,几年前当了镇沅县县长),大门楼、大马厩共用。

堂哥开福复员回来以后,大门楼还屹立着,每晚间就从楼上传出二胡、月琴声和娱乐的声音。在叙说"大门楼"的历史。此间大门楼是由我们村,也是振泰著名工匠蓝昌萱设计建造的,此人在上世纪"大跃进"时代,还设计建造了思茅地区独一无二的可以容纳一千多人的振泰大礼堂。新中国成立前,振泰有两个出色的土木工程师,第一个是王祖培(振泰大山街人),第二个是蓝昌萱,由王祖培唱主角,蓝昌萱为副,共同建盖了泰和中学。由蓝昌萱设计建造李家大门楼,在振泰也可能是仅有的一幢。大门楼高大考究,楼是菱形建筑,三面开窗,独立的大门楼上,从这里可以鸟瞰兴隆书院以及附近的河流、禾苗、书院旁的一棵高大的缅树,大缅树上空有几百只白鹭鸶飞翔,并在这里歇息,一幅美丽的画图历历在目尽收眼底。我家有一架英国留声机,里面播出京剧艺术家梅兰芳、李绍兰先生"贵妃醉酒""空城记"的京剧唱段,从大门楼飘出,兴隆高等学堂都可以听到。记忆最深的是:大门楼正面贴着一张带有文字说明的几十名国共两党的抗日将领照片,还记得有朱德,彭德怀也在上面。又记得这里是接待李恕庵李英等显要人物的宴会楼。这幢大门楼在振泰可能是仅有的。(可惜的是这幢楼在上世纪60年代被一位堂弟拆除。)

父亲、三叔、么叔妈三家二十多人住在这老宅里,显得拥挤了,大门楼就显出它的优越性。李开荣、李开运、李开琪、李开祥、李开绍、李开喜、李开晋睡觉时六七张床就搭在这里,李开福回来那几年也和我们住在大门楼。李开福真不愧在军队里当过文化教员,复员时买回了二胡、笛子、象棋、跳棋等文化用品。读初中的弟妹,每人他还赠送一支"关勒铭"水笔(当时最好的水笔是"英雄"和"关勒铭"两种笔。价格在五六元一支)。每到夜晚降临,大门楼里传出二胡声、笛子声,那些阶级比我们好的孩子说我们是"穷欢乐"。从那时候起,我们有了一架乐器厂制造的正规的二胡,堂哥开福也辅导我拉二胡,我的二胡拉奏水平也"脱颖而出",两年后,我能超过堂哥了。

唱歌跳舞拉二胡,不论搞什么艺术,第一要承认素质和天才,假若一个声音"左"的人要练成一个歌唱家,如果没有专业的方法或别人的纠正,恐怕很难。若是一个听音不准的人练习拉二胡,他也是白搭(一百人练习拉二胡,拉得好的也只会有几个人)。我的听音能力还算准确,我就不停地练不停地拉,不停地向比我拉得好的人学。听二胡演奏家的演奏,我对二胡演奏达到痴迷状态,我最佩服和欣赏闵惠芬、甘柏林、王国桐的二胡演奏,闵惠芬演奏的东北民间乐曲《江河水》,听着乐曲就像听到旧社会劳动妇女的低声怨诉,真是催人泪下……记得上世纪70年代初,我们文艺宣传队到思茅演出,队里三四个喜欢拉二胡的人约着,每人出一元钱请"小燕"拉二胡给我们听。此人是盲人二胡演奏家,现在已经七十多岁了。每天清晨都在茶城民族广场见着他舞着一根拐棍锻炼着。他告诉我,每天傍晚,他领着一支"民族乐队"在体育广场为群众拉二胡献艺。又有一次,退休后到昆明旅游,一个超市前传来美妙的二胡声,我驻足听了一会,他确实拉得好,我便请他拉了《豫北叙事曲》和《要做渔家好儿男》两首曲子,此人可能是专业剧团退休的二胡演奏员,我给了他二十元钱。最使我佩服的是中国盲人二胡作曲家和演奏家华彦钧、二胡作曲家演奏家刘天华。华彦钧作出了现代人也难写出的《二泉映月》《三潭印月》等二胡经典乐曲,可惜的是在中国音乐学院发现他的时候,历经磨难坎坷的他已经奄奄一息,很快就去世了。刘天华是一个天才的二胡作曲家和演奏家,他在上世纪 30 年代就写出了《除夜小唱》《月夜》《光明行》《独弦操》《空山鸟语》《病中吟》等十大名曲,特别是写出这样高难度的《空山鸟语》真是令人难以置信,他也只有三十多岁就去世了。无论作曲家和演奏家,都要承认天才和他的素质,华彦钧和刘天华就是这方面的杰出代表。

我当了小学教师,先后在灰窑、冷窝教了几年,以后领导考验我,把我调到柏树林小学,这个学校是一座破旧的古庙,离百姓家有一二里地,学校没有围墙,后面阴森森的树林里有一条羊肠小道,豹子等野兽经常在此过路。我的前任老师苏子正受不了这样恶劣的环境,自动离职回家了。李富学(我的学生,后来当了磨腊小学校长,此人可能受着我的影响,他的二胡也拉得炉火纯青了)请我们到他的柏树林生态基地举行午餐音乐会,我的 70 年代文艺宣传队战友郭元辉先生,路经柏树林小学(我在这里教了三年就停办了)时观看柏树林小学,叫我请人拍下照片载入个人史册。还说给他多少工资住着"仙女"他都不来。望着柏树林小学破庙,真是心酸……可是,我还是在这里坚持了一千多个日日夜夜。在教书那七八年里,夜晚都是用二胡乐曲伴我度过的,拉着《月夜》《病中吟》《苏武牧羊》等曲子,倾诉着我的感情……但是,就是在那段时间里,我不停地拉,不停地练,手的食指和拇指磨起了厚厚的茧子,也就是这样,我的二胡演奏水平有了很大提高。

在全县小学教师器乐汇演中，我得了二胡比赛第一名

上世纪 60 年代中期，全县小学教师六百多名集中县城学习，并举行了一次文艺汇演，其中进行了器乐比赛，主要是二胡和笛子两项，共有十人左右参赛，参加二胡比赛有四五个人，记得参赛的有文华完小的杨毅、曼等完小的程扬锦（我的同班同学）等。我是第一个出场，演奏的曲子是抗日战争时期冼星海创作的著名乐曲《黄水谣》，我面对一千多名观众，若无其人胸有成竹地出场了。这是一首用慢节奏拉的抒情歌曲，拉慢弓抒情歌曲是我最拿手的，我拉慢弓曲子，就是现在，我还可以和拉二胡的人比试比试。《黄水谣》这首曲子，平常我拉了几百遍了，我轻车熟路地演奏完了，台下发出雷鸣般的掌声，我得了二胡演奏第一名。

举行文艺比赛晚会以后，县里成立了文化工作队，主要是从事文艺演出。器乐笛子比赛中的第一名徐维全调进了这支队伍，我没有调进文工队。我百思不解，最后还是弄明白了，徐维全的出身是小地主，我出身大地主，这支队伍的队员全都是工农兵出身，徐维全也只是"掺沙子"。记得文工队队长叫车天成，此人很有文化造诣，后来，他当 A 县副县长，边疆地区行署秘书长。"文革"结束，锦屏公社革委会通知我到公社报到，说是要我当公社革委会政工组的第二副组长，我没有去报到。我这个人虽然年纪轻，却有城府，不愿意卷入争来斗去的政治部门里。"文革"结束，各县成立毛泽东思想文艺宣传队，队长白剑通知我到宣传队报到，主要任务是拉二胡，拉二胡又不搞阶级斗争，并且是我的最大爱好，我就立即去报到了。一年后我当了副队长，两年后当了队长，融入文化圈后，当了八年的文艺宣传队队长，十一年的文化馆馆长，五十一岁那年当了一届的文化局局长（是全县年纪最大的局长）。

设想一下，假如我没有获得二胡比赛第一名，我最多也就是一个中心完小校长之类头衔。我参加文化工作以后，长期的文化实践和工作实践，读了许多书，蕴积了丰富的文化素材。所以，在工作岗位退下来以后，我编著了《陶府传》《芳草地》《演艺春秋》《用肩膀托

起人生》《无量天韵》五本书。担任主编编辑了《景东文学作品集》《哀牢无量情》《银生新韵》三本书,主编了《景东文化志》,还主编了诗词书画协会八、九、十、十一、十二期会刊《银生墨韵》,并发表二百多首古诗词,创作和编辑盘点总计约七百多万字。

有人说我是"乡土作家",景洪市文物专家罗庭正说我是"鬼才",全国闻名的普洱茶评论家黄桂枢先生著文称我"多才多艺";普洱市广播电视台副台长石川拉着我的手说,你写的《演艺春秋》我连读了两遍,《云南日报》副总编刘卫平先生著文对《陶府传》予以好评;普洱市电视台原台长马超群,原思茅地区教育局局长、普洱市文艺评论家李世柏,江城县原县委书记、乡谊胡开明,教育界模范人物吴显能、民歌专家郑显文、已经去世的普洱市书法家,同乡好友张泰安书写作品称我"德艺双全";文化界艺友丰诗文、周德翰、吴永康、郭元辉、杨晓东、杨忠厚、卢晨曦、姜永华、黄崇普、王秀才、陶明贵、李映林、刘玉洪、李鸿湖等也在赞我。其实,这些赞誉过头了,我在那些大作家面前只是"小字辈",还要谦虚谨慎地做人。在这些赞誉中,我最满意的还是写出了传世之作《陶府传》。

凡此种种,还是得缘于我获得二胡第一名,融入了文化圈。

现献上一曲,在我七十周岁生日时自己作的配有词的二胡独奏曲:

故乡童年曲

二胡独奏曲

1=G 2/4

思念、叙事地

(6 6 1̇ 6 5 | 4 - | 6 6 1̇ 6 5 | 2 - | 6 6 1̇ 6 5 | 4 4 3 3 2 |

1 2 3 5 2 | 2 6 1 2 6 | 5 - | 5 -) | 5 · 6 4 | 5 · 6 4 |

公 鸡 鸣 天 蒙 亮,

3 3 2 1 2 3 5 | 2 · 5 | 2 6 1 2 6 | 5 - | 5 · 6 4 | 5 · 6 4 |

背 起 书 包 上 学 堂, 小 路 弯 青 青 草,

5 5 6 1 7 | 6 - | 5 · 6 4 | 5 · 6 4 | 5 5 6 2 7 | 6 - |

鸟 儿 也 歌 唱 一 群 少 年 郎 上 学 堂

2 6 1 2 6 | 5 - | 6 6 1̇ 6 5 | 4 - | 3 3 2 1 2 3 5 | 2 · 5 2 6 |

上 学 堂 寂 静 学 堂 琅 琅 书 声 上

渐慢

1 2 6 5 | 5 - | 2̇ 2̇ 1 6 1 6 5 | 3 3 2 1 2 3 5 | 2 · 5 ‖: 2 6 1 2 6 |

天 堂 琅 琅 书 声 上 天 堂 上 天

5 - | 5 - :‖

堂

95

两个又香又甜的小黄饼(散文)

那是上世纪 60 年代的事情了,我参加工作三年,刚好二十岁。

那些年代,运动特别多,口号是:"斗争要年年讲月月讲日日讲""与天斗与地斗""不斗则退不斗则修,斗了其乐无穷"。

每次运动都是领导在台上振振有词作报告,革命群众情绪激动、斗志昂扬,口诛笔伐全体动员齐上阵,随着就是一批人倒霉。领导讲运动中要团结百分之九十五以上的好人,但是这些好人到底有多少? 百分之五的坏人中是否有好人,谁也不知道,谁也不想知道,只有领导知道。

在一次总结大会上,领导又登台讲话了,宣布我被点名了,被点名的人就是"不干净"的人,这种人不能混在革命队伍里,要回到农村接受贫下中农再教育。据一位工作组的人士透露,皆因我有海外关系,并且和这次运动中被揭露出来的"救国军"案有嫌疑(此案牵连许多人,半年后被纠正平反),所以,把我放到农村劳动进行观察改造。一个热爱新中国热爱社会的青年,怎么说是"坏人"就是"坏人"了,我想我这一辈子算是完了! 实在想不通,想不通也得想得通!

回到故乡

我回到了阔别已久的故乡。故乡是美丽的、恬静的,四面青山环抱,一派葱绿世界。登上不到两百米的后山,望着清悠绿海,听着孔雀鸣麂子吼,山下是一条沟箐,其中有螃蟹乌龟蠕动。我忘记了不幸,好像又回到了童年时代。家乡的村名也好听,叫绿湾村。村子前面的河流冲积出一片片小平坝,丰腴的润土哺育着乡亲们。家乡的民风淳朴,喜欢读书的人多。一个名不见经传的僻乡,竟也走出了几个文人墨客,有人旅居海外,有人任教,有人当公务员,无论专于学业还是经商,大都有所成就。

那时农村是集体化,一片萧条。出工的牛角号声响后,人们有气无力地集合在大青树下,听着生产队长的分工:男的使牛犁田;女的割绿叶垫厩;聋子哑巴看牛;不上学的孩子拾粪;腰弓背驼的拾包麦。分工十分明确细致。

农村哪有那么多的活计做,活计做完了还要出工,不出工就不记工分,工分又是村民们的命根子。年复一年,日复一日,天天如此。但是地里的庄稼没多长,乡亲们照样过着清汤寡水的日子,大家也有一套办法:村姑大嫂们照样天天出工,背篓里装上女人们的衣物,到山背后的松毛林里,三五成群地做针线纳鞋底,天南海北地侃着家常,说着女人们在家里说不出的私房话,不时松林里传出笑声。太阳要落山了,她们扯上一些松毛青枝绿叶装满背篓,算是"积肥"完成任务……男人们照样出工,到田里犁上两圈便放了牛,装上一袋烟,谈论得更痛快。"张家小三未过门的媳妇昨晚来了,这狗日的有艳福";老么叔一语双关神秘地说:"老有这个小杂种,昨晚肿了几口酒,表妹来串门,母亲不在家,他就关起门来大牯子牛吃嫩草,这回又着了。"读过两年初中颇有心计做活滑懒的兰发顺,讲得更好笑:"昨日队长安排魏得水、赵晓苟我们三人到'狗儿田'去犁老干田,犁了一会,我们就躺在草地上睡觉,他们两个呼呼大睡,我悄悄起来,解开魏得水的裤子纽扣,放出他的'小二特'晒太阳。赵家村的一群村姑大嫂打绿叶路过,看见晒太阳的'小二特'捂着嘴走过十几步,又回头看了看忍不住哈哈大笑起来,惊醒了魏得水,他便站起追打赵晓苟和……"大家和兰发顺做活计很快乐很好玩。他会讲更离奇的黄段,讲完他又会装出一本正经的样子,大家又追问故事是否真实……

大集体出工,男的盼着锄头"脱",女的望日头(太阳)"落",能不"清汤寡水"吗?

在农村,男的就得和牛交朋友,不然就称不上男人,女的就得和背箩镰刀打交道,否则也得受指责。我从小念书,不会使牛犁田,弟兄几个算我最弱。记得十二三岁时,弟兄三人挑谷到碾子房碾米,我用破布把肩膀垫得"高高的",他们笑我"软巴巴"。难得队长苏向东和会计赵昌文帮忙,我进了"兴隆大队背阴山茶场"。苏向东是我嫂嫂的堂哥,称老表,赵昌文是本家的堂哥,村里了不起的秀才,读了两年高中。那年招他进县政府做事,爸妈舍不得,就在村里当了会计。

兴隆茶山

走了十五里山路,茶山到了。它坐落在大山绿荫之中,风景美极了,好大的一座山哟,看那飘飘不染尘埃,耿耿全无俗态,又看后面的大麻栎树林,苍劲魁梧,浩气凛然,展翠抹云,气势壮观,一股清泉从岩石中倒挂下来……赋小诗一首:

> 绿荫烟似海,难望青天来。
>
> 秋水岩中挂,清幽花竞开。

树荫中间一块平地里,一排简易的茅草房,茅房前立着两块醒目的牌子,一块是"锦泰人民公社兴隆大队背阴山茶场",另一块是"兴隆大队茶场民兵排"。茶场属于开辟茶园阶段,没有茶叶可摘,茶场的成员是基干民兵排编制,都是贫下中农出身,共二十七人,编成一个排三个班。场长姜得正兼任排长,他是一个忠厚的中年人,识字不多。为人正派,很有威信,烟锅不离手。副排长刘德华,生得一副精明油滑的样子,伙伴们背地里叫他"油得滑"。他高小毕业,衣袋里总是插着一支"英雄"牌自来水笔,装出有学问的样子。他善于算计,是姜场长的"参谋",场里的事他说了就十拿九稳。在以后交往的日子里,我对他的印象不算坏。茶场的民兵排,在我到来的几个月里,没有见过打靶或什么军事演习,场里的墙上只是挂着几支自带的铜炮火。

我当了"后勤部长"

姜场长对我还不错,在我到来第二天召开了茶场职工大会。刘得华先讲话,他要在我面前卖弄一下,先讲国际国内形势,又讲了当前斗争形势。一个高小生也有这样的口才,竟能讲半个小时滴水不漏。姜场长不善言辞,只讲了四分钟,并表示热情欢迎我成为茶场的一员,他们可能是搞错了,我是来进行劳动改造的,接受贫下中农再教育的,他们把我当成下派干部了,姜场长的总结发言讲话,使我感动得差点流下眼泪。

接着,姜场长给我分了工。他看着我文绉绉、软巴巴的样子,就叫我当炊事员,附带记工分,吹出工哨子。我成了"后勤部长",姜场长这样照顾,我心里又是一阵激动。听说前任炊事员范小菊,是大队干部的侄女,十八岁,拖着两条长辫,丰满匀称,眼睛忽闪忽闪的怪勾引人,号称"兴隆一枝花"。她被刘德华看上了,两人眉来眼去,在这深山老林枯燥无味的环境里,做了难见人的事情。再者,范小菊挺着晃动的胸脯,走来走去,在这些基干民兵前晃来晃去,年轻人心里毛焦火燎像猫抓似的,巴不得也"吃上一口"。大队干部传下话来,女人在茶山不方便,范小菊回去了,刘德华失落了好久。范小菊回去以后,被大队干部推荐参加了一个县里举办的"活学活用妇女学习班",她凭着伶牙利齿的口才和逗人喜欢的样子,被评为活学活用"积极分子",她参加工作了。

姜场长还给我规定,除了当炊事员,还规定我星期六看茶场,工人们要放假休息一天。以前,这个任务一直是由憨厚老实的郑白二完成。郑白二是个天不怕地不怕的汉子,每逢星期六晚上他用大栎柴烧上两堆大火,大火整夜通红,然后就倒头呼呼大睡,鼾声如雷,天塌下来也管不着。这是名副其实的背阴山,山的下面又是背阴箐,背阴箐深不可测,时常被雾笼罩着,面目神秘不清,经常有老熊豹子出没。前些时候,一个大白天,人们出工挖茶地去了,一只大花豹子,叼走场里养着的一头猪,小菊躲在伙房里直发抖,听人们说尿都急在裤子里。又说这头大花豹子隐没在茶场的后面山林里,晚上经常发出"习刷习刷"(豹子在很近的地方的叫声)的低声沉闷的声音。夜晚降临,不知名的山鸟长鸣嘶啼,怪叫声久久回荡,接着又是野兽的嚎叫声此起彼伏,形成大森林恐怖交响曲,刚来时,我吓得几个晚上都不能入睡。派我看工棚,我历来胆小,这不是要我的小命吗,不被大花豹子叼走,也得吓死。

我向姜场长申明,我要和大家流一身汗,脱一层皮,炼一颗红心。当炊事员达不到炼红心的目的,守工棚我的胆量又不够,请姜场长安排我参加劳动,实际我最怕的是星期六晚上看守工棚,男子汉又怎么能说出口。姜场长似乎看透了我的心思。他说:"任务不能变,由场委会(场委会组成人员是姜场长、刘副排长和郑白二)研究,请示大队批准的。你一个人守工棚我也有点不放心,星期六晚上我来陪你做伴。"我说了许多感谢的话,都记不得了。第一次守工棚那天晚上,我早早燃着两堆大火,黄昏时,姜场长来了,我俩在火塘旁聊了一阵子,就睡下了,睡到夜间十二点左右,只听得后山"砰"的一声枪响,枪声传得很远,引起了大山的回声。过了一会,只见刘副排长提着一只箐鸡,从山后走来。原来,刚才一枪是他打的,我们三人美美地吃了一餐"箐鸡肉"夜餐。生活习惯了,"到什么山上唱什么歌",我慢慢融入了茶山的人们,也慢慢忘记了自己的遭遇和不幸。

做饭是件不难的事。人们晚上没有事,很早就睡了,清晨起得很早,大家围在火塘旁边烤火边煨茶喝着,八点钟,我准时吹响三声哨子,人们就出工去了。做饭是件不难的事,米是大家凑的,菜是带来的,多吃多交米,菜谱也很简单,都是一个青菜汤或者炒白菜什么的,再加一桶随便喝的米汤。肉是没有的。看着大家繁重的劳动,我心里总是过意不去,老想把菜做得好一些,大家吃得高兴,我也高兴,大伙肚里没有多少油水,油就成了补充营养的主要部分。姜场长规定每餐只能放二两油,我偷偷地放到四两。(场里的食用香油,是烧炭卖后到粮管所买的,大都是花生油)炒菜时加上一些我从家里带来的辣椒葱姜之类的佐料,那时还没有听说过味精,不

100

然味道会更好一些。伙伴们说我炒的菜比小菊炒的好吃，其实，我只是多放了点油。姜场长吃得津津有味，边吃边说我的油多了，超过了标准。这时刘德华和同伴们用鼓励的眼光瞧着我，大家也对姜场长露出不满的神色。心直口快的郑白二甩出一句："真是姜老抠，再不多干点油水，脚轻飘飘地要飞了。"

吃完饭后，我把碗收拢，叠在一起，舀一瓢滚烫的开水往下一冲，实行"开水消毒法"。中午，太阳火辣辣的，我用天然纯净水煨一桶茶，提到工地让大家喝，伙伴们说我真是服务到家。满山生长蕨菜，我把蕨根刨出来洗干净，制成蕨粉，刘德华不知从哪里弄来一些白糖，我把蕨粉用开水一冲，制成了"天然保健牌蕨根粉"，当然不能天天吃，一个月早上吃上几次，大家就心满意足了。这些时候，姜场长的脸上也露出难得看到的笑容，伙伴们一直在夸奖我，以为我进过什么烹调培训班。

刘德华的毛病就是不爱做活计，总爱在工地上走来走去地检查质量，然后就背着铜炮枪进后山去了，往往会打回一些箐鸡、野鸡、斑鸠之类的小动物，大家也能享享口福。有一回他还真抬回一头大麂子，煮了一大锅，大家猛吃了一台。郑白二吃得拉稀，躺在床上哼了两天。其实刘德华的优点还是多的，大家希望他检查完质量赶快抬着铜炮枪进山，巴不得他多打一些野物回来。

兴隆大队背阴山茶场，计划要建成样板茶园。那时候，人们愚蠢得很，要把原始森林成片砍倒，在砍光的地上，露出黑黝黝的腐质土上，依山开出一台一台的茶地。茶园建园两年，有些小茶树已开始冒尖，远处一望确实整齐好看。茶场已初具规模，上报大队，已开辟茶园 600 亩，实际不到 300 亩。那时候虚报浮夸的事常见，真是下级哄上级，一级哄一级！

烧木炭卖钱

我是一个闲不住的人，除了煮饭外，还和大家开茶地，并且学会了烧木炭。

烧木炭就是把一棵棵大麻栎树或者"青冈栎"树放倒，然后砍成节，用斧子破成七八十公分的大块柴，人们弯着腰把柴块抱进后窑里整齐地码好，在这个窑洞上方留下一个窗孔。然后就可以在前面的窑洞放火，两个窑子是相通的。放火一两天后，就把火门封了，窑口开始是冒黑烟，两三天后，后窑的窗孔就开始冒白烟了，说明栎炭已经烧成了。实际上，栎炭不是烧出来的，而是用高温把栎柴烘干闷出来的。炭烧成了，前后火门都要打开晾着，四五天后就可以出炭了。

出木炭是最苦最累的活计，我自告奋勇地和大家出过一次木炭，男人们脱得赤裸裸的，一丝不挂，弯着腰钻进有六七十度高温的炭窑里把木炭搬出来，来回几十次。木炭搬完，大家全身漆黑，脸也是黑的，只看见眼珠转动，像一群大猩猩爬在地上"比美"，一个望着一个笑，我只和大家搬了五六转木炭，差点儿休克……

按照刘德华的主意，茶场一半人开茶园，一半人搞副业生产，也就是烧木炭。大队领导一年来茶场一次，对此事也是睁只眼闭只眼。茶场每月烧炭二三窑，每百斤可卖五元，可得一百多元的收入，这是一笔不小的进账，开上证明，可到粮管所买些大米，或者买上一些花生油、粉丝之类改善生活。家庭困难的人喜欢在茶场。

在茶山，最高兴的事是挑炭到街上卖，一月有两次。因为要挑炭的人多，必须经过茶场领导批准才能去挑炭。调动大家积极性的主要原因是茶场实行了奖励政策，挑炭者有百分之十的抽成，工分照记。每当挑炭之日，刘排长穿上白衬衣怀揣小镜子别着英雄笔，小分头梳得更滑了（大家觉得带一个"副"字怪拗口，好多人便叫他刘排长了）。

我也真和大家挑了一次炭，当然我不在乎那百分之十的提成。刘排长提着一个"公文包"走在前头（刘排长是领导不必挑炭），随后跟着八个人上路了。不是上坡就是下坎，坑坑坎坎拐拐弯弯的羊肠小道总是没有尽头，据说要走三十多里的路程。我估计不足，充哪路英雄好汉，担子也越来越沉，只有一拐一跳地勉强在后面跟着。走了三个多小时,歇了十八次气,终于看见了锦秦街,刘排长戴着"洋草帽"早就在那里等候我们了。今天的炭要挑到锦泰中学。我心里"咯噔"了一下,来时怎么不问清楚,我在锦泰中学读过书,遇上熟人,面子往哪里搁? 但我已无退路了,只好找顶草帽压得低低的,看着前面的步子走路。怕见熟人偏又见到熟人,当过班主任的吴光耀老师迎面走过来(听说他已经当了校长),我的草帽更低了,幸好他只和刘排长打声招呼就过去了。

两个小黄饼

我的炭是挑到马主任家(教导主任)。过了称,我竟然挑了一百零九斤,扣除三斤皮,净重一百零六斤,在供销社门口,刘排长给我们兑现了提成。一百零六斤卖得一元零六分,提成是一角零六厘,他给了我一角二分,多给了一分四厘。我捏着皱巴巴的一角二分汗水钱,迫不及待地递给柜台内的售货员,买了两个当地百姓们最爱吃的小黄饼,狼吞虎咽地吃着。回头一看,伙伴们用羡慕的眼神瞧着我,却舍不得买点东西充饥,我又掏出钱来买了十四个小黄饼给大家吃了(我被处分回家时,三年的积蓄和我又卖了一个跟别人买的旧瑞士表,带回家来二百多元,我算是富裕的人了)。

快到山垭口了, 我问走在前面的郑白二和沈小四:"场里给的钱应该买点东西吃,这样会饿坏的。"郑白二说:"哪像你无牵无挂,我们家里困难,挑上两次炭,可买四五斤盐巴,够吃一阵了。"沈小四又讲了一件事, 有一次还是八个人挑炭卖给粮管所,那天是街天,到粮管所买粮的人很多,耽误好一阵子,卖完炭已经是下午四点钟了。八个人慷慨激昂地走进米干店,每人买了一碗一角五分钱的"带帽"米干吃起来,沈小四三下五除二地吃完一碗,可是伙伴们还没有吃完。那天吃米干的人很多,店里熙熙攘攘,看着沈小四还站着,米干店的大嫂又给他端来一碗,沈小四也不客气,端过来蹲在墙角吃起来, 生怕别人看见他吃第二碗。沈小四在回茶场的路上,想着想着笑了好几回,大家以为他发什么"神经"。说到沈小四,也确实可怜,他家里七八个兄妹,是沈家村最困难的了。穿的衣服是补丁上面打补丁,穿的鞋子四面通洞,"通风设备最好"。我们住的大草房是二十八张床一溜铺开,所谓的床,是用四棵结实的木棍支撑着,上面又用木棍铺上,垫上稻草和草席,家境好的可以铺上棉絮床单,但是,这样的人没有几个,沈小四的床上面只是铺着稻草和草席,盖的是一床用了多年的棉毯。背阴山的天气寒冷,即使是有太阳的晴天也有一阵阵寒意,夜间更是不用说了,茅草房的四壁只是用木棍排列围着,夜间寒风从这些木棍的缝隙里吹进来,大家只得蒙着头睡觉来抵御风寒。沈小四想了一个办法,他在床下挖了一个坑,夜里在坑里烧上栎炭(栎炭是姜场长特批的),这样,就暖和多了。一天夜里,忽然听见沈小四大声呼喊"救命救命"的声音,大家起来一看,原来是沈小四的床起火了,他急得滚下床来,好在住房外有一大汪水,伙伴们一阵忙乱才灭了火,险些酿成大祸……

半年后的一天,我大嫂满头大汗急急忙忙地来到茶场给我说:"小运(我的乳名),你可以回银生城上班了!平反了。"原来是北京来的红卫兵解救了我们,我怎么也不相信自己的耳朵,我使劲拧了一下自己的大腿,觉得生疼,是真的!我走了,快到山垭口了,怀着说不清的心情,我不禁回头望了望冒着一丝青烟的茅房,站着一排人,他们是姜场长、刘排长、郑白二、沈小四……正向我招手,我流下了泪水……

三十年过去了,我有成功也有曲折,但成功大于曲折,做了一些事业,因为我总记着茶山的那一场磨炼,它是激励我前进的源泉。

三十年过去了,我总记起姜场长、刘排长、郑白二、沈小四他们。

三十年过去了,我总想起那两个又香又甜的小黄饼。

(这篇文章是作者的处女作,写于1998年春,文章曾发表于《银生新韵》、景东县委宣传部主编的《散文集》《普洱教育》等刊物,此次发表,略作修改)

2014年12月改稿于普洱市万象小区

"文革"期间,作者回茶山种茶

新殷苦心
猶作家子
夢勞農赤
山姓知紅
茶百不練

书法　姜永华

105

君 子（散文）

　　我说的这个人，是位志愿军。

　　今年我从西双版纳回银生古城探亲，在进入银生的第一个清代重要驿站——蛮者时，我拜会了一位老人，他是"雄纠纠、气昂昂，跨过鸭绿江"的老志愿军，他已经八十二岁了。他的名字叫赵启兵。我也是七十二岁了。真是老人拜会老人。这次拜会，使我回忆起他的一些故事。

　　谈谈赵启兵的人生历程：公元1950年2月，高小毕业的赵启兵从银生大地紫马街大镇报名参加中国人民志愿军。到了沈阳，经过二个月的军区卫生学校短训，就出国到了朝鲜，当了一名志愿军的卫生员，编入卫生队的卫生班。这个班有四男四女，那一年赵启兵只有十六岁。在朝鲜战场上，他们冒着枪林弹雨生死危险，哪里有伤员就奔向哪里，就是看着鼻子勾勾地端着冲锋枪、枪管冒着烟的美国佬也不管了，哪怕是丢了性命也要冲上去……赵启兵在朝鲜和志愿军并肩战斗三年，终于打败了在第二次世界大战中耀武扬威武装到牙齿的美帝国主义和它的十四国联军，使美国人低下了头，在板门店签了停战协议。1952年，赵启兵在朝鲜战场上，不怕流血牺牲，英勇抢救伤员，荣获二等功。赵启兵回国了，他始终记住，在鸭绿江大桥中国的一边，锣鼓喧天，红旗飞扬，山欢水笑，人群如潮地欢迎他们，横标上写着："欢迎最可爱的人"。

　　赵启兵回国了。他转业到家乡的一个卫生所当了医生。那时候，他的年纪也只有二十挂零。赵启兵是一个好学上进的人。工作四年以后，他老是觉得自己的"墨水"不多，文化知识不够用，便萌发继续读书的想法。那一年,我也转学到古城一中读二年级。我看见坐在中间一排最后一个相貌端正高高的个子双目充满英气成熟的男子,才知道,他也是从故乡插班二年级到这个学校读书的。他出生于紫马街大镇,我出生于兴隆古镇,相距只有六七里地,他叫赵启兵,我叫赵启文,同一个祖宗,同一个祠堂,我还要称他为哥哥,因为家族太大,所以,以前不认识。从那时候起,我俩就有许多交往和友谊。

赵启兵在一中读书也是有坎坷的,最典型的一件事:读初三那年的春季,学校又开运动会了。在一中读书,我们最高兴的是开运动会。运动会上,各班要选出各班的优秀选手,进行篮球、排球、乒乓球、跳高、跳远、撑杆跳、短跑、中长跑、拔河等十多个项目的比赛,比赛有集体的、个人的。赵启文因年小体弱,没有参加任何项目,他的任务只有为自己班的选手呐喊助威。使我们最高兴的是在这三天里伙食最好。早餐是两个雪白的馒头加一碗甜豆浆,中餐和晚餐伙食丰盛极了:每桌都有两个瓷盆,里面分着装菜肴,一盆内盛有炒鸡、三线肉、五花肉、红燉肉、鱼肉等,另一盆盛有各种素炒,主食有大白米饭包子馒头花卷任你选。十个学生围坐在松毛铺的地上,大家吃得不亦乐乎。晚上又由从"边纵"调来的戴着眼镜的学校工会主席张仲先生(此人组织学校文体活动很活跃,反右时被打成"右派",说是他领导的工会要压倒党的领导)组织六七百个学生和老师跳集体舞,舞场里一些人在常青树上挂满了白的、红的、蓝的小灯泡,小灯泡眨着眼睛,美妙极了。场内师生们手拉手纵情跳起舞来。这时候,我有任务了,我拉着小二胡随着音乐老师傅鸿书老师的手风琴合着锣鼓点子伴奏着,这里到处都显出节日的喜悦和欢乐。

运动会接近尾声了。十四班的篮球、乒乓球、拔河进入决赛。这里要说的是拔河决赛:决赛的一方是一中教师队,一方是十四班。十四班拔河队有几位是来自无量山和哀牢山的彪形小伙,赵启兵在尾压阵。只听哨音一响,十四班用力一拔,只听见老师们的胶鞋"唰唰唰"向前搓动的声音,一位戴着眼镜的老师还被拉倒跌爬在地上。比赛也只有几秒时间，十四班胜了，又过了二三分钟，拔河主裁判宣布：教师队获胜，十四班败了，理由是教师队没有准备好，十四班搞突然袭击……那时候，班级的体育荣誉感很强（十四班墙上挂满了体育锦旗），十四班震动了，宣布"罢会"，拒绝参加最后一天运动会，经过班主任高屹松的动员，班委会决定参加运动会的闭幕式。体育委员罗庆忠通知全班学生，要穿上皮鞋、翻毛皮鞋、硬底胶鞋参加闭幕式。闭幕式上主席台坐着校长、副校长、教导主任、工会主席、裁判长等领导。全校集队整装，上穿运动衣，下穿白跑裤进入会场。只听到罗委员一声洪亮的口令：立正，正步走！全班五十多个学生昂着头抬腿踢步整齐地进入会场。刹那间尘土飞扬，像拿破仑得胜检阅军队进入凯旋门一样通过主席台，表示着十四班的不满……运动会后，赵启兵被开除团籍，据说高老师被打成"右派分子"也与这件事有关，说是高老师和赵启兵是这场"罢赛"的幕后指挥者，要搞"小匈牙利事件"，实际上，这场"罢赛"是班长和体育委员唱主角，是班委会集体决定的，高老师和赵启兵没有参与。但是，赵启兵是经过风浪的人，他没有申辩，若无其事地毕业了，被分配到蛮者乡当了一名小学教师，两年以后，又转入本行，在本乡当医生，后来又当了蛮者乡卫生院院长，院长当了三十年，直到退休。

那时候，我们来一中读书，每年暑假寒假都要回家看望老人，途中两百多里，并且赵启兵、赵启文还在行程中演绎了一些故事，其中一个带"彩"的故事，更使人回味。

假期到了，从古城出发，步行翻过孔雀山直奔清凉街，又过开南节度地，经蛮井街、过大柏树、上狗街梁子、下到蛮羡河，攀登大梁子来到石婆坡（石婆坡堆着一大堆石头，这些石块是从蛮羡河拾起带到坡头的，行人只要带上石块堆入石堆，就能使你上坡腰不疼腿不酸保你一路平安，此事是从一位姓石的老妈妈兴起，感觉灵验，以后就这样兴起来了）。上坡到了石婆坡下坡来到中午铺（中午铺早就有一位老妈妈煮好一角钱两个的糖水鸡蛋、汤圆粑粑等着了）；翻梁子到杨梅树丫口，下大坡进入老马河（老马河沿河岸是遮天蔽日暗无天日的原始森林），走进老马河来到里崴大山镇。（在这里赵启兵还演绎了一个故事，那是1958年"大跃进"之年，路过大山镇的人，要在这里的生产队义务劳动半天。这次是赵启兵一个人回学校，他住进了大山镇一位同学家。生产队长给他一把锄头挖老干田，起启兵走得人困马乏，根本不理睬，双方就吵起来，还差不多动了手，惊动了大队干部。生产队长说，第二天要干到十二点，赵启兵才能走，否则要动用民兵，赵启兵表面答应了。第二天天刚蒙蒙亮，那位同学家煮好早饭，他吃了以后，天不亮就走了。据那位同学说大队长还真的派了三个民兵追赶赵启兵，他早已吹着"雄纠纠气昂昂"的口琴走完了老马河了。过了难忘的大山镇，沿着勐统河而下，又经双箐河山边田离开蛮铺直奔英德街（这里不是英国德国的街，而是勐统的一个重要驿站），在英德街可以吃上五分钱一碗的"齐头谷"米饭，一角钱一盘"炒子鸡"和不要钱的一碗青菜汤。打着饱嗝离开此地，直奔桂花甲（英德小河路边有一小口清汪汪的泉水，过路人喝了就会肚绞痛而亡），登上勐统和振泰的分水岭（这时候，我们又想念着一位煮白酒鸡蛋的老妈妈了，据说有一次在一中读书的高中生假期回家，在这里吃白酒鸡蛋，其中一位一连吃了12个，撑着胃了，病了一星期），翻过分水岭，下坡走进永泰河，四面青山，清澈的河水淌过，中间一个平溜溜的小坝子，万亩油菜，白鹭满天飞。经过文道村、文索村、文平村、杨家村、草皮街、紫马街、文缅村、文扎村、兴隆村、郑家村、大寨、小寨、小湾孜，终于到家了，这些古老的村寨鳞次栉比，穆静地躺卧在青山绿水之中。

每一年的两个假期，赵启兵和赵启文都要踏着青山绿水回乡度过假期。这时候，只见赵启文背着简单的挂包走在前面，赵启兵身穿志愿军的军便装，背着一个大包，包里装着在部队里发的毛领军大衣，在衣兜里，他不会忘记带着从朝鲜战场带回的双音口琴。两百多里的路程，多半是赵启兵讲着在朝鲜战场的故事：如何奋勇抢救伤员；如何看见美国佬腰弓弓的、眼睛蓝蓝的、鼻子勾勾的、个子高高的，又显得怕死的冲锋镜头。他又讲起他们卫生班的八位小伙姑娘睡在暖和的坑道里,男的头朝左,女的头朝右,头对头,脚蹬脚地憨睡,女的内着衫衣胸部冒鼓鼓地挺立。男的上身背心下穿短裤也是"井水不犯河水",即使是"发干电"也是"秋毫无犯",这些男兵和女兵真是久经考验。赵启文听得呆呆的,又觉得好笑。

走累了,讲累了,歇一个气又上路了,又吹起《雄纠纠气昂昂跨过鸭绿江》《我是一个兵》《解放军进行曲》,进行曲吹过又吹起《十五的月亮》,《在那遥远的地方》抒情歌曲,使得赵启文从一个天地又走到了一个境地。两天多的多彩旅程,赵启文不觉得累……

他们又上路了,这是一个寒假,他俩还带着一个美丽的女同学。这位女生"年级花"(十三班十四班为一个年级),也可称为"校花",年纪十六岁,姓名叫周嫚柔。她此行的目的是要随我们到勐统多宝寺完小,和在此学校教书的姐姐周嫚媛度寒假,并要在那里过年。周嫚柔生得梨花带雨,身姿丰满,胸脯的线条轮廓分明,好像一枝出水芙蓉,眼神里显得风情万种,却也逗人。这是一个性格爽朗说话快言快语,不时发出银铃般笑声的姑娘,路上多半是周嫚柔和赵启兵谈笑着走路,一天的路程也不觉得远,黄昏时刻,他们又来到里崴大山镇,住进大寨子"茅草地旅店"。所谓"旅店",就是一捆就地铺床的稻草,一床草席,块子柴随你烧,一角的住店钱。三位男女同学怎么住宿?怎么熬过这一寒冷的夜晚?叫这位志愿军战士发难了。这时候,赵启兵好说歹说从店主人那借来一床棉被,计划铺两张床,一床棉被给周嫚柔盖,赵启文、赵启兵盖军大衣,另睡一床。但是,周嫚柔就是死活不答应,她说独自睡一床,夜间害怕老鼠(店家老鼠确实多,我们烤火时老鼠在墙根脚跑来跑去),要三人睡一床,她还要睡在中间。赵启兵思索了好一阵子,想着在朝鲜战场四男四女卫生兵同睡一个坑道的坑上,那是男一排女一排,男的头朝东,女的头朝西,各自为阵,经线纬线分明。现在是两个男子拥着一个女子睡觉,这是第一次也可能是最后一次了。最后,赵启兵答应了周嫚柔的要求。开始睡觉了,草席下面垫着厚厚的稻草,上面盖着棉被,还压着一件军大衣,三个人盖一条被子是挤得紧紧的。

中间还躺着一个美女,青春少女的特有气息不时喷在脸上,十四岁的赵启文觉得很温暖,他似乎回到了童年时代,是哥哥和姐姐搂着弟弟睡觉。赵启文走了一天路,累极了不知不觉迷迷糊糊地睡着了。刚睡一会儿,赵启文觉得周嫚柔慢慢向赵启兵那边挪动着。赵启文虽然是青春朦胧期,但也晓得男女之间的一些事情了,所以,那晚上睡觉他很警觉,他醒了。又觉得睡在外面的赵启兵也睡不着觉,在不时翻身,过了一会他率先翻身起床,把我也喊起床了,不让我睡了,我极不情愿地揭起暖乎乎透着美女香气的被窝,他叫我紧挨着他坐在小凳子上,用他那件军大衣披在我俩的身上,这样挨着靠着熬着瞌睡着苦苦地在火塘旁熬了一晚上(因为夜间要向店主人再借稻草和草席是不可能了。所以不能再铺一床)。那晚上真是"干草见火也不燃"!"怀拥美人也不乱"。

第二天,我俩拖着疲惫的脚步,无精打彩地把周嫚柔"完好无损"安全地送到她姐姐那里!

诗赞:

正人君子赵启兵,

怀拥美女不分心。

"经纬"交汇分得准,

亮节品优志愿军。

相　亲（小说）

　　赵宇已经二十五六岁，在外地工作，近一两年他都回家看母亲。每次回家都是一人，还没有媳妇，母亲和家里人很着急，家乡的风俗是："发早财不如生早子。"这一年，他又回家了，母亲早已策划好了一门亲事。女方是堂妹的同班同学，住在山街卢山村，名叫卢微微，名字起得文雅，这个村子都姓卢。

　　那天，天空湛蓝，五彩云霞，阳光灿烂，连天空飞着的小鸟也唱着歌，人逢喜事精神爽，赵宇的心情好极了。兄妹起程了，卢微微的家住在大山里，要走五十里。赵宇看着沿边的道路两旁飘飘不染尘埃、山林娴静沉默，古松如巨大的伞盘根落怪谷顽石之间，全无俗态，它们苍劲魁梧，浩气凛然，展翠抹云，气势如虹。在这些阴绿之间，一些露出的草地，不知名的野花，蓝的、白的、红的、彩色的，如地毯似的铺盖着，透来一股清清的香气，一些蝴蝶飞来飞去，在享受着大自然的美。

　　赵宇和堂妹走走歇歇，歇歇走走，上完一次坡，还有一台坡。赵宇几年来在机关上班，很长时间没有走过这种山路了，快要到山顶时，已累得精疲力竭，骨架都快要散了。山林到了，天空中飘着五彩红云，霞光万丈，夕阳慢慢落下山峰，晚观霞归，也是一番风景。"无限风光在险峰"，远远望去，在绿树丛中，露出一些农舍，并有几幢古香古色的房宇立于树阴中，据说，卢山村在民国时期出了几户大户人家。堂妹读书时来卢微微家玩过，所以，她熟门熟路，卢微微家到了，大门半闭半开，它像是等着相亲人……不等堂妹叫门，忽然从大门内窜出两只一黄一黑的大狗，高高跃起、跳得比人还高，向我们扑来，吓得赵宇心惊肉跳（赵宇是最怕狗的，小时候被狗咬过，腿上留下了伤疤),卢微微的哥哥大吼一声"躺下",黄狗就乖乖地躺在地上,吐着长舌看着我们。黑狗却是绕着我们狂吠不止。姑娘的哥哥拿来一根铁链,把黑狗拴好套牢,系到一棵树上。

这时候,赵宇看清楚了卢微微;姑娘身高一米七二左右,身材高挑丰满匀称,双眼含情脉脉,一阵山风吹来,她那丰满的胸脯高高挺着,随风晃动着。姑娘体态凸凹有致,该凹的凹得恰如其分,该凸的凸得令人心颤。穿戴也很得体,上身是粉红色上装,内翻白领,下身穿着不宽不窄的藏青条纹分明的裤子,鞋子是一双浅筒运动鞋(据堂妹说,卢微微是学校女子篮球主力队员)。卢微微完全不像山里姑娘,而是像城里的健美女子,看着看着,他俩四目相交,赵宇不由得心动了。

晚餐极为丰富,还请来了卢微微的大姨二嬢哥哥的小舅子。为了招待我这个从滇西城里来的"大干部"(我只在机关当了一个股级干部,还是副的)和"准女婿",全家总动员男女齐上阵。晚餐菜谱是炖鸡闷鸭煮火腿,还有麂子干巴清煮豪猪肉,外加几盘山茅野菜调胃口,满满一大桌,围着十二人一大桌,大家吃得满嘴是油,不亦乐乎。这里的少数民族请贵客吃饭,主人轮回地往客人的碗里添肉加菜,拈到客人碗里的肉不能往回拈,只能往自己的座位桌上前面放着。拈肉也是有礼貌的,拈一次称"一下"(又称下数),隔一会不管你是否吃完,主人又拈第二下第三下……直把大碗里的肉拈完,姑娘的母亲不停地拈肉,可能每位客人面前都不少于十二三"下",每位客人面前都堆了一堆"盐水肉",饭后客人们用准备好的芭蕉叶包起这些"盐水肉",带回家里让亲人分享。看着赵宇面前的一堆鸡心、鸡肝、鸡大腿、腿肘子……只能道歉拈回大碗里。

晚饭后,姑娘的哥哥烤了一罐茶请赵宇喝,闲聊了一阵,不到十点就上床睡觉了。她家的房屋是三间一幢楼房,楼上堆粮食不住人。楼下两间是主人住宿,左边一间是客房,客房出门就是相连的厨房。走出这幢房的三间房都有门。出了门就是大院子。主人说,防着黄鼠狼野猫叨鸡,晚间由两只大狗躺在院子里守着。

身上有"小动物"袭击

白天走得太累,赵宇也早早上床,睡觉的地方是正房旁的一间侧房,这是主人家的客房。这高寒山区里天气十分寒冷,主人怕我夜间受寒,在床上给我铺上一张黑色的大公羊皮,这张羊皮又宽又大又长,几乎铺满了床。上了床我就迷迷糊糊睡着了,并且觉得很暖和。睡了不到半小时,我觉得有些不对劲,身上怎么痒起来,还有些刺疼,像是什么爬满身上在叮咬着,感到越来越难受。我发现是这些"小动物"在身上爬着寻找叮咬的部位发起进攻,这些"小动物"很多,密密麻麻在身上爬着叮着,我决心要抓住它们。又有好几个在肚皮往上蠕动,堵住它们的"前路",我的手指在慢慢行动,要小心莫慌张,好了,"小动物"被我用食指按住在肚皮上,用力搓了搓,估计"小动物"死了。又用拇指帮忙,捏着小动物。燃着煤油灯一看,原来是两只饿得肚子瘪瘪的"细格蚤"。这时候,我明白了原来这张山羊皮里隐藏着饿极了的数百只小跳蚤。这时,我采取"措施":撤去山羊皮,脱去内衣只穿裤衩,身上涂上"万金油"(清凉油),不管三七二十一蒙头就睡。但是,羊皮下面的垫单还爬着一些小跳蚤,数量少了些。算了,要咬就咬吧,身上有好几千毫升血,"你们"最多也只能吸去半毫升,就这样,我迷迷糊糊睡着了。好景不长,怎么又内急了,急得小肚都胀胀的。原来是昨晚多喝了一些茶水,看来这泡尿是憋不到天亮。

"把烟竹筒当尿筒"

要上厕所吗?厕所是在院子内的左侧,院子里又躺着两只大狗。想起进门时两只大狗的凶样,心有余悸,要叫醒主人吗,又不好意思。他又燃着灯,寻找着"尿竹筒"(家乡有一种风俗习惯,无论山区和坝区,家家都备有"尿竹筒"和"尿罐",这种"尿竹筒",有一米五左右,口子是斜的,女的使用陶制成的"尿壶","尿壶"口小肚大。人们睡觉前把"尿竹筒"和"尿壶"拿进住房,天亮了又拿出去)。住房内没有"尿竹筒",他又开门到堂屋,在昏暗的灯光下,他隐约看见一个黑漆漆的"尿竹筒"倚墙靠着。赵宇见了"尿竹筒"如见"救星"，迫不及待拉过来解了一泡憋急的小便，长长的打着冷禁舒了一口气……

他又睡下了，朦胧一会儿。主人家的公鸡叫了，引得全村的公鸡此起彼伏地叫着，赵宇完全醒了，想起刚才解小便的"尿竹筒"，只有六七十公分，而且是圆口的还很光滑。"尿竹筒"一般都是一米五左右，是斜口的。越想越不对劲，他立刻起床，到堂房一看，哪里是什么"尿竹筒"，原来是姑娘的哥哥吸旱烟的"烟竹筒"，真是闹了一个"国际笑话"。这时他又"急中生智"了，看见连着堂屋的大石缸里盛满着一缸水，又迫不及待地用水瓢冲洗着烟筒，换上清水。听见响动，姑娘的哥哥也起来了，问道刚才怎么水响，他只好支吾着。

早晨，家里的人都到地里去了，我一个人坐在火塘旁沉思着，想着昨天的遭遇："荒山野岭道路坎坷""大狗惊吓""细格蚤袭击""烟筒当便筒"，又想着遥远的滇西滇南天各一方，卢微微虽然美丽漂亮，我再不光临此地了。厨房里，姑娘的母亲也和堂妹热烈谈论着。堂妹也不和我商量，就说赵宇如何如何敬慕姑娘的相貌和人品、如何如何爱慕卢微微。堂屋和厨房紧相连，赵宇隐隐约约地听着她们说话，听着听着，赵宇打起了瞌睡……

上午九点左右，吃了早饭，就要回家了。卢微微为了表示爱慕，一定要送我们回去。她的母亲哥哥嫂嫂和小侄子也来送行，直送到山垭口。他们在山垭口望着我们，赵宇也回头摆摆手，表示着谢意。来时一片艳阳天，回去时，开始也一片晴天，走着走着一团团白雾拢向山头，朦雾浓浓，来时的森林野花蝴蝶也不见了，一切都是朦朦胧胧。走着走着，天下起雨来……怎么又想起昨天的事了，赵宇虽然还年轻，却是有着独立见解的人，是一个爱面子的人，想着要领卢微微双双回家，这不是给母亲亲戚们道明这台亲事成了。越想越不是，赵宇就加快步伐，把堂妹和卢微微甩得远远的，走着走着，我又走岔了路，回到家时，她们已坐在家里的堂屋里了。真是：

去时，春风得意马蹄疾，一路看尽长安花；

回时：秋雨瑟瑟步艰难，美景蜃楼迷雾中。

赵宇请堂妹转告卢微微,回了这门亲事。她们是好朋友,堂妹说了许多委婉的话……第三天, 堂妹把卢微微亲自送到草皮街大镇,并联系和山街乡赶集的乡亲一起回家。第三年,赵宇又回到故乡,堂妹说,卢微微和一位小学教师结婚了!

　　赵宇心里好像老是欠着卢微微什么!

恩　情（散文）

这里记录了一件时隔五十多年,她还记着来报恩的故事。

我的三哥从思茅一中打来电话说,他读初中和师范的同班同学黄再茂、邱映芬夫妇二人,带领普洱县(现改为宁洱县)教育老年演出团到景东演出和参观旅游,吩咐我做好接待演出事宜。实际上,黄再茂和邱映芬和我也是同学,只是,我比他们低一年级。这两位同学师范毕业以后,他们和我三哥分配到宁洱县乡镇教书,后来,我三哥调到思茅一中教书,黄再茂被提拔当了宁洱县教育局办公室主任。退休后,黄再茂喜爱文化娱乐工作,组织了一个教师老年艺术团,并当了团长,还兼任手风琴主奏。邱映芬是黄再茂的妻子,读初中时被同学们称为美女的邱映芬也当上了艺术团的主要演员。

他们一行二十多人到达景东后,我为他们联系住进了政府宾馆。然后,为艺术团联系演出的事情。那几天,景东放假,人民会堂管理人员回家了。我又请示县里的领导,管理人员从家里赶回来,文工队的灯光师也来帮忙,使演出能正常进行。宁洱教育艺术团,虽然其成员都是退休教师,没有进行过正规训练,但是,看着她们翩翩的舞姿,看着团长气宇轩昂地拉着手风琴和长号、笛子、二胡、提琴等乐器合奏着,我这个当过文艺宣传队队长的人在不时地拍手称赞着,他们的演出获得圆满成功。

第二天,我陪他们行程六十多公里,登上国家级自然保护区哀牢山,参观了中国科学院哀牢山生态站,参观了美丽的杜鹃湖,艺术团的老师们被银生美好的大自然陶醉了。回城的时候,途中在平掌街赶集,他们看着那琳琅满目的山货,特别是看着比城里便宜一半的新鲜猪肉和三元一个鲜猪肚,他们啧啧称赞着。我们在平掌街就餐,价格是一百二十元一桌,桌上摆着:清煮生态鸡、三线肉、火腿、杜鹃湖生态鱼、山笋炒肉、炒香菌、凉拌树花木耳……

第三天,他们计划上午九点钟要启程。离出发时间还有半个小时,这时候,邱映芬心急如焚地对我说,这次来景东,还有一个最大的心愿要完成,要找到谭主任家(谭主任名叫谭开友,镇沅县勐大镇人,解放后参加工作,后来当了景东县商业局局长)。我打听到谭开友家是住城南塘窑村,就领着邱映芬她们去找谭开友家。塘窑是一个很大的村庄,居住着七八百人,我们左拐右拐到了这个巷又进那个巷,七打听八打听,好不容易找到谭开友家,敲门后,主人出来了,是一个三十多岁的中年妇女,我们说,要找谭主任。中年妇女说:我是他的大儿媳妇,我老婆婆和小儿子住在一起。你们从这里左拐再往右拐三百米左右,有一幢独立小屋就是了。我们就按她说的走去,看到一间三格式的平房,推门进去一看,只见一个满头银发的女人,坐在一个小木凳上搓着苞谷,邱映芬看准了她就是谭开友的妻子,她扑上去抱住谭大妈哭起来。邱映芬说:"谭大妈,我来看谭大爹你们来了。"谭大妈先是一头雾水,后来悲凄地说:"你谭大爹三年前就走了。"邱映芬说:我是勐大区和谭主任(村主任)是一个村的,你可能记不得我了,我叫邱映芬。1953 年,我高小毕业,考上了泰和中学,但是,由于我出身不好阶级高,一些干部不同意我上中学。但是,谭主任对我说,出生不能自己选择,阶级高怕什么,解放了,你们要走的路还很长,要去读书长知识,以后更好地为社会服务。

谭主任批准我到泰和中学读书,我读了初中又考取思茅师范,当了一名人民教师,现在,我的子女都参加了工作,家庭幸福美满。四十年了,我还记着谭主任批准我读中学,我还记着谭主任的恩情,没有当年谭主任的恩情,就没有我邱映芬的今天,可惜,我来迟了……

　　说完了,邱映芬双手递给谭大妈一叠钱,谭大妈哭了,哭得很伤心。

　　邱映芬记着四十年前谭主任的恩情,像邱映芬这样的人还有几个?

我在泰和中学读书（纪实文学）

泰和中学，原称景东县中学泰和分校，解放后又称景东县第二中学。景东的振泰区划归镇沅县以后，现在称镇沅县第二中学。泰和中学是振泰有识之士、著名乡绅李恕庵先生带头捐款 5000 银元，发动振泰乡绅和马帮商人捐款钱、物折合 30000 多银元，在泰和镇镇公所的原址上（镇公所迁出）建办起来的中学，可称是私立中学。没有足够的勇气和眼光，要建立这样一所中学，是不可能的。

这所中学 1939 年建好，年末开始招生，1940 年正式上课。招生的第一班学生有振泰区的泰和、兴隆、塘坊，大山街四所高等小学的毕业生报考，参考人数 90 多人，招收学生 60 人，学校聘请了泰和街曾留学比利时布鲁塞尔的李煜先生任泰和中学的首任校长，李恕庵先生任学校董事长。同时李恕庵先生以超前的眼光，请本家叔叔、昆华医院的医学博士李发宽先生在《云南日报》登报，以丰厚的年薪，聘来外省籍的大学毕业生，他们有毕业于北京大学的顾子维、云南大学的李仁堪、武汉大学的欧阳曼天、西南联合大学的韩春轩、高安隆、四川的黄世英、湖北的屈大年、青岛的倪平波、安徽的胡松年等多位外省籍教师任教。到解放时，泰和中学已经毕业 10 个班近 500 人。因为有雄厚的师资队伍，所以，那时候从泰和中学毕业的学生，就具备了一定学识和水平，能考取大理、昆明、楚雄等高一级的学校，对推动振泰的文化向前发展起了重要作用。

泰和中学是建在草皮街头一个缓冲形的半山上，坐北朝南，这里原来只有镇公所的几间房子，学校大门一开，踏下多级台阶，就是古色古香宽阔的铺着青石板的清代建筑草皮街了（现在石板已被撬掉，又铺上水泥了）。泰和中学是由李恕庵亲自规划设计，由振泰最著名的工匠,大山街人王祖培指挥建造的。

推开大门看第一台,宽广的运动场建有篮球场和排球场。运动场两旁各立一幢两层的二十四间土木结构的楼房,上层是教室,下层是学生宿舍。上完街头台阶的大门楼上,住着学校的值日教官和学校吹号的"号匠",他们在发号施令。

请看第二台:

踏着宽阔多级的石阶上到第二台,迎面而来的是一棵含苞怒放的白山茶花,被称为泰和中学的"校花",据说是李煜先生从日本带回来栽种的。第二台正中是一块宽阔的场地,学生们下课以后在这里游戏锻炼。二台中央立着一幢乳白色的图书馆,两边各自立着两幢三层二十四间土木结构楼房,右边楼房,底层为室内体育锻炼室(雨天可以在这里上体育课),二层为学生教室,三层为教师宿舍。左边楼房,底层为学生食堂,二层为教室,三层为学生宿舍。(记得我们第十一班就是在二楼上课,三楼住宿的)

在第二台上有两个故事。在高高的台阶上,中国人民解放军第十三军三十九师政委赵伟(三十九师调防四川后,赵伟任了十三军政委),站在这里向下面第一台的几千名群众作过报告;边纵解放军司令员少将朱家璧也在这个台阶上讲过话。

王祖培是一个出色的土木工程师,单说第二台的两幢三层大跨度的建筑,这在当时的建筑史上是少有的。我们读书时,这两幢楼已有十七八年的历史了,还巍然屹立纹丝不动。

从第二台两侧拾级而上,到了第三台:

这边风景独好。

又是一个大操场,正中靠后是一幢古典的楼房,据说是学董要员们开会的地方,我们读书时,楼门紧闭,学生们也没有登过此楼,显得很神秘。在这第三台的大操场上,还建有两个篮球场,四周还有爬竿、单杠、双杠、平衡木等体育锻炼器材,全校学生都在这里上体育课。操场的南面长着 N 棵不知名的大树,这里也有一个故事:据前边班级的老大哥说:一天晚上狂风暴雨风雪交加,第二天起床一看,树下被打落了几千只小鸟,同学们交到食堂炒了吃。

登上第三台,往四面鸟瞰俯视下面,近处的草皮街、紫马街、紫云坝、郎挡桥,历历在目,再望远处一看流淌远久的永泰河、蛮甸蛮缅古寨村落坐落在田野之间,青山绿水尽收眼底,真是心旷神怡。

泰和中学,又辟了一口大水井供全校使用(现已封口保留,但不使用了),大水井旁建着一间小平房,供家庭困难不能入食堂吃饭的学生煮饭之用。

围着学校又建有半环形跑道,早晨,学生们在跑道的树阴下读书诵文,又是学校的一道风景。学校四周被砌得规整盖着瓦的围墙和树荫围着。泰和中学是一个读书人的好地方。

我1954年秋季从兴隆完小毕业,以优秀的成绩考入泰和中学,被编入第十一班(从解放后算起,这个年级有十、十一两个班,学生有来自振泰的六所完小,也有来自景谷区完小的毕业生,如康希明、唐鸿林、艾仁杰、艾仁昆、叶富贵、康明哲,里崴区的查正志,全班有五十多个学生。我们前一年的八、九班,除招收振泰的学生外,还招收勐大区的邱映芬、苏泰云、苏泰勇;文井区的黄再茂、查宗能;清凉区的徐丕荣;景东城区的陈翠芳、张祖德、宋应文,更远的有宁洱的李云仙、李兰芳、李秀林。我的三哥李开荣以考试第二名的成绩考入第八班,第一名是文索的王文仁。那时候,泰和中学生员足、质量好,所以,初中毕业以后,大都能考取高中和中专。

读书艰难

由于受银生文化的影响,我们小湾孜李家的人特别爱读书。由镇沅二中老师李光雄先生主编的《镇沅二中校志》,比较全面翔实地记载了泰和中学的发展演变历史。就是在这本书里记载单说我们小湾孜李家,我家就有大姐李开秀、大哥李开唐、大嫂郑兰芬、二姐李开莲、姐夫陈林、二哥李开虞、三哥李开荣和我八人,还有叔叔家的李开福、李秀珍、李秀琴、李开仙、李秀兰、李开奇、李开祥、李开启、李波、李敏等20人左右在泰和中学读过书。百姓们流传着一句话:"卖了大牯子牛要读书,打草鞋卖也要读书。"我大姐大哥二姐二哥姐夫们,解放前就读完了泰和中学,那时家里经济殷实。解放后就轮到我们读泰和中学了,三哥读初二,我读初一,弟弟读高小。解放后我家被评为"地主兼工商",这样的人家是被"扫地出门"的,日子一落千丈。家里只有大嫂一人劳动,有七八张嘴等着吃饭,互助组分得的粮食只够吃半年,靠着年老的母亲纺线纳鞋底,每月织得四匹布卖得八元钱,买些粮食油盐补贴,日子过得很难,要出一点钱供我们弟兄三人读书,更是难上加难。我的母亲是一个目不识丁的善良农村妇女。她生了十三个孩子,可称是母亲英雄,我是老十二了!母亲真是伟大。父亲在银生城读过学堂,当过高等学堂校长,当过商人,民国时期任过镇长,在当地也是一位知名乡绅,可是,他不"纳小",对母亲的感情始终专一。面临着这种困境,母亲硬着头皮坚持着要我们读书,但是要交一点学费和每月三四元的伙食费,也是交不起。解放后学校有助学金的政策,困难的学生分甲乙丙三种等级,最多可得六元,少的得三元。但是我家出身不好,只能望尘莫及了。学生不吃早点,学校大门外的街头卖着皮薄馅厚油汪汪八分钱一个的包子,可望不可即。所以,上午的第四节课,学生们最怕肚子饿。讲一个笑话:坐在我后面的小景谷区的艾仁昆,此君聪明调皮,上一二三节课,他还好好地坐着听讲,到第四节课,上课钟声响后他就开始"骚动"了,他用铅笔有节奏地轻轻敲着桌,敲到二千六百多下,他用手轻轻推我一下:"要肿脖子了"(吃饭)。他的鼻子很尖(灵敏),教室下面是饭堂,有时候也会有一餐回锅肉什么的,他又给坐在后面的人传递着"喜讯",刹时间,像电波一样传遍全班,同学们不由得精神振奋起来。

记得一天中午时间到了,同学们拿着碗筷要到食堂吃饭,可是宣布开会,同学们整齐地排在图书馆面前的广场上,只见食堂老总彭启良抬着好像一个账本高声宣布:……李开荣、李开运、李开仙(老叔家的堂姐、本世纪初其子李荣当了镇沅县县长)、王全忠(表兄,其父王整纲曾在泰和中学任了三年的教导主任并主持工作。王全忠初中毕业后被分配到勐海县当小学教师,"文革"时受迫害,他被当地边境傣族百姓护送到缅甸。多年在缅甸经商,专门从事饲养业,办了二个现代化养鸡场,2006年回国探亲,在思茅他告诉我三哥,现在在缅甸泰国养鸡,连"鸡屎"都吃不完)、蓝昌奉、罗昌云……两个月没有交伙食钱了,从今天起停膳了。"我们弟兄姐妹表兄几人,饥肠辘辘走了十多里路回湾孜村吃中饭,回到家时家里又没煮我们的饭,到吃中午饭时已是下午三点钟了,那天,真是惨呀!越是困难越想读书,若是今天的人,早就不读这种饿肚子的书了。母亲和我们商量决定,每星期带上一点粮食和油盐酸菜(没有菜,几乎每餐烧酸汤泡饭),并破好一小挑柴挑上,到大水井旁的小伙房自己煮饭吃。这样,一直坚持到三哥初中毕业,考取思茅师范。

王刚校长和老师们

泰和中学传承着中国传统文化。解放后,泰和中学已经演变成景东第二中学,学校的校风学风依然很好,学生成绩,和景东一中相比不相上下。记得我读书时的校长老师们:校长王刚,又名王坚伯,在省内几所中学任过校长,石屏人。教导主任李荫生是玉溪人(高高的个子,英俊的脸庞,据说祖父在民国时期任职军长,喜欢唱京剧拉京胡)。韩希宽,体育教师(此人高高大大,据说在国民党军队任过体育教官,是一个健将级运动员。他是我的班主任,对学生和蔼可亲关怀备至。有一次我在草皮街一位同学家吃白酒汤圆,不胜酒力醉得不省人事,韩老师叫来妻子高医生(高是振泰医院医生)给我注射针水醒酒。后来,韩老师调到普洱(宁洱)中学,不幸在"文革"中被冤死。余英,北京人。上数学课时说一口流利的北京话。李汝元,墨江人,化学老师,他面目清秀文静,此人特点是脾气好,说话温柔。段仁寿,墨江人,物理老师,身体结实,喜欢打篮球。李维礼……还有本地籍老师,我记得最清楚的两人:吴学渊,振泰文索人,学校总务主任兼地理教师,后任了镇沅县政协副主席。其子吴应槐,云南大学化学系毕业,曾任孟连县中学校长,曾是连续两届全国人民代表大会代表。刘援,动植物老师……

我上初三,哥哥到思茅读师范去了,到思茅读师范。读师范也要用一点钱,我就面临着失学的境地。王刚校长看着我想读书,却无能力读书,就主动和景东一中联系,姐夫陈林在景一中教书,姐姐李开莲也在学校当图书管理员。因姐夫家有振泰大山街来景东读书的弟弟和亲戚,经济也不宽裕,这时这些亲戚大都从景一中毕业了,姐姐同意我从二中转到一中。王校长帮我办完转学手续,辗转二百多里路到景一中读书,那时候我只有十四岁。走的那一天,我背着简单的行囊,随着转学比我大两三岁的文索村李仁政同学走了。那天早上,年老的母亲送我,一直送到和勐大区隔界的分水岭山脚下,我是一步三回头地看着母亲,心里难过极了。这样,我才在景一中读完了初中。两年初中,当时也只要两百元左右费用,但它的含义更高,它使我迈向人生的新起点,今天,我还记着姐姐的恩情。初中毕业,我报考高中或者师范,但是,当时正值阶级斗争的风口浪尖,"反右派""肃反补课"刚结束,而这些挨整被打倒的人大都出身背景不好的家庭,国家总结了一条"经验",这些人不需要培养。我们十三、十四两班有学生八十多人,其中有三十多人是出身不好的学生,在 1958 年的初中升学考试中,只有一个出身"破落地主"和一个出身"富农"的两位同学考取高中,这两人说是"统战"对象。其余出身不好的学生考卷,统统被打入"冷宫"。

在 1957 年底和 1958 年的"肃反补课"和"反右补课"运动中,像景东一中这样只有三四十个教职工的学校中,就揪出了八个"右派分子",最典型的是我们的班主任高志坚,此人解放前毕业于昆明英语专科学校。"反右"时候,他没有写过一张向党进攻的大字报,只是推断,他是学英语的可能"崇洋媚外",这样,高老师就被划为"右派分子"了。

那时候,许多运动都拿教师"开刀",一批批人被打倒,岗位空缺了。所以,我七月份毕业,八月份就"就业了"。我被分配到锦屏区新民乡高寒的大麦地生产队搞扫盲工作,日补助生活费三角。八月底文教科通知我到县城集中学习，宣布我是小学老师队伍的一员了，那年我只有16岁。

可能是年龄小，身体瘦弱(体重只有四十公斤左右)，也可能由于振泰区在县文教科当副科长的李××的照顾(李××家和我家是世交)，我被分配到距离县城只有十九公里的锦屏区灰窑完小。而其他同学则被分配到无量山区和哀牢山区的小学。

1961年，因中苏关系恶化，苏联撤走几万名援化专家，切断一切经济援助，国民经济差不多崩溃。全国粮荒，河南四川饿死了许多人，每人每年只发一尺七布票，西方的人讥笑我们，"五个人穿一条裤子"。所以，全国机关人员教师队伍"下放精减"，我义不容辞被列入下放的行列，被下放到锦屏区只有我一人的"冷窝小学"(此地现在利用冷窝小河水正在建设一个库容量2300多万立方米的中型"青龙水库")当了一名月领十元的民办教师。我还是在这块暗淡的黑板下坚持了下来，而我们一些同学"逃跑"了。在冷窝小学当民办教师时，我记着一件深刻的事情：那时，我大哥李开唐也从景东一中下放到只有四个老师的安定鼠街民办中学(但还是国家发工资)当了四个教师的校长。那天，大哥从景东县城办完了事，走了二十多公里路，来到冷窝小学，弟兄俩好不容易相聚一回，第二天他要走40公里的路回学校。清晨，我卷着裤腿到冷窝小河里抬回一竹筒水煮早饭给大哥吃。煮了一小锅青菜，煎了几个荷包鸡蛋，就着我也吃了早饭。大哥走了，学生们也来上课了(这些学生都是走读生)，我讲课了，忽然昏倒，后脑砸在地上，醒来时，只见一些小同学急得哭泣着，躺了十几分钟，我叫两个男同学把我搀扶回宿舍(所谓的宿舍，只是用几块木板铺上，又用竹篱围着)，在床上躺着，休息了一个小时以后，又叫学生把我扶起来。一个叫陈兰仙的学生，她家住得最近，她母亲煮了一碗糖水鸡蛋，我吃了鸡蛋以后，想着要回县城治病(因为我是第二次昏倒，第一次是在灰窑小学)。从冷窝小学到县城有二十四公里，上午十点钟，我出发了(那时候"弥宁公路"通车了，但是低等级的公路上，一天没有几张汽车通过)，我走走歇歇,累了就在路边的草地上躺一会。这一天,我到黄昏时才走到县城,整整走了八个小时。我找了一个小旅店,蒙头就睡下了,第二天九时才醒过来,又是睡了十多个小时。我到医院检查了一下,医生说:主要是身体虚弱营养不良过度疲劳引起昏厥,没有什么大碍。我在县城休息了几天,并和县招待所的李某某要了几张"餐券"。那时县城里只有老街上开着一家国营食馆,又称"大众食馆",到食馆吃饭,不但出钱买票,还要有一张"餐券",有了"餐券",就可以点鸡肉、猪肉、鱼肉等,没有"餐券"的,只卖给素炒。所以"餐券"成了紧缺票证,这样,我吃了几顿"营养餐",休息了几天,又回学校上课去了。

社会是一个大学,文学给了我正确的人生观,社会接纳了我,我就要融入社会,服务于社会。并且,什么事情都要向前看,四十多年来我都牢牢记住这个信念。所以,在这四十年中,我做出了几件让银生人铭记着,并能载入史册的事情。

我永远记着可爱的泰和中学。

说房子的事（纪实文学）

人们说：吃、住、行是人生三件大事，而且，住是最重要的，因为人的一生有二分之一的时间和住宿关联着。

从上世纪60年代末，我住过"戏楼"、平房、妻子家的茅草房……

住"戏楼"

我1969年调进"毛泽东思想文艺宣传队"。那时候，军队的领导重视文艺宣传工作，把宣传队二十多人安排住进了县委会最好的两排平房（所在位置是县委大会议室），在这里曾接待过阎红彦、周赤萍等云南省委领导人。当时，我任副队长兼管宣传队的生活纪律，队长分配我单住一间七八平方米的小屋。"文艺宣传队"在这里住了两年后，我们搬出县委会，住进了"戏楼"（现在人民会堂左下方）。据说此楼是在民国政府时，景东县一位主要要员贪污了修滇缅公路的经费，为了掩人耳目平息民怨而修建的。只有二百多平方米的戏楼，楼虽小，却是设计新颖古典，很是别致，楼的中央，还建着一个小巧的戏台（古时的戏台不大，只够几人唱戏就行了）。登上戏台一看，近处尚武门村的庄稼禾苗，远处的青山绿水，一目了然，真是心旷神怡……而且戏楼旁右下方砌着石板的井水清澈透明，古井，后来人们把它称为"戏楼井"。那时候，这口古井的水质极好，省委书记阎红彦视察景东时，就是饮用"戏楼"井水的。戏楼木质结构，分上下两层，共有八九间小房，宣传队员两人住一间还是不够。县长李昌发知道后，批给了八千元。宣传队备料，请来了林街回族工匠,建起了一幢平房,才解决了宣传队的住房。这时候,我还是住在戏楼一间才有五平方米的小屋里。

调来了刘指导员,我让出了住房

1974年12月,我结婚了。1975年有了一个女儿。刚好队里陶宏章改行调昆明铁路局,陶宏章调走了,我住进了他的宿舍(这幢平房有八间,东西端的两间各有十五平方米,其他六间有十平方米)。住进这间宿舍不到一年,文艺宣传队调来一位刘指导,这位指导员是景东县锦屏区山冲人,据说他原来是生产建设兵团某团的政治部副主任。因为当时宣传队里没有共产党员,调来加强政治思想工作的。我看到他携家扶口,带着妻子和两个孩子。他虽然当了政治处副主任,工资也只有三十多元,所以,我就把我的住房让给了刘指导员。我安排两个各住一间的队员合住一间,腾出一间(十平方米),我住进去。

我又把住房让给从军分区调来拉京胡的苏星昌。

从军分区调来一位拉京胡的,我又把住房让给了他,我搬到妻子家的茅草房去了。

我住进这间十平方米的平房后,不到半年,从思茅军分区又调来一位拉京胡的演奏员(此人叫苏星昌,景福乡古里街人,原来在军分区演样板戏时拉京胡,此人也是携家扶口:妻子、孩子。此人接任我当了一任队长,后调安宁县任了十年的劳动就业局局长,现已退休),我看着宣传队再也没宿舍安排给苏星昌住了,也不能看着他到外面租房,我就搬到岳父家茅草房住去了。岳父胡才明,出身雇农(无产阶级),原籍锦屏山冲帮威山寨,上世纪40年代末,迁居到县城,在老车站(现在人民会堂东侧)附近,搭了一间茅草窝铺全家四口人居住。解放后土改队评议,岳父家被评为"雇农"。"雇农"即是无房无地无财产。解放时的阶级划分为:地主(兼破落地主)、富农、上中农、中中农、下中农、贫农、雇农。解放三年后,锦屏区政府批给了岳父家约两亩的一块地(包括自留地,此地在老财政局),岳父在此地盖了一间墙抬梁没有柱子的草房,这间草房,汽车驶过都会摇动。这间草房有三小格,左边一格岳父岳母住,右边一格原是姨姐住。我们搬回去后,姨姐到岳哥家借住去了,中间一格是摆着神桌的堂屋。我搬回去时,在宿舍里的土墙上开了一个小窗,并把墙体用白灰抹了抹,就这样住进去了,在这间茅屋里,一住就是五年。

这时候,我妻子只有二十三四岁,她虽然年轻,但却有贤惠朴实农家女人的本色。两次让房,她都支持。那时候,我当着队长,要住宣传队的房子,也是理所当然,队员也是没有意见的。

历尽艰辛,我建起一间土木结构的瓦房,被县里的一个理财单位只用五千元就"强征"去了。

我的一个亲弟弟和一个堂弟来景东找我玩。他们看着我这个当着县文艺宣传队队长的哥哥,住着这样寒酸的茅草房,辛酸极了,差不多流泪,并且建议我盖一间瓦房。当时,我的想法和他们不谋而合。我做着建房的规划预算:卖了一个手表(60元);卖了一辆自行车(100元);卖了一个小收音机(60元),又向朋友借了一点,凑足了800元,买了一架旧木料,用去400元;买瓦片600元(瓦片是从清凉一队瓦厂购买的,因我在那个队当工作队员八个月,所以当时只兑现了300元,其余的300元半年内还清)。当时开支现金700元,建设资金只剩下100元的伙食费了。

建房准备工作做好后,我的两个弟弟也从振泰带着木匠工具来到景东帮助我建房了(他俩还是熟练的泥木工)。另外请了妻子尚武门同村的小福安老景辉小寿几个小青年帮助建房。"书生建房",谈何容易!两个月后,土墙掀倒了,石脚砌好了,屋架做好了。可是,米没有了,肉吃完了,菜地里菜没有了,人也累了,更严重的是,有一天我昏倒在茅厕里。我的弟弟抠着放墙时塞在鼻孔里的烟灰说:"建房条件不成熟。"要打退堂鼓了。但是,我鼓励他们,这是

130

最困难的时候,坚持就是胜利。他们听我的话,留下来继续盖房子。在接下来的日子里,我们历尽了千辛万苦。建房时,我还是坚持到宣传队上班,下班后,我和妻子挑着箩筐到石婆婆山下捡砌石脚的石块,或者抬土冲墙。使我难忘的是妻子抬着满筐的墙土爬上高高的梯子,把墙土倒进墙板里给冲墙师傅冲墙。帮助冲墙的小福安说:"没有见过这样猴(行的意思)的婆娘。"

一幢土木结构盖瓦的两层楼房盖好了,可是经济上已经是山穷水尽了,我没有钱付给弟弟们,只得向一位队友借了三十元钱,买了两对五金社做的铁皮桶送他们,我时常记着两位弟弟的恩情,同时,我也记得尚武门帮助建房每日只付三元工钱的几个农民小兄弟。

土木结构的两层楼房建好,大功告成,就这样住了一年多。可是,好景不长,来了指令,要我家搬迁,这里要建财政局。财政局局长指派办公室主任做搬迁的协调工作,并给这位主任指示,起码不能给搬迁户造成经济负担。这位洗主任是位部队转业干部,工作雷厉风行,他到我家爬上了楼,就指手画脚地高声地说道:"盖这种房子花不了几个钱!"我也毫不相让地说:"你是共产党还是国民党?你再不下楼,我叫人把你揪下来……"就这样,我家新建的房子,连着1000多平方米的自留地,就被这位洗主任只付5000元强征去了。要知道,那时候是不讲民生的。后来生产队在人民会堂后面批给了宅基地,我家修了马车路,把屋架和瓦片运过去,请人冲墙补屋架,还是两个弟弟来帮我建起了房子。总计花了8000元(按照戴局长的不让搬迁户造成另外的经济负担,洗主任是违反了这个指示的)。

老实人不吃亏

俗话说:"老实人吃亏。"我两次让房,最后搬到茅草房居住。有些人说:"你太老实了,老实人吃亏。"但是,我认为老实人不吃亏。

正因为,我任职时大公无私,清正廉洁,全心全意做事业,所以,党和人民给了我很高的荣誉,受到社会的尊敬,就是退休之后,还在享受着这些荣誉。

宽　　容（散文）

座右铭：

世事如棋，让一着不为亏我；

心宽似海，纳百川方见容人。

这是一场轰轰烈烈的"大革命"运动，如暴风骤雨铺天盖地笼罩着人们。全县五六百名教师被集中在一中、县小进行着一场史无前例的"大革命"运动，时间真长，运动进行了一百五十多天。先期的学习只进行了一个星期，学习加足了"油"，备足了"弹药"，开始升级了。一夜之间，学校里能覆盖的地方，都贴满了大字报。什么"修正主义""反动分子""反革命分子""漏网地主分子"等所有反对社会的词汇的大字报，铺天盖地而降，真是骇人听闻，许多人从来没有经历过这种场面，怎么一下子钻出那么多的"坏人"，我被吓蒙了。

我是一个热爱共产党，热爱新社会的只有二十二岁的青年。就在前一年，我还被评为全县安心山区工作的优秀教师，由县教育工会罗副主席带领我们到思茅参观游览学习，那也是我第一次到思茅。运动开始时，我被选为公社教师的文体委员，下午，还组织教师们进行篮球比赛、唱革命歌曲等文体活动。并想着，要在这场运动中锻炼自己，提高思想觉悟，更加努力工作。不料，好景不长，大字报也触及到我了。缘由是许多大字报都是对准了我的大哥，这时候，大哥在县小附设初中班教书。大哥是一个什么样的人，他在云南大学读过书，解放前他从昆明回来以后，在本乡兴隆高等小学和泰和中学教书。解放初在泰和中学被抓，关押了四个月（泰和中学教师同时被抓的有六人，体育名将罗有拔和一个参加过远征军的老

133

师被处决，一位唐老师用钢笔刺脖身亡，我大哥和另外三位老师差点就被"处决"，最后被无罪释放）。大哥被平反后，在本县太忠、文龙、安定中学、县小、一中教过书。在我眼中，大哥是一个知识渊博的老好人。为什么他的大字报很多？原因是他在文龙教书的一位同乡姓王的老师，这个老师是内定要整的重点，有许多人写了他的大字报。他耐不住大字报的围攻和工作组的威逼利诱，看着大哥的出身不好，背景复杂，就乱编造了一张"×××县反共救国军"的大字报，并把我大哥编成"救国军"的司令员，这个老师妄图转移视线，解脱自己。工作组高兴了，这次运动又钓出一条"大鱼"，沿着他指出的线索，集中力量进行追查。我们国家要接受一些教训，可能受着苏联老大哥的影响，极左思潮泛滥，白色恐怖笼罩着社会。上世纪三四十年代的苏联，许多人早晨去上班，并告诉妻子：晚上可能我回不来了。在所谓的"反共救国军"事件中，时为共产党员的文教科长罗某某被诬为"反共救国军"司令员，被逮捕关进监狱，被处决时，他还喊着"共产党万岁"，几十个教师，有的被处决，有的判刑劳改，直到二十多年后才平反昭雪。延续到了60年代，总是没有接受这些深刻教训，少数人还继续着整人的极左思想的衣钵。

姓王的大字报出现后，我的"定性"变了。工作组把老师分为一、二、三、四类，一类是左派；二类是可以依靠可以团结的人；三类是问题严重，但不是这次运动打击的重点；四类是要戴上"五类分子"帽子的人，是打击的重点。我的排类，原来是二类，大哥的大字报出现后，由二类升到四类，工作组排了五次队，我的是二、二、四、四、四。由二类的好人，变成四类的"坏人"（这是后来清查那个运动的档案材料查到的）。性质变了，对我的批斗也升温了，我被人看管起来。平时，由两名"左派"教师看管，看管十分严格，全天二十四小时监控，不能和亲友交谈（这时候，二姐同是一个公社的教师，大哥在县小教书。但是大哥被大字报"揭发"以后不久，被送到印刷厂的一个密室里关起来了）。我晚上睡觉时，都有一个人监视着，睡觉时脚是伸直还是弯着，翻了几次身，梦话说什么，第二天，看管人员必须向工作组汇报。记得那时候,组织五六百教师到"老龙箐"上面为茶场种茶(这些茶园至今还种着茶树),我身后紧紧跟着两名看守,一名监视,一名为我抬锄头(他们怕我用锄头砸人报复)。外出时,由县公安局一位毕业于省公安学校的李某某监管。让我印象最深刻的是,那一天,李干事(因不知他在公安局任何职,就称他李干事)腰别小手枪,和另一位"左派"教师一起到我教书的么腊小学,么腊小学离县城只有十五公里左右,但尽是上坡路。这次,李干事他们的任务"很重"。要搜查到"救国军"的一些重要"材料依据",清查从上午十一时开始,一直查到下午四时。学校是一人一校一个教室一个宿舍,宿舍里的桌子上除了摆着一盏煤油灯,几本备课笔记,房间内只有一张空床(行李带着参加运动去了)。倒是简单的书架上摆着一两百本小说、杂志、报纸等读物。宿舍整理得整洁,一目了然。李干事到底是侦察员,先是在学校和教室里周围巡视了一番,像是侦察有什么秘密"联络据点",空旷的学校,什么也没有发现。然后,他进了我的宿舍,仔细翻阅那一两百本图书和刊物,一页一页地翻遍了,可能有十几万页,他希望在书页中发现什么"秘密",查阅了三个多小时,一无所获。这时候他又打开我办公桌的抽屉,发现了许多通讯信封,翻开一看都是空信封(我有七八个兄弟姐妹堂姐堂妹都是教书的,有几个经常和我通信)。李干事带着凝重的口气审问我:"信纸哪里去了?"我说:"用来煮饭抬小锅和擦屁股了!"他也无可奈何。在回县城的时候,李干事的一句话,记忆犹新,他说:小李,"救国军"这件事,有其事你要坦白承认,抵赖是没有好下场的。不有,你不能乱说,这是掉脑袋的大事(他的忠言,我始终记着)。

虽然我升级为四类的"坏人",但是,公社的教师写我大字报的人几乎没有。倒是出身不好,读初中时和我住上下床同班的一个最好的朋友,现在又同在一个公社教书的李某某,他为划清界线,洗清自己,胡编乱造地写了"揭开盖子,揪出反动分子李某某""用收音机和他在台湾的二哥进行秘密联系"等等二十多张大字报(那时候,连收音机都没普及)。这位李老师也被排为三类,可能是下次运动批斗的对象。他的下场值得同情。以后的揭批查中,说他在"文化大革命"后期"挟私报复",被判刑劳改三年,农村家中的妻子,带着四个孩子,艰苦度日,其中一个幼年孩子,妻子背着劳动,被捂死在背巾里,出狱后,刚要出头,他又得"绝症"而逝……

随着运动的深入,我被定为"救国军"的"高级联络员"。工作组为了揭开"盖子",打开缺口,对我进行批判斗争了。为了加强火力,工作组还组织大街公社和森工局子弟学校的教师对我的批斗大会,参加这次批斗大会的有七八十人。斗争大会上,可能是平时工作积极,和学校领导教师们的关系不错,人们抬了一条木凳在会场中央支放着,叫我坐着接受批斗。我们公社被斗争的四个教师的其中两位,就没有我这样幸运了。一位来自玉溪元江的只有二十岁的年轻教师罚站着,并且挨打,衣服都被撕烂。一位四十多岁的女教师更惨,由一位高个子的"左派",紧紧揪住她的发辫不放。其他的人围着她批斗撕打,她的前面淌着几大滩汗水,头发被撕落惨不忍睹,这时候,我才知道什么叫"法西斯"。但是,这位女教师是澜沧江畔"苏三宝大人"的后代,她显得很坚强,拒不承认给她的罪名。被批斗完后,她悄悄地把收拢的头发保存着。半年后,她被平反了,她把保存着的一大束头发和被撕破的衣服挂在工作组陈副组长的脖子上(这位陈副组长是位女性)。人们大吃一惊,她的头发起码被撕掉了三分之一……

斗争我的大会,进行了三天,斗争会前几天,一个斗阁蛮黑村同姓同字派叫李开德(化名)又和我最要好的老师悄悄告诉我批斗的时间和内容,所以,我有了思想准备。斗争我的问题,只有一个,在十天前我上县小的厕所解大手,恰巧我大哥也到厕所解大手,我们两个都有人监视看守。厕所的隔板不高,可以互相望到,我的蹲位和大哥的只离着四五位。我看着大哥老长的头发黑瘦的脸忧郁悲戚的表情,心里难过极了,我想说话又不敢说,互相凝望了好几次。这个表情被双方监视人员看在眼里……斗争大会开始了,主持大会的工作组组长罗某某,严厉地审问我:那天在厕所里,你要和你大哥交换什么"暗号"和"情报",据揭发你大哥的王某某说,你们这个"救国军"是"单线联系"的,老实交待你们要"单线联系"什么?这个问题斗争了一天,原先叫我坐着回答,我坚定地回答,这是一个别人编造大哥的"假案",无凭无据,我编不出来,我无法回答和承认。我承认了又要陷害许多人,这是人命关天的事情……工作组见我拒绝回答他们提的问题,命令我立正站起来,会场里传来一阵阵"狡猾""抵赖""反动透顶""顽固不化"的吼叫声,有的人还跺着脚表示抗议我的拒绝回答,叫得最凶的是两位女性:一位是大街公社陈某某,一位是森工局学校的王某某(森工局是县级单位),她们的吼叫歇斯底里,真使我恐惧几分……第二三天,又要我交待"救国军"的最高组织成员,"副司令"是谁?作战部长是谁?"后勤部长"是谁? 我发展了多少成员,等等……对这些子虚乌有的批斗,我完全知道这是一个"大假案",坚决拒绝回答(后来清查到这个假案的黑材料,才知道已经呈报到公安部。材料里把我只有二十二岁改成三十二岁)。这时候,我记起一副楹联:

运逢盛时须警省
境到逆处仍从容

其实,能说会道有一定水平的师范毕业的解放时就参加工作的公社中心学校校长罗××,他也是这次批斗会主持人之一。解放时,他也经历了那场极左的"肃反"运动,也知道可能是一个假案,所以批斗了两天,罗××校长也显得不是那么积极了。革命群众就这样吼吼叫叫,叫叫吼吼,显得很活跃,我是坐下又站起来,站起来又坐下,也把我搞得有些头昏脑晕,好在我还年轻,支撑得住。

我就这样坚持着,工作组毫无办法。最后给我的结论是"隐藏得最深最狡猾的'定时炸弹'(因为运动没有结束,当时没有给我戴什么实质性的帽子)"。

结局

因为没有结案,大哥被送到哀牢山藏起来,到南下红卫兵打听到他时,头发有四五寸长,他瘦得没有人样。北京红卫兵说:"你们这地方,真是'池浅王八多',这时候还整革命群众……"他们把大哥从哀牢深山中解救出来。

我被宣布戴上"右派分子"帽子,被两个比我大十多岁的"老红卫兵"左派押送回原籍监督劳动(我在此书写的"两个小黄饼"一文,就是那时候发生的事情,贫下中农宽待了我,教育了我)。

三哥在普洱教书,也被戴上"右派分子"帽子,送到工地上监督修公路。

二姐被开除工职,带着三个年幼的孩子,被送往景范农场监督劳动。

我的五弟媳妇,幼师毕业,被开除团籍不能参加工作,回乡劳动。

我家五兄姐弟,被这场"大革命"运动搞得支离破碎,鞭打得伤痕累累……

这场"大革命"运动,说来可笑,是一场"闹剧"。全国都分成两大派,都高举着语录,戴着像章,都呼喊着捍卫最高领袖口号。但是,双方斗得你死我活,甚至动了枪死了人,一家人分成两派,各自站稳立场,饭桌上也要辩论,各不相让,甚至闹得夫妻离婚……在这场运动中我参加公社教师的"海鸥战斗队",后来又改名为"同心干"战斗队,但是,在"战斗队"里我没有担任什么职务。这个战斗队是属全县"红教工兵团"领导的,而且,全县百分之八十的教师都属于"红教工"的成员。我为什么要参加"红教工",因为这一大派是支持受害教师平反的。可以说,我们四个哥姐弟都是在这一派声援下平反的。不要说知恩必报,但也要知道知恩必须感激。可以说,在那三四年里,真是惊涛骇浪,风云变动,这一派得势整那一派,那一派得势又整这一派,互相斗得死去活来。我虽然年轻,但是,书读得不少,有了一定的阅历,认为这次称为史无前例的"大革命"运动,最后要还历史面目,所以,我在惊涛中不惊,在骇浪中站稳,也就处世不惊。平反了,好像得势了,我牢牢记着那副"自省"的楹联上联:"人逢盛时须警省。"

宽人　容人

平反了。一些和我要好的老师说,把那个看守你的公安局李干事抓来,揍他一台! 我说,揍他干什么? 他也是执行上级的指示(以后,这个李某某改行当了县广播站站长,我当了文化局局长,他还参加了我领导的诗词书画协会,经常在一起切磋书画诗词技艺,相处得很好)。

平反了。公社教师和职工上千人,在县小的操场上,对所谓的"走资派""铁杆保皇派"进行批斗,被批斗的有二十人左右。那天虽然没有动武,但是,被批斗的人,每人脖子上吊着一块写着"走资派""保皇派"等沉重的钢板牌子,火辣的太阳,这些人被晒得大汗淋漓,头昏眼花,脚杆发抖。有一位同乡老师(他是"同心干"战斗队的对立面),借着要解手的机会,走近我小声说:"扎不住了,要昏倒了,请你告诉他们,把我们放了。"我把这句话告诉了战斗队长周××,周××又把会议主持人说通了。周××宣布,不斗了,游街。游出不到三百米,把这些人放了。

平反了。公社教师召开批斗会,把县公安局局长王××、镇保股股长纪某某(纪某某是制造"救国军"假案的核心人物)等勒令到场接收批斗,有几个教师冲上去要揍王某某、纪某某,我们看势头不对,也急忙上前劝住了要打人的教师,阻止了这场恶斗。

平反了。这一次,差点出了人命。那一天,是县城赶集,押着"杀害革命教师王某某的凶手"七个人游街,游到跃进会堂广场,要在高出一台的排球场进行对这七个人批斗, 参加批斗的和围观者有一两千人。不等宣布批斗会开始,许多人心情激动,要冲上排球场去打人。"旁观者清",人群中鱼目混珠,有些人什么事情都做得出来。我急忙走上前对周某某(他是这次游行批斗会主持人)说:"今

139

天可能要出人命。"周某某听了,愣了一下,他急忙地宣布:"今天秩序太乱了,不斗了。"这七个人一听,如大赦一样,拼命朝幼儿园那个方向跑回去了。脖子上戴着钢板也不管了。周某某追上去大声说:把你们脖子上的钢板取下来。那些人说:不取了,不取了,那些人又追上来了。(周某某,城市贫民,根子正,高中毕业生,中心学校教师,"同心干"战斗队队长,后来当了公社革委会副主任,当了两年又下台,他可以说是"造反派"中的"温和派")

平反了。革委会成立了,公社革委会临时把我抽调到政工组。派袁某某(80年代当了乡党委书记,不幸的是不到五十岁就去世了)和我到斗阁蛮道营搞清理阶级队伍工作。在蛮道营对一个姓方的社员进行批斗,这个姓方的富裕农民,可能在村里做了一些错事。一位同村姓李的走上前去,脱下自己的布鞋,打了一下姓方的嘴巴,还要打第二下,被我急忙拉住了……

这样宽人、容人的事情还有几次。

宽人、容人,以后自己的路会更宽。

140

豹子两次袭击柏树林小学

　　那是 1961 年发生的故事。那一年,我还不满二十岁。公社文教组为了考验考验我,把我从寒风萧萧的月领十元工资的冷窝(现在这里建了一个库容量二千三百多万立方的"青龙水库")民办小学调到柏树林小学。那时候,国家处于困难时期,领导巴不得我们自动辞职,减轻国家负担。柏树林小学原来年轻的老师叫李子正(化名)是川河坝人。他受不了那种艰苦环境,一个堂堂正正的国家公办教师,辞职回家种田去了。

　　柏树林小学,实际是位于无量山中的一间破旧庙房,没有围墙,没有大门,周围没有人家,在荒野之地立着一间孤零零的破旧房屋,是一个建庙的地方。而学校周围是茂密的森林,从学校上去穿越茂密的树阴,攀到山顶,有一条小道,可到新民温卜村寨。老百姓们说,在这条荒野小道上,经常有豹子豺狗过路,它们到附近的人家衔鸡咬猪寻食物。

　　我离开学校那一天,没有什么人送行。到新学校那天,也没什么人带路,我只是挑着行李随着赶集的人到了学校。到那里一看,可以用"恐惧生畏"四个字来形容。我根本不敢把行李挑进学校,就挑到了一户百姓家里。这户人也姓李,李老汉是位祖传的"倮倮铁匠"(李老汉家有五个儿子,一位女儿。其中最小的儿子李富学很成器,我教完他初小后,又到圆通读高小,考取了景东一中,读完毕业后,在本地磨腊小学当民办教师,后又考取公办教师,并当了磨腊完小校长。耳闻目睹,他也喜欢拉二胡,多年磨炼,他拉二胡进步很快,一次,我邀请他到我的住所拉二胡,演奏水平和我不相上下了,他现在成了景东老年艺术团的二胡主奏了)。李老汉一家人,听说我是新调来的老师,显得很高兴,他家里也像比较殷实,并知道前任李老师是被"吓"跑了的。看着我是不敢住学校来求助的,不等我开口,这个善解人意的善良老人主动地说,我可以住他家里,真是雪中送炭,我心中顿生一阵暖意。李老汉不但是铁匠,而且是位民间艺人,他有一把黑幽幽的一尺长的小三弦。晚间,我坐在火塘边的小凳子上,专注地听着他弹奏"蜜蜂过江""蝴蝶采花"的彝族小调,他边弹边唱,如歌如诉……使我忘却了自己。学校虽然简陋,但是,我很快乐。日子过得很快,我也和李老汉成了莫逆之交。

李老汉一家八口人,虽然有一间正房和一间地楼(上面住人和堆放什物),实际上住房也不宽裕。我是和他与我同龄的大儿子李富强住在一间临时建起的小木楼上。听说李富强再过二三个月要结婚了,我也不好意思再住下去了,就只有住到学校里去了。

我住进学校宿舍,那是一间不到十平方米的陈旧小屋,听说,很早以前是看庙的人住的。小屋外的一个没有遮拦风雨飘摇的小偏屋是我的厨房。一个星期天,我约着两个十二三岁的本寨的学生王德祥(此人读完初小,又到圆通寺读完高小,成绩优秀,被我聘到磨腊小学当了两年的代课教师)、王德忠(党支部书记王志祥的儿子,一中毕业后参加十八地质大队),帮着我扫去灰尘,清除蜘蛛网,堵塞老鼠洞……我就住进这陈旧不堪墙皮脱落阴暗潮湿的宿舍,为了清除霉气和潮湿,我还烧了一盆栎炭火闷了一天。我是一个胆小的人,不敢一个人住,就约了王德祥、王德忠和我做伴壮胆,他俩也是风雨无阻,晚间一定到学校睡觉。即使是星期日我到镇上赶集买粮去了,天黑了,他俩没有来到学校,我都要打着手电筒,到他们家里去叫他们……

豹子"叫春",第一次"光临"学校

大家只知道"猫叫春",豹子也是会叫"春"的。

那是住到学校的第一个春天夜晚。我和两位学生都睡着了。我隐隐约约地听见后山的树林里传来一阵阵"唏唰、唏唰、唏唰"的有节奏的声音,这种声音就像解板匠用大锯子在深山解割木板(我听当地的百姓说,这是豹子在五百米外的叫声)。这种清晰的声音在寂静的夜里传得很远,把我惊醒了,我赶忙叫醒两位学生,他俩揉揉眼睛,听着这种声音,王德祥说:"听大人说,山那边被人打死了一只公豹子,是母豹子'叫春'(寻交配)找伴来了";王德忠却说:"是山神回来了",说得我心里发毛。只过了几分钟,那种"唏唰、唏唰、唏唰"的声音变成了"哄哄"沉闷的低沉吼声飘进学校。豹子在宿舍外面的草地上吼叫几声后,像是进了教室后又直接到了我们宿舍外面了,接着又在宿舍外抓门了(这一对雄豹母豹相互忠诚,雄豹死了,母豹求偶找不着伴,在这里歇斯底里发作),我虽然是大人,也胆怯了,生怕豹子撞开门,咬我们,拿我们出气。王德祥、王德忠到底是山里的孩子,胆子比我的大。王德忠说:"你拿刀,我俩拿棒棒,冲出去打死这个豹子!"王德祥说:"冲出去,我们还不够这个豹子的下饭菜。"这时候,我想了一个办法,我叫王德祥敲鼓,王德忠打锣,我敲板壁,这种打击乐大合奏的响声淹没了豹子的叫声,连一公里外的人家都听到了,以为学校发生了什么事情。这样和豹子对峙了十多分钟,豹子进攻无果,就悄悄走回山里去了。天亮了,我们才敢开门。只见宿舍外的地上有一摊豹子屎,粪便上粘着一些动物毛,走进教室一看,教室里的地上被豹子抓烂了好几处……

豹子"旧地重游"

第二年,还是春天,这只豹子第二次"旧地重游"。

一位和我读初中的同年级同学,此同学叫黄履帮(化名)。我俩读书时候,交情很深,这时候,他在西五区景福乡教书。这一次,他到学校看我,他到学校时,已经晚间九点钟了,我就在宿舍里的小火塘煮饭给他吃,我俩边烤火边煮饭边聊着。那时候,供应很紧张,生活很艰苦。我只是煮了一小锣锅米饭,煮了一小锅洋丝瓜,"特招"这位远来的朋友,还煎了两个荷包鸡蛋(为煎这两个荷包蛋,用去了国家每月供应我的二两香油的二分之一),煎这两个荷包蛋后,看着小油瓶里没有油了。只得烧红一小团盐巴,沏在舂细的核桃末里,再沏进菜锅里,"唰"的一声,接着又是"刹刹刹"冒起白雾热气在锅里翻滚着,这种清香气传得很远,这种"红盐沏汤"的煮洋瓜,味道很醇正,很是送饭。我俩蹲着正在共进晚餐,这时候,"唏唰唏唰唏唰""哄哄哄"又传来了,我知道又是那只母豹子"光临"学校了。我的那位学友没有经历过这样的场面,慌张了,我倒是经历了第一次,没有慌张。但是吼声越来越近,好像要闯进没有遮拦的草地里。我们抬起锣锅菜汤"逃进"宿舍,豹子还是低沉地吼着,不退走。这次我们不是敲锣擂鼓,而是我拿起二胡奏起《解放军进行曲》,黄学友高声吼叫着:"向前向前向前,我们的队伍向太阳!"我使劲地拉,他唱着高八度音符,那怕唱走了调也不管了。这样折腾了好一阵子,外面静下来了。我悄悄打开房里的小窗往外望,只见一只大豹子在惨淡的月光下睁着蓝绿色眼睛躺着,盯着小屋。黄学友我俩和豹子较量也有一个多小时了。他肚子也饿了,"民以食为天",不管三七二十一,我俩在屋里蹲着吃起饭来。我想,即使豹子冲进来,两个年轻力壮的青年也可以对付一阵。吃完饭,又推开小窗一看,这只豹子不见了。

后来,听说这只豹子被邻寨的一位猎人打死了!

想起豹子两次"光临"学校,我还心有余悸,记忆犹新!

柏树林小学后记

　　一天下午,磨腊大队文书施成明通知我,晚上有一位省教育厅领导要来视察柏树林小学的识字扫盲班。天将黄昏,县委通讯员牵着一匹枣红坐骑(那时候,县委书记和县长都配有坐骑),由县文教科李科长陪同,来到柏树林小学。这位领导是省教育厅业余教育处处长纳忠发。他是来视察我在柏树林小学办的扫盲班。那时候,我也够敬业的,白天教小文盲,晚上教大文盲(一年多的时间,扫除了十多位文盲)。上课了,三十多位柏树林青年男女认真听课写字,四周有人举着火把照明,我用小学一年级语文课本写着,教着。纳处长坐在后面认真听着……那天晚上,纳处长视察完扫盲班后,又由大队两位民兵护送着返回县城。

　　八个月后,磨腊大队大队长李金文通知我,可以到磨腊小学上课了。在建校以前,我一概不知建校情况。磨腊小学,位于柏树林小学对面,从柏树林下坡过了新桥小河又上坡到半山中腰。据说是县文教科拨了八百元,盖了一间楼上楼下大草房(楼上是课堂,楼下是教师宿舍和学生宿舍),教室里还配了新课桌,侧面建有一间小伙房。学校虽然是草房,但是风景优美。我带领学生开辟了一个大操场,操场前面是一大片水冬瓜林松林,晚间有小麻鸡斑鸠飞来栖息。

　　新建磨腊小学,它和纳处长视察柏树林小学扫盲班关联着。

思茅地区文艺团队长赴内蒙北京等地学习观摩纪实

　　参观内蒙古全国第一个乌兰牧骑苏尼特右旗红色文艺宣传队纪实:于1983年8月28日至10月31日,共计七十多天,参观学习内蒙古乌兰牧骑的诞生地——锡林格勒盟苏尼特右旗全国第一个红色宣传队。全体同志于9月18日上午,在北京文化宫礼堂参加了全国汇演开幕式和乌兰牧骑图片展览剪彩仪式。在十多天时间里,我们观摩了内蒙、湖南、青海、贵州、广东、甘肃、吉林、湖北、宁夏、四川、广西、新疆、辽宁、西藏、云南共十五个省区的十六支乌兰牧骑式演出队的十六台文艺节目,所有的节目,丰富多彩,短小精干,艺术性高。云南代表团演出的两个节目,一个是澜沧县的"斑鸠捡谷子"拉祜族传统节目,一个是红河州的"烟盒舞"。思茅地区团队长观摩后,很受启发和鼓舞。在北京观摩后思茅地区文化局主持工作的常务副局长董继承,又带着大家参观了沈阳、长春、延边、青岛、旅顺、大连、上海、苏州、杭州等城市,并在这些城市观摩学习。

　　回到昆明后,先期到达昆明的黄桂枢老师,已经写好"思茅地区文艺团队长赴内蒙全国等地观摩学习纪实总结"等候我们了。

思茅地区文艺团队长观摩学习名单:

李广学(云南大学毕业,时任思茅文化局艺术科科长、领队)

黄桂枢(时任景谷县文工队队长,后任思茅地区文物管理所所长,教授。荣获首届全球普洱茶十大杰出人物之一;国家邮政局2005年9月发行首届全球普洱茶——四杰邮票十大杰出人物之一;2006年被评为云南省有突出贡献的哲学、社会科学专家。兼任

146

该队秘书）

李家毅（时任孟连县文工队指导员,后任孟连监察局局长,普洱市监察局副局长,正处级调研员）

柴天祥（时任墨江县文工队副队长,后任墨江县文工队队长,墨江县政府办公室主任、普洱市文化局副局长、局长）

尹　力（时任思茅县文化馆馆长,后任思茅县文化局局长。此次兼代表队的摄影）

高立其（时任西盟县文工队队长,后任西盟文化局局长、工会主席,副处级调研员）

李开运（时任景东县文工队队长,后连续十一年任景东县文化馆馆长,又任了该县的文体局局长（副处级调研员）,1991 年被评为全国文化系统先进工作者,部省级劳模,受到江泽民总书记等党和国家领导人接见,2013 年被评为"感动银生"十大人物,云南省作家协会会员,著作有三百万字。代表作是历史章回小说《陶府传》,四次印刷共 8500 册）

吴应贤（原为镇沅县文工队队长,后为镇沅县工商联副主席,副处级调研员）

张恩祜（时为普洱县文工队队长,2012 年因车祸去世）。

李学山（时为普洱县文工队指导员）

白存福（江城县文工队队长）

观摩学习见闻

这次我们是以云南省文化厅出示的证明"云南省文化厅思茅地区文艺团队长学习观摩队"的介绍信出行观摩学习的, 所到之处,都受到了热情接待,感触颇深。

在内蒙苏尼特右旗受到最隆重的接待

思茅地区文艺团队长学习观摩队一行，到了这次的主要目的地内蒙古锡林郭勒盟（地区）——苏尼特右旗（县）以后，旗里的几辆小车把我们从火车站接到旗招待所。旗委书记、副书记、副旗长、旗人大主任、旗宣传部部长到招待所看望了我们，并在当天下午设蒙古族盛宴招待大家，这些领导都参加了宴会，我们首次吃到了烤羊腿、涮羊肉美餐，并喝了奶酒奶茶。宴会后又放了欢迎专场电影，我们到电影院时，影片放了十分钟。性格直爽的旗文化局局长额尔登包道格说："客人都没有到，怎么就放了，倒回来重新放。"搞得我们又感动又难为情。

观摩学习

接下来的两天里，由旗办公室主任和旗文化局局长，陪同我们乘坐专车到广播电视大楼，旗幼儿园、民族小学、防疫站、地毯厂、皮革厂、文化馆等先进单位参观，这些单位工作都做得好。防疫站还有思茅地区的老鼠标本展出。观摩民族小学时，小学生们用精彩的民族舞蹈迎接我们，不用说节目如何精彩纷呈了，单说小学生乐团的乐器，民族乐器有马头琴、二胡、竹笛、唢呐、琵琶等，西洋乐器有手风琴、大提琴、贝斯、小号、长笛、单簧管等，乐队坐下来可以排成三排，在我们云南县级文艺宣传队也没有这种演奏规模。参观民族中学宿舍，一排排铁架床整齐地排列着，上面铺着厚实暖和的铺盖，如军营一样。食堂里每餐都有蒙古族风味的丰富饮食……参观后，大家都感到，党和政府的民族政策实在好，使蒙古族这个大家庭感到无比温暖和幸福。

乌兰牧骑载歌载舞地欢迎我们
这是一个激动人心的日子

1983 年 9 月 12 日，我们参观闻名全国的苏尼特右旗——乌兰牧骑，在乌兰牧骑的创始人之一指导员伊兰、队长巴图的率领下，乌兰牧骑全体队员，用蒙古族的欢迎仪式载歌载舞地把我们迎进大门。队长作了简洁介绍，接着就是队员的基训表演，这些科班出身的年轻美丽的姑娘和英俊小伙，边训练边舞起来，小伙们舞姿雄健，奔跳如飞；姑娘们身轻如燕，好像行云流水，彩蝶飞过。使我们这些内行队长看得舒服，连声称赞。更使我们感到意外的是，在欢迎我们的文艺演出中，还进行了一场由巴图队长指挥操作的"木偶戏"表演节目，大家赞叹不止。这时思茅观摩队的人们都有同感，感受到国家文化部、内蒙古自治区和盟委旗委表彰奖励的苏尼特右旗乌兰牧骑，是一支文艺轻骑兵，是一支红色宣传队。他们有几个特点：方向明确。乌兰牧骑每年都有半年以上，都是骑着蒙古大马或者乘着越野汽车，奔驰在大草原的村寨和帐篷中演出，节目短小精干，极有号召力和战斗力。业务精湛，一专多能。据内蒙古文化厅领导介绍，内蒙的每一个盟都建有一所正规的文艺学校，所以，苏尼特右骑乌兰牧旗的队员们，大都是文艺学校的毕业生，他们大都是一专多能，不但能歌善舞，还会演奏乐器。就以队长巴图来讲，他不但能歌善舞，还会演奏马头琴等几种乐器，就连演"木偶戏"，他也是内行。像这样敬业的队长培养出来的队伍，肯定是一支能征善战的文艺轻骑兵。硬件软件设施齐备：苏尼特右旗乌兰牧骑的文化设备十分齐备：建有排练厅、指导员队长办公室、编创室、琴房、食堂、车房（配有到草原演出汽车一辆）。就说职工宿舍，队长指导员的标准是 65 平方米，队员是 55 平方米。在演出装备方面，有价值几十万元的演出民族服装，器乐方面有钢琴、高级手风琴和各种民族乐器、西洋乐器，价值一百多万元。

这次到了内蒙古，游览了美丽的大草原，开阔了视野，学习了同行的宝贵经验。特别是观摩学习了苏尼特右旗乌兰牧骑以后，感受颇深,启发教育很大。我回到景东以后,还继续任了两年的文工队队长,做出了一些文艺演出的业绩,与这次学习观摩是分不开的。

我们游览了哈尔滨太阳岛

我们从内蒙赶到北京,带队前来参加汇演的董继成副局长和我们汇合一起。观摩全国文艺汇演结束以后,董副局长说,你们去过哈尔滨太阳岛没有?大家齐声回答:没有!董副又说,我也没有去过,国庆节就不在北京过,到哈尔滨去过,大家愿意吗?大家齐声欢呼"乌拉"。我们这些文艺团队长,有三分之二的人,不要说哈尔滨,就连临近的外省都没去过。董副局长虽然只是副局长,但他主持工作那段时间,把思茅地区的文化工作搞得红红火火,还组织过几次文化单位外出参观学习旅游,有些人把他戏称为"旅游局长",实际上,文化系统就是需要这种"旅游局长"。

到了哈尔滨,第一感觉就是气候严寒,那里已经是零下十度了,我们住进了松花江宾馆,顾名思义,这个宾馆就坐落在松花江畔,宾馆里安着暖气管,窗子又是双层玻璃,还觉得暖和。可是走到街上,雪花飘舞寒气逼人……第二感觉是俄国式公寓建筑耸立在各条大街上,松花江畔城市雕塑林立,这里的文化品位很高,有如到了西欧某个国家。第三是能感受到时差,我们坐在宿舍看电视聊天,好像是云南晚间八九点钟。躺下刚睡着不久,松花江畔的大街上就传来汽车喇叭声,街上早已是熙熙攘攘的人群,一看手表,才两点钟。第四是难找到卖大米饭的餐馆,要吃到米饭,要找好几条街道,问了许多人才能吃上大米饭。

到了哈尔滨的第二天,我们就乘船渡过宽阔美丽的松花江,登上全国闻名的太阳岛,太阳岛在松花江左岸,在数万平方米的岛上,一些俄式建筑和中式建筑在高大的林木中露着端倪,还陪衬着一些雕塑。太阳岛,顾名思义,这里太寒冷太幽静了,希望太阳早早升起,迎接阳光和温暖,美丽的太阳岛,银装素裹,冰凌垂吊,房宇隐现在幽林中,显得无比神秘……

在大连,受到一位老乡徐平部长的热情接待

徐平,云南石屏人,时任大连市委统战部部长兼市民委主任,据说他任过宋任穷的秘书。他是我们领队李广学在云南大学读书时的同学。此时徐部长才知道李广学是思茅地区文化局艺术科科长,属科级干部。徐平已经是正厅级干部了。他见到李广学时,开玩笑道,他俩都是大学里的高材生,是云南提拔干部太慢还是什么原因? 他不知道,李广学"反右"时挨整被错划成右派,才平反几年。

我们一行到达大连后,徐部长亲自到车站接我们,安排在宾馆住宿和设宴招待我们后,他给我们讲,大连已经是一个开放的城市,比云南朝前走了几步,你们从遥远的故乡来一趟,实在不容易,看一看,多参观一些地方,文艺界人士要开阔眼界陶冶情操,才能写出作品和演出好的戏剧。真不愧是云大中文系毕业生,讲的话很有水平。接着,徐部长有时亲自陪着或者安排办公室负责人,以大连市委统战部或市民委的介绍信,参观了这些地方。

大连造船厂:这是国人都知道的国家造船工业基地。造船厂设在海上,规模宏大,有数万造船工人,厂里的领导给我们介绍,造船厂已经能造出万吨级的大轮船了,每年能造出数百万吨的轮船或军舰,这些船只有的是国内使用,有的卖给外国人换外汇。我们参观的那艘大轮船上,还见着一些外国人,身穿工作服头戴安全帽腰间挂着工具袋在走着,据说那艘万吨级的大轮船是为别的国家制造的,这些外国技术员是派来协助或是学习的。参观后,大家称赞着我国的造船工业突飞猛进快速发展,赞叹着造船工人的伟大奉献。

旅顺港:旅顺和大连是联起来称呼的,称"旅大"。旅顺大连相距二三十公里,旅顺是我国北方重要的天然军港,外国人不能进入参观。到了这里一看,军港天水一派蔚蓝,海港显得十分壮丽,它被青山环抱着,只有一个出口海面,港内肃穆地停放着许多军舰,高

高的瞭望塔在凝视着远方⋯⋯汽车又爬上弯弯曲曲的高山，山下面又是一望无际的碧海，在高山上立着几门俄国人的大炮，大炮讲述着俄国人和日本人打仗的事，小日本又可恶又厉害，粗壮的"北极熊"还打不赢他们。又想到满目疮痍的腐败的满清，连自己的家门口都守不住让这些外国人打进来，真是耻辱啊！回头一看见着旅顺港停着一艘艘气宇轩昂的军舰，小日本你还敢来，我们军舰的大炮把你们轰得头破血流有来无回！看着军港，又是一阵自豪涌上心头！

当天下午参观旅顺博物馆，这里展着许多悠久的历史文物，我们还看到了已有一千多年前的"木乃伊"⋯⋯

棒槌岛：这里三面连海，放眼是一望无际风景优美的海岛，海岛像一根活生生的棒槌，插入大海，故称"棒槌岛"。海岛在高大的树林中，隐现出几幢白色屋顶，这些房子又称"八号楼"，据工作人员介绍，这"八号楼"，是为中央首长度假休养而建的，四号楼是毛泽东住的，八号楼是周恩来住的。但是，他们都没有住过⋯⋯

玻璃琉璃厂：这是全国最大的玻璃和玻璃工艺品制造厂，先进的工艺，流水的作业，让我们看得眼花缭乱，大开眼界⋯⋯

大连广场：绿荫如毯的广场上空飞翔着一群群鸽子，草地上又是一群鸽子游动着好像在觅食，广场上孩子们踢着毽子玩着游戏，公路上汽车、轿车缓慢驶着，形成一道"车让人"的风景线，到处是一派人间和谐的景象，广场和平安详，大连是一座文明城市。

在大连的三天里，徐部长为我们提供了热情周到的服务，更感动的是我们离开大连那天，他亲自送我们登上开往青岛的轮船，轮船鸣笛开动了，徐部长还向我们挥手告别，大家都依依不舍⋯⋯

后记：徐平部长回访思茅

过了数月后，由徐部长率领的东北老干部参观团一行到思茅访问，参观团还有一位中央候补委员，规格较高。那一天下午，县政府办公人员电话告诉我，徐部长的参观团已经住进"银川旅舍"，我

152

一听，就急忙约上文工队的编剧李光禹老师赶到银川旅舍，那时景东上一点档次的旅社都没有，政府宾馆也正在修建。我到旅舍一看，徐部长他们很累了，大都躺在床上休息，也没有见县政府有什么人来接待，我赶紧向徐部长道歉。我也帮不上什么忙了，只能和李光禹到楼下接了几桶热水让他们洗漱，这样往返了四五次，看着他们歇息了，我才回家。第二天上午七时半，我来送徐部长也不见县里有什么领导来送行(后来听说那天晚上，景东县长来看望过他们)，记得徐部长临上车时还送了我两包海带，我也回送了徐部长两包茶叶，回想徐部长在大连接待我们的情景，觉得很惭愧，但是，我只是一个小小的文工队队长，又能做什么？

歌舞之乡——延边

　　这次，思茅地区文艺团队长学习观摩队是开着"云南省文化厅介绍信"出访观摩的，这个介绍信很管用，得知我们是来自和老挝、缅甸、越南三国接壤的思茅地区文艺团队，无论在成都、内蒙、北京、哈尔滨、大连、吉林、延边、青岛、上海等省市，都得到了热情接待，安排了许多参观学习。

　　我们到了吉林省长春市，省文化厅厅长、艺术处处长等领导人亲切接见，并安排食宿，还组织观摩队参观了长春电影制片厂，省博物馆、斯大林大街(这条大街长约十多公里，大道两旁全是高约二三十米的大树)。随后，文化厅长又对我们到延边朝鲜族自治州延边市参观事宜作了具体安排，并派车把我们送上开往延边市的火车。在火车上，我们饱览了不见尽头的长白山大森林，这些树林美极了！路两旁飘洒的枫叶林迎面而来，一闪而过，好像对我们这些远方客人行着军礼。坐在火车上，七八百公里行驶，人们也不觉得累。下午，一座亮丽的北方城市，歌舞之乡——延边自治州，展现在我们的眼前。这时候，延边自治州文化局局长金昌浩和州民委主任早就等候我们了，把我们接到最讲究的延边宾馆。我们的领队李广学同志看着豪华的宾馆，说我们不必住得那么讲究，随便一点的招待所就可以了。金局长说，金日成主席来延边也是住这里。你们是来自祖国最南边的客人，是尊贵的客人，应该住这里。盛情难却，我们只得住进去了，我是第一次住这样高级的宾馆，并且学会了坐马桶和开暖气。

住进了延边宾馆，州长、文化局长又来看望我们，并设朝鲜族风味的盛宴招待大家。州长洋溢热情地讲了话，他说热烈欢迎来自南疆的亲人，祝你们在延边吃得好、住得好、学习好，并把宝贵的经验传给我们。州文化局长也讲了话，介绍了延边的经济文化发展情况，并对观摩学习的事宜作了安排。

参观延边歌舞团的基训表演

延边艺术学校是培养艺术歌舞人才的摇篮，歌舞团是宣传展示朝鲜族多姿多彩民族歌舞的阵地，两个文艺单位的工作是相联的，相距也很近。那天上午，我们一行在艺术科长的陪同下，来到演员训练大厅，这个大厅很宽敞，约有八百平方米，除演员在这里基训外，数百人还可以在这里化妆。训练大厅设备齐备，有地毯、练功镜、把杆等。我们来到时，只见大厅内站立着七八十位英俊美丽的男女学员，随着训练老师口令，身穿浅蓝色练功服的演员们迅速靠拢，又是一声口令，演员们又是慢慢散开，开始基本功训练：站位、压腿、踢腿、大跳、劈腿跳，这些动作都是齐刷刷的，接着又是表演基训舞蹈。他们一会激情满怀，眼花缭乱，一会又轻歌曼舞，行云流水，如坠云雾。看了他们的基训，我们甚至觉得不亚于中央歌舞团的训练。据说，这些参加训练的，一些是延边歌舞团的舞队演员，一些是艺术学校的学员。看了他们的基训，就知道这些舞蹈希望之星，将会演绎出绚丽多彩的民族歌舞。

参观演绎电影《延边人民热爱毛主席》
的合龙县民族歌舞团

合龙县的歌舞团,曾经演绎过电影《延边人民热爱毛主席》,全国人民都看过这部影片吧。合龙县歌舞团是全国、吉林省、延边自治州的先进单位,并获得国家文化部、吉林省颁发的锦旗和奖金,合龙县早已名声在外。

我们乘火车到达合龙县,县长、宣传部长、文化局长等,把我们接到合龙宾馆,并设盛宴招待,我们尝到名贵的"金枪鱼"美味食品。到达的那一天,正好歌舞团放假,还有两天才收假,团长金兴彬亲自通知提前收假,那天晚上,全团四十多人全部召回县城,并给我们作了专场文艺演出。精彩的节目,优美的舞蹈,音色纯正响亮的独唱,特别是上了银幕的舞蹈《延边人民热爱毛主席》再现舞台,大家有了更新的感觉,赢得了我们更热烈的掌声。座谈会上,歌舞团党支部书记金东律,介绍了该团的宝贵经验,鼓励演员们政治业务都要过得硬,要做德艺双全的演艺人,演出优秀的文艺节目。并介绍了县委、县政府对歌舞团的重视和支持,在房建和福利等方面给予资金的有力支持。就以房建方面来说,建有职工家属房12幢,歌舞团还建有1340平方米五层楼房一幢,这幢大楼的十七间房屋内,设有团队长支书室、综合排练室、创作室、美工室、曲艺室、声乐室、器乐室、舞蹈室、钢琴室(歌舞团有钢琴五架),歌舞团的这幢大楼,是合龙县最高的楼房。由于物质和经济的保证,歌舞团硕果累累,创编演出了许多优秀节目。同时,他们还售票演出,每年可创收30000元左右,增强了歌舞团的活力,极大地激发了演员们的创造性和积极性,使合龙县歌舞团成为全国文化演艺团体的排头兵。

老阿妈拉起我们的手跳起朝鲜族舞蹈

那一天,州文化局的崔干事,带着我们参观图们市新华朝鲜族文化室,朝鲜族老阿妈们边唱边舞地欢迎我们,别看她们都是五十上下的人了,跳起舞来还是像小伙姑娘们一样,旋转自如舞姿翩跹如行云流水。怪不得人们说朝鲜族人个个都会吼(唱),人人都能舞,到了这里就是一片歌舞的海洋。老阿妈唱着舞着,显得十分高兴,就拉着我们共同跳舞。我们这群称为文工团长的人,多数人是搞编剧创作和音乐创作的或是搞行政工作的,没有几个会跳舞,盛情之下,我们就拉起老阿妈的手学着她们的舞步,嘴里咿啊咿啊乱吼着。到底是文艺人,跳了几圈以后,就学会朝鲜族舞蹈了。这里,我们的柴天祥队长大显身手了,他是到北京跳过《扭鼓舞》的,跳舞是他的本行,看他跳得更潇洒了……

参观图们江大桥

在导游崔先生和朴先生(两人都是朝鲜族)的陪同下,我们到了图们市。市文化局长李明哲和民委主任亲自到车站迎接我们,次日上午,市长王启栋又亲临宾馆看望大家。在有关领导陪同下,我们参观了当年中国人民志愿军"雄纠纠,气昂昂,跨过鸭绿江"的图们江大桥,大桥长有三百多米。来到这里,中方边防检查站的崔站长,示意我们走到中线就要停住,不能越过一步,否则就是"侵犯"朝鲜的国界了。我们一看,大桥的灯杆和电灯,中国和朝鲜的不同。崔站长说,他已经和朝方的边防检查站长联系好了,我们的摄影师尹立老师,可以越过桥的分界线六米左右照相,我们只能站在大桥这边,不能跨过分界线。

照像完了,我们退回桥头一望,只见朝鲜那边的游客,只能站在距离大桥那边约五六百米的地方观望着,不能接近大桥。又见着一些办了出境证的朝鲜百姓,推着手推车,推车里装着大米、面粉、衣物、食品等东西。我们的导游崔先生和朴先生毕业于延边大学导游系,他俩告诉我们,朝鲜那边比我们穷多了,粮食紧缺物资匮乏。但碍于面子,政府还给人民馈赠五套衣裙,专为迎接外宾和集体开会时穿用。而且,那边管制很严格,一个村到另一个村,都要证明。还说,像他们这样的大学生,只要到朝鲜,就给工程师待遇,但是,他们不想过去。

第一次坐大轮船

这是我第一次坐轮船,同行们也可能没坐过轮船。这艘轮船,在我们看来,很大很先进,可能是三四千吨级的,可以载客五六百人。轮船分四层,一层可以装载货物,也可载乘客,要是载人,从窗户看出去,只能看见大海的波浪,它只比大海高出两米左右,二层三层四层都是载乘客的,第四层是贵宾舱,票价很贵。我们是第三层。这层设有宽敞的客舱大厅,大厅里摆放着靠椅沙发,还有阅览室,阅览室摆放着书籍和各种画报,供乘客阅览。船上设有餐厅和洗手间。设备齐全,应有尽有。

我们坐上轮船一个小时,天就将黄昏了,走出大厅一看,灰茫茫的大海上,一群群海鸥在空中飞翔鸣叫着,远远飞去,寻找着它们归宿的地方。

我按照住宿的房号找到了自己住宿的房间,房号是(北)06-3号,也就是北区6房3床,这间小房,也就是六七平方米,支着两张钢架床,分上下铺,我住3号是上铺,4号下铺。记得住的是吴应贤,对面的1、2号住的是两名年轻海军女战士,好像说是要到烟台的海军基地。我们和女兵住得这么近,伸手就可以触到她,很不好意思,也不敢多看。只是夜间醒来时,在昏暗的灯光下,朦胧地瞧了海军女战士一眼,她的样子很美……

观 海

第二天早晨起来,走出船舱一看,啊!真美呀!一轮红日比磨盘还大,红彤彤地从海中升起:海阔天空,万里无云,碧波荡漾,一望无际。好像这世界上只有这艘大轮船和我了,一条鱼从湛蓝的大海里高高跃起做着空中表演,接着,一条二条三条,一二十条大大小

157

的鱼也耐不住在大海里的寂寞,也飞出来观望这多彩的世界,这时候,我心旷神怡,凝视着大海和飞跃起的鱼儿,忘记了世间的一切……

八大关宾馆

青岛到了。在青岛,我们住进了八大关宾馆。"八大关"指"山海关、居庸关、紫荆关、雁门关、娘子关、偏头关、嘉峪关、玉门关"。时间是下午三点钟,我们坐了二十个小时左右的轮船,估计航程有七八百海里。坐大轮船很舒服,一点也不觉得累,好像在家里一样。上岸后,青岛市南岸区区委书记(据说他是董副局长在十三军的战友)开着车接我们来了。这位性格直爽,亮着大嗓门高声说道:"你们这群思茅的小老乡来了,老子把你们安排到德国人建的只有中央委员能住的'八大关'宾馆住,开开洋荤。"八大关宾馆,是临海而建的独立小别墅,共有两百多幢。每幢别墅分三层,都安着铁门。一层带厨房,是保卫人员、炊事员住的;二层是首长住房,宽敞明亮,铺着地毯,有四十多平方米;三层是秘书、医生护士住的。看到是这样的高级别墅,十个人就嘻嘻哈哈跳着闹着涌进去了,张恩祜他们更尖一些,不等分配,就住进二楼,他们还高兴得在地毯上打滚……

人们常说,青岛是全国最美丽的海滨城市,说得恰如其分,中午,我们从依山傍水的"八大关宾馆"走出来,一眼望不到头碧波湛蓝的浅海中,人头密密麻麻地攒动着在海中游泳,有些人站在海边做着入海的热身活动,北方人不怕冷,初冬寒冷的气候挡不住这些热爱大海的人。从远处观望,远处的山影、大海、海滨建筑,游泳的人群融成一体,构成一幅美丽的写生画面。在青岛我们参观了水族馆,看到了各种精彩表演,吃到了正宗的海鲜。别了!美丽的青岛!

我们乘上开往济南的火车,又转从北京开往上海的火车,转站时没有票。那时候,改革的大潮涌来,全国人民随着大潮跑,火车站人山人海,拥挤不堪,那是夜间,我们拎着大包小包身上背着背包,顾不得斯文了,像躲避贼来追抢人似的,拼命往前冲,好在我们十人中,有一两人是练过功的舞蹈演员,他们抢先冲上火车,把我们的大包小包从窗口塞进去,又用一根绳索把包一连串拴紧在行李架上(提包的小偷很多),我们接着又推着同伴挤上火车。(记得这种转车情形还有一次,比这次还厉害,没有挤上火车,只得在当地火车站住宿了一晚上)我挤上火车以后,吴应贤也挤上来,其余的人挤散了,分散在几节车厢里。中途上车,没有座位,要找座位,只好靠运气了,还好,我在一位乘客后面紧紧盯着,站了一个小时左右,他下车了,我迅速抢坐了他的座位。吴应贤就没有我的运气了,他也是盯着一位老同志,这位老同志下车了,他正要坐到他的座位上,忽然窜出一个流里流气的小青年抢占了吴应贤早已看好的座位,吴应贤只得忍气吞声地让了,从济南到上海有八个小时路程,他就站了六个小时左右(我给他坐了二小时),到了上海,看着他站肿了的脚,我也觉得难过……

我们观看了上海交响乐团的演奏

在上海,我们主要的活动是看了三场演出,第一场是上海交响乐团的交响音乐演奏会;第二场是上海青年话剧团演出的《屋顶上的人家》;第三场是上海沪剧越剧团演出的《花灯缘》。观看演出,印象最深的是上海交响乐团的演奏会。上海是全国的商业大都会,又是一个文化品位很高的大城市。上海交响乐团可以和中央交响乐团媲美,演奏水平不相上下,各有千秋。看着那拥有各种西洋乐器和中国民乐乐器有百多人的演奏员,又是分四五个声部五六十人的歌队演奏时气势宏大,鼓舞人心。演奏时有时候排山倒海气势如虹,随着乐曲的感情,音声渐弱飘飘而逝。几十把小提琴、中提琴、大提琴合奏,声部分明,合谐悦耳。特别是从几十把小提琴的弦线传出的扣人心弦的齐奏的优美琴声,如同一把小提琴发出的,更是精彩……根据乐曲情绪需要,插入分多声部男女声合唱(交响乐团选歌唱演员要求很高,各声部的演员要求发音音色一样),歌队演

159

员和着交响乐团的演奏,时而奔放,时而婉转抒情,时而逐渐减弱,飘然而去……

云南省思茅文艺团队长学习观摩队,历时七十五天,收获很大,又觉得累了,钱也没有了,在上海落下圆满的帷幕。在上海,董副局长乘飞机,八人乘火车(黄桂枢和高力奇两位从上海乘火车转鹰潭到江西考察八一南昌起义馆去了。原来计划是要从上海乘轮船到福建省莆田观摩学习,因为莆田县创作和演出了《乞丐与状元》等一些优秀节目,在全国很有名气。但因当时没有从上海开往福建的轮船,取消了此项观摩学习的计划),最后,观摩队全体人员于1983年10月31日,会合昆明,进行这次观摩总结。

途中的七个故事

黄桂枢队长是观摩队中最忙的人

这次思茅地区文艺团队长学习观摩队,分工十分明确,第一组,秘书联络组,组长黄桂枢(由景谷、景东、镇沅三县组成)。第二组为票务组,负责购买火车票和住宿票(由墨江、宁洱二县组成)。第三组为伙食组,由西盟、孟连和江城负责。任务最重的是秘书组,其次是票务组,任务最轻的是伙食组(因为有二分之一以上是接待餐)。我们每到一地,黄桂枢老师就要和领队李广学同志,到要参观的文化领导部门报到,联系参观学习事宜和日程安排。因为到各省市都有观摩演出任务,他俩还要联系票务等事。每晚观摩回来,还要整理当日的记录。吴应贤和我分在秘书组,却是什么联络业务的事情都没有做,都是黄桂枢老师代劳了。

黄桂枢老师的敬业精神和学习精神,值得我们学习。参观学习中,每到一地,若是那一天没有什么重要活动,吃了早点以后,他就提着一个装有记录本的小提包,就约着西盟县的高立旗出去了,到历史博物馆或者名胜古迹参观记录去了,到傍晚才回住地。他的这种学习精神也影响了我。以后,我当了文化馆长、文化局长,到昆明

160

出差或者学习，我都要用三分之一的时间，到省图书馆查阅景东的历史资料，导致我能写出《陶府传》这样的历史小说。

黄桂枢老师长期坚持学习，累积了丰富的知识，努力创作，赢得"云南省文化名人、文物专家、全国著名茶叶专家"等光荣的头衔，都是他认真学习，兢业工作得来的。

火车就要开了，李指导员装有一千元的挎包被挤掉了，怎么办？

那一天清晨，天还没有亮明，吉林省文化厅用车接我们上了开往延边的火车。天气十分寒冷，地上铺满了厚厚的积雪。可是，人们不管这些了，到处都是熙熙攘攘嘴里喷着白气的人群，拥挤着拼命挤上火车。忽然，传来李家义一声大叫："我的挂包不见了"，他急得满头大汗，离火车开动不到两分钟了。这时候，一位警察，像"救星"一样，挤在人群中，高高举着挂包，递给了李家义……长春的警察真好！

吴队长坐错了车

那一天晚上，我们观摩组到北京西四剧院观看演出。大家走出剧院，到大街上等候公共车。不到一分钟，迎面驶来一辆公共车停下。只见吴队长以迅雷不及掩耳的速度跳上公共车，他还挥着手说，同志们，再见！我们回到百万庄旅馆，却还不见吴队长的身影。因为吴应贤我俩是镇沅老乡，我心里很着急。但是，偌大的北京城，到哪里去找他？我只得睡下了。到半夜醒来时，他回来了。原来，他看花了眼，错上了 102 路公共车。

柴队长对她说，我们有十个

到了兰州市，我们高大英俊的柴队长，到火车站购买去内蒙古的火车票。这时候，一位穿戴时髦的漂亮女郎姗姗向他走近，色迷迷地对柴队长说，先生，我从外地来，钱包被人摸了，请你买一张旅馆票，我俩同去住。柴队长愣了一下，说道，我们有十个人，吓得女郎掉头就走了！

一个不讲理的"老革命"

开往兰州的火车上，我睡上铺，李广学老师睡下铺，中铺睡的好像是一个北方的"老革命"，从他的话中觉得是一个有级别的"老革命"（其实也不是什么高级干部，要是大干部，他要坐卧铺或飞机了），并和对面睡中铺的讲着说不完的话，一时讲这个，一时又骂那个，好像天下只有他是对的……火车传来广播的声音：兰州站快要到了，请旅客整理床铺。"老革命"要转到新疆，他又骂骂咧咧地下车，走到下车门口，他大叫一声：我的钱丢了。这时候，李广学也准备下车，看到一个胀鼓鼓的钱包掉在自己的下铺（包内可能有二三千元钱），李广学捡起钱包递给转回来的"老革命"，"老革命"连声"谢谢"都没有说。

卖苹果的骗人有高招

火车到了山东的一个站，休息二分钟，看着火车要开动了，忽然涌出许多人围着火车叫卖苹果：一元钱一袋。我也掏出钱来买一袋。钱递出窗口给了小贩，小贩却显得慢吞吞地不递苹果。火车开动了，他又叫着等一等，始终没有把苹果递上来，火车哪有等人的，鸣笛一声，扬长而去，小贩骗去了一元钱。

买了票，却没有吃到面条

在西北的一个火车站，停车休息十分钟。我们到了车站附近的一个面馆，买了十碗面条的票。面馆吃面的人虽然很多，但有足够的时间煮面条。精明的店主，早已经瞧好我们是南方人，是一群好骗的乘客，他们忙出忙进，就是不端出我们的面条，进去催了两次，还是不端出来。离开车只有三十秒了，店主也不见了。我们边疆的一位队长骂了一句，他妈的西北佬，真会骗人……

把卧铺票让给小吴，我冷病了！

吴队长比我小一岁，所以，称他小吴。我们从上海返程回昆明一行共九人（黄桂枢、高立旗二位从上海乘火车去南昌）。董副局长乘飞机回昆明，另外购得八张火车票，有三张硬卧票，五张硬座票。按年龄分配，李广学、尹立和我分得硬卧票，其他五人坐硬座。我看着吴应贤身体比我单薄一些。又回忆起他从济南到上海八个小时的行程都是站票，把脚都站肿了的情景，就把我的硬卧票让给了吴应贤，自己坐硬座。从上海到昆明的火车是三夜两昼，第一晚熬过了，第二晚熬不过了，我只好钻到座位下，用一位同伴的风衣蒙着头睡觉，整夜听着火车"咣嘡咣嘡"的行驶声音睡不着，第三晚还是如此"睡觉"。到了昆明严重感冒，打针输液不见好，回到景东，病了半月才见好……

前排右起顺序：李开运、李家毅、吴应贤、张恩祜、白存福；后排右起顺序：李学山、黄桂枢、李广学、董继成、高立旗、柴天祥（思茅地区文艺团队长赴北京、内蒙观摩学习合影，1983年9月30日于天安门）

现代笑话

幽先生的笑话

那一年,大山里来了几位勘测技术员,在那里发现了重要的稀有矿——"铬"。地质大学毕业的幽先生也是其中的一位。露天铬矿石就在对面大梁子垭口,在那里发现了十多吨露天矿石,光凭这些矿石就够地质大队"吃"七八年了。上午十点,幽先生和其他两位勘探队员来到垭口对面的山头进行测绘。幽先生站在山头上用望远镜看了看,说道:

"两点之间的直线最近"

幽先生不顾同伴就下坡走进大森林,穿密林下陡坎过涓溪,按着直线直奔对面山头走去,……下午六点,只见幽先生头发散乱,脸被划破出血,裤带扯断,翻毛皮鞋开裂,上气不接下气地爬到大垭口山头,两位同伴已经两个多小时前就到了这里……可是,幽先生显得很兴奋,气喘吁吁地说:"报告你们一个好消息:

倒了粮食酒,接了一壶'甜泉'

原来,幽先生走累了,摘了几个橄榄润口,橄榄吃下后,又用大树叶子汪了一汪水喝下去,咦!怎么这水有点甜味,又喝了一口,水更甜了,还回味无穷。他干脆倒掉一壶粮食酒,接上一壶"甜泉水",说完就递过水壶,叫两位同伴喝"甜泉水",一个同伴接过喝了一口,歇了一会,他摇摇头,另一位也喝了一口,说道,这就是凉水嘛,幽先生不信,接过来也喝了一大口,他也摇着头说:今天真他妈的见鬼了,怎么"甜泉"会变成凉水了……

164

说媳妇

幽先生地质大学毕业就参加工作,南征北战地找矿,也是二十五六岁的人了,地质工作者整天和荒山野岭打交道,要说一个媳妇真是难极了,看着地质大队要在 A 县"安家了",全部人马驻扎在县城附近,建盖了大队部和一些职工宿舍。幽先生也决心在这里找媳妇安家了。他看着平溜溜丰腴的银河坝子,就决定在坝子里的农村找一个。经过一两个月调查,银河四里坝的村子里有几位美女,幽先生认准了一家。在"牵线人"的引领下,上午九点钟就进了美女家的门,她母亲看着一位戴着眼镜有几分斯文的干部来说亲,显得很高兴,做了丰盛的一桌饭菜,请幽先生吃。饭后,幽先生说,饭菜很可口,很生态,就是炒素菜味道淡了一点,下午我炒几盘"昆明小菜"给你们尝尝……

"昆明小菜"

下午做饭了,只见幽先生戴着眼镜,下穿着大短裤上穿白背心腰系蓝围腰,全副武装,一只脚踩在地上一只脚搭在灶台上阵了。灶房里油烟弥漫,幽先生大汗淋漓,油盐、辣子、酱、醋、葱、姜,放齐全,一小罐猪油被他放了半罐……吃饭时,幽先生问大妈,味道如何? 大妈点点头,又心疼地看了看小油罐……

面瓜棚塌了,吓跑了一群狗

幽先生从参加工作后,有一个早练的习惯,雷打不动! 第二天清晨,幽先生像炒"昆明小菜"一样,只是大青短裤换成白短裤,没有系围腰。大妈家旁就是弥宁公路,他在公路上不紧不慢地跑着,引得村子里的一群狗躺在草地上望着这位奇怪的人。跑完步,他又做了一次全国第三套广播体操,做完操走到主人家的面瓜棚下,做了几个伸展运动双臂向上的预备动作,只见他向上一跃,紧紧抓住了面瓜棚的横架,一群狗吓得站了起来,但是没有出声,狗看着这个人到底要干什么。幽先生抓住横架一上一下地做着引体向上动

165

作,他给自己规定每天早上要做五十个。"一二三……三十八、三十九、四十……四十七、四十八……"随着"八"字出口,"叭"的一声巨响,横杆断了,瓜棚倒了,散架瓜藤面瓜落在幽先生的身上,幽先生从瓜棚里戴着眼镜的头露了出来,好像一个"外星人",他又听得"汪汪汪汪汪汪……"狗的狂叫声,花狗白狗四眼狗吓得四处逃散……也惊动了房内的大妈和姑娘,她们看着幽先生无可奈何地摇摇头。

幽先生结了婚　又要离婚了

幽先生在银河四里坝谈婚失败了,他又信心百倍不折不挠地谈婚了。最后选中了在地质大队找矿附近一个生产队的一位姑娘,她是生产队长的女儿,根红苗正,生得周正壮实健康,脸庞饱满,十分耐看,结了婚生了一个女孩也恩恩爱爱过了几年。一天,幽先生要离婚了,领着妻子双双到了民政所,所长问幽先生为什么要离婚?他说了三条理由:

一、"鞋大脚小不配套。"(这是一句男女之间幽默的话)民政所长笑了笑……

二、"水平太低,连赫鲁晓夫都不晓得。"幽先生有一天在看有关赫鲁晓夫的报道,妻子问你在看什么?他刚说完"赫鲁晓夫"四个字,她就说"知道了知道了,我们后山前山满山遍野长满了这种草,就是赫鲁晓夫这个老美国坐着飞机来撒的种,搞得野草不能生,放牧人咒骂,要打倒赫鲁晓夫这个老美国。

三、文化素质差,吟诗她对不上

幽先生,生了孩子的第二年,他很高兴,八月十五那天晚上,他饶有兴趣地抬出小桌,桌上摆着月饼各色糕点,看着圆圆的月亮,和妻子双双赏月,吟诗,幽先生诗兴大发激情满怀地吟道:

"八月十五的月亮真圆呀!"

妻子毫不逊色诵出下句:

"哦,明天的太阳真好呀,好晒谷子!"

幽先生离婚了,走了,带走了六岁的女儿。地质大队也撤走了,据说山垭口发现的那片矿是"鸡窝矿",钻了许多井都没有更多的矿源……

全国健康老人——原体宪

原体宪同志原是中国农业银行普洱市支行行长（副厅级），普洱市农行老体协主席，普洱市诗词楹联协会副主席、名誉副主席，离休干部。

原体宪同志解放前是位身经数十战役，为建立共和国立了不朽功劳的八路军战士。原体宪同志原是中国人民解放军陈谢兵团十三军三十九师的战士，官衔为部队指导员，新中国成立后在不同的岗位上，他发扬着老八路的革命精神，敬业进取，又为人民立了新功。2013 年 10 月 13 日，他被中国老年人协会、中国老龄协会评为第八届全国健康老人，并颁发证书和奖章，他这一殊荣，值得普洱市的老年人衷心祝贺！

由于原体宪同志和编者都是普洱市诗词楹联协会的会员，有缘交往十多年了。在交往中，感到老原同志有几个显著特点：

他关心国家大事，改革开放后，拥护三中全会决议和党的方针政策，关心国家的命运和前途。

他善于学习勤于思考，虽然只上过三年小学，但是他能写合乎平仄的古体诗词。其夫人肖宋杰也是八十七岁的老人了，她不但能写古诗词，还能画很好的国画。原老和夫人，于 1999 年和 2004 年还自费出版了内容丰富精帧装美的《桥畔诗草》《金秋集锦》两本金婚诗画影集。

老人健康的原因是：勤动脑、善思索。原老经常摘抄重要信息学习阅读，还向别人宣传。

知足常乐，豁达大方（曾为普洱市诗词楹联协会成立时捐资），夫妇二人保持着乐观的健康心态，所以，原老虽然有九十三岁了，却是一头黑发，看上去只像七十多岁的人。

原体宪老人，是一位全国名副其实的思想健康老人、身体健康老人。祝愿原老夫妇俩健康长寿。

咨询证书编号:工咨甲 13020070005
项目编号:2013—C013

中国科学院西双版纳热带植物园

景东亚热带植物园总体规划

(2015 ～ 2020)

第一部分　总体规划说明书
第二部分　总体规划图册

规划编制单位:云南省林业调查规划院生态分院
项目建设与技术支撑单位:中国科学院西双版纳热带植物园
规划设计总顾问:孙筱祥(北京林业大学园林学院教授)
2014 年 11 月

项目名称:中国科学院西双版纳热带植物园景东亚热带植物园总
　　　　 体规划
建设单位:中国科学院西双版纳热带植物园

规划编制单位:云南省林业调查规划院生态分院
林业用地规划设计证书号:国家林业局林资证字甲 B25-001
工程咨询资格证书:工咨甲 13020070005

院　　长:张冲平
总工程师:陈文红
项目完成科室:林业生态规划室
室　主　任:刘永明
主任工程师:王　波
项目负责人
编写组成员:刘永明　高级工程师
　　　　　　王　波　工程师
　　　　　　陶政红　工程师
　　　　　　杞银凤　工程师
　　　　　　熊宇岗　工程师
　　　　　　周会娥　助理工程师
技术顾问:吴定国　正高级工程师

审核:
审定:

170

中国科学院西双版纳热带植物园参与编制人员

单位负责人:陈　进　园主任、研究员
项目审核人:陈　进　园主任、研究员
项目负责人:殷寿华　园主任助理、副研究员
总　顾　问:孙筱祥　北京林业大学园林学院教授
编写组成员:

　　　　殷寿华　园主任助理、副研究员

　　　　刘玉洪　哀牢山生态站常务副站长、高级工程师

　　　　朱　华　标本种质中心首席分类学家、研究员

　　　　孙　辉　园区建设管理处工程师

　　　　谭运洪　标本种质中心工程师

　　　　景兆鹏　园林园艺部工程师

景东彝族自治县参与编制人员:

　　　　张　瑜　景东县委书记

　　　　李春荣　景东县人民政府县长

　　　　李树荣　景东县政协主席

　　　　韩卫卫　景东县副县长

　　　　杨　波　景东县副县长

　　　　杨　勇　景东县政协副主席

　　　　杨李永　景东县发展与改革局局长

　　　　戴青明　景东县林业局局长

　　　　谢有能　保护区景东管理局局长

　　　　杞瑞贵　景东县政协科教文卫体委办公室主任

　　　　杨明成　保护区景东管理局副局长

李鸿湖　景东县委宣传部
杨华清　景东县发展与改革局
李坚强　保护区景东管理局
苏　云　景东县林业局工程师
何宏祥　景东县电视台记者
谢　娜　景东县林街乡人民政府

西双版纳植物园专家与景东县领导初步确定园址

第一章 总 论

1.1 总体规划纲

1.1.1 项目名称与建设单位

1.项目名称

中国科学院西双版纳热带植物园景东亚热带植物园（以下简称景东亚热带植物园)总体规划

2.建设单位

中国科学院西双版纳热带植物园(以下简称版纳植物园)

1.1.2 项目建设地点

景东亚热带植物园选址于云南省景东彝族自治县县城以北锦屏镇与文龙乡交界处,罗伟田大山一带,紧靠现有的 S222 省道和拟建的普大高等级公路，距离景东县城20公里。

亚热带植物园内植物高山榕

1.1.3 总体规划定位与目标

1. 总体规划定位

景东亚热带植物园总体规划定位为:系统性收集保存、区域特色鲜明、物种特色突出、科学内涵丰富、艺术园貌优美的亚热带植物园。

2. 总体规划目标

充分利用哀牢山、无量山两个国家级自然保护区的区位优势,以云南亚热带地区丰富的生物多样性植物资源为基础,以版纳植物园为技术支撑,以就地保护、生态修复、迁地收集保存为举措,以保护、展示和研究中国亚热带特色植物类群为重点,建成集物种保存、科学研究、科普教育为一体,在国家战略性生物资源保藏与中国西南生态安全屏障构建中占有重要地位,且具有显著区域特色和国内外有重要影响力的植物园。

1.1.4 规划建设规模与内容

1. 规划建设规模

(1)规划总用地面积 862.43 公顷,合 12936.45 亩,其中:建成就地保存区、植物专类园区和科研试验区三大植物园核心园区共计 740.35 公顷,合 11105.25 亩;建成植物园辅助园区和保留改造园区 122.08 公顷,合 1831.20 亩。

(2)收集保存 5000 种以上重要亚热带植物,其中就地保存 1160 种,迁地收集保存 3840 种以上。

2. 规划建设内容

物种收集与专类园区建设工程、基础设施工程、园林景观工程、综合管理服务设施工程、居民新村改造指导建设工程。

1.1.5 功能区划

根据总体规划定位与目标及建设内容,结合现状资源、地形条件等,遵循地域空间成片性、管理类同性、实施可操作性原则,全园功能区划按植物园——大区——亚区——小区四级结构为系统进行区划,共区划为 5 大区、2 亚区、28 小区。

1.1.6 规划建设期

规划建设期 5 年(2015 年~2020 年)。分 2 期安排,其中:

第一期 3 年(2015 年~2018 年),主要内容包括征地:南入口服务区、景观大桥、综合管理服务中心区及北入口服务区等综合管理服务区建设;一期苗圃建设;特色展示区中兰园、岩石、杜鹃园、民族植物、进化系统、基础教学、观果植物、药用植物、经济林木、水生植物、山茶、纪念植树等 12 个园区建设;完成相应的建筑、景观、水、电、路等基础配套工程;各重要物种保存区的物种苗木的收集和储备、科普教育及解说系统和部分仪器装备、机械设备的购置等。

第二期 2 年(2018 年~2020 年),主要内容:就地保存区建设包括珍稀濒危植物区、樟科植物区、裸子植物区、壳斗科植物区等收集保存区建设;特色展示区中竹园、木兰园建设包括科研区、苗木繁育试验区、引种试验驯化区、科学家活动中心等科研试验区建设;居民新村改造及指导建设,包括完成相应的建筑、景观、水、电、路等基础配套工程,数字化植物园建设、科普教育及解说系统和部分仪器装备、机械设备的购置等。

1.2 规划依据

1. 主要政策性依据

(1)云南省"十二五"发展规划纲要

(2)普洱市"十二五"发展规划纲要

(3)普洱市旅游业发展与总体布局规划

(4)关于普洱市国家绿色经济试验示范区规划建设的相关资料

(5)景东县"十二五"发展规划纲要

(6)景东县人民政府与版纳植物园签订的"景东亚热带植物园合作框架协议"

(7)景东县提供的其他相关基础资料等

(8)国家林业局、住房及城乡建设部、中国科学院《关于加强植物园植物物种资源迁地保护工作的指导意见》(林护发[2012]第 248 号)

2. 主要法律法规依据

(1)《中华人民共和国土地管理法》(中华人民共和国主席令第 28 号)

(2)《中华人民共和国环境保护法》(中华人民共和国主席令第 22 号)

(3)《中华人民共和国自然保护区条例》(中华人民共和国国务院令第 167 号)

(4)《风景名胜区管理条例》(中华人民共和国国务院令第 474

号）

（5）《中华人民共和国森林法》（中华人民共和国国务院令第3号）

（6）《中华人民共和国森林法实施条例》（2009年修订）（中华人民共和国国务院令第278号）

（7）《中华人民共和国野生动物保护法》（2009年修正本）（中华人民共和国国务院令第24号）

（8）《云南省环境保护条例》（云南省第七届人民代表大会常务委员会第二十七次会议通过）

（9）《云南省风景名胜区管理条例》（云南省第八届人民代表大会常务委员会第二十一次会议通过）

（10）《云南省自然保护区管理条例》（云南省八届人大常委会公告[第86号]）

（11）《国家林业局关于同意将云南省列为国家公园建设试点省的通知》（林护发[2008]123号）

（12）《森林防火条例》

（13）《中华人民共和国水污染防治法》

（14）《中华人民共和国固体废物污染环境防治法》

3. 主要技术规范依据

（1）《公园设计规范》CJJ48—92

（2）《风景名胜区规划规范》GB50298—1999

（3）《森林公园总体设计规范》LY/T2005—2012

（4）《森林防火工程技术标准》 LYJl27—01

（5）《环境空气质量标准》GB3095—2012

（6）《地面水环境质量标准》GB3838--2002

（7）《生活用水卫生标准》 GB5749—2006

（8）现行《建筑》、《给排水》、《消防》、《供配电》等规范

1.3 规划投资与资金筹资方案

1.3.1 规划投资

项目总投资 61182.38 万元,其中:

(1)直接工程费用 37710.39 万元, 占总投资的 61.64%:

(2)工程建设其他费用 18939.96 万元,占总投资的 30.96%;

(3)预备费用 4532.03 万元,占总投资的 7.41%。

1.3.2 资金筹资方案

项目总投资 61182.38 万元。资金筹措如下:

(1)地方自筹解决资金 15523.74 万元(用于土地拆迁补偿),占总投资的 25.37%;

(2)申请中央扶持资金与多渠道筹资解决资金 45 658.64 万元,占总投资的 74.63%。

第二章 规划编制背景与建园分析

2.1 规划编制背景

2.1.1 国内外植物园概况及发展趋势

植物园最早出现于 16 世纪的欧洲,1544 年在意大利建立的比萨植物园是公认的世界最早的植物园。最早阶段植物园的形成是基于对药用植物研究和利用,欧洲早期的植物园大都以药草栽培为主,时至今日,药用植物的种类仍然占人类利用植物总数的最大部分。19 世纪资本主义经济迅速发展,对植物资源的需求,尤其是对殖民地植物资源的利用,大大促进了植物园的发展,到 19 世纪中期,植物园的总数达到约 100 个,到 20 世纪中期,世界植物园总数达到了 500 余个。从 20 世纪中期起,世界植物园进入到快速发展阶段,发展中国家为了开发、利用和保护自己的植物资源纷纷建立植物园,欧美发达国家的植物园越来越倾向于教育和全球生态问题带来的物种保护与理论研究。20 世纪 70 年代以后,物种保护成为所有植物园关注的焦点。1983 年有大约 800 个,1989 年增长到 1400 个,目前估计达到 3112 个。随着世界范围内植物多样性受威胁种类与数量的急剧增加,前植物园的作用正从以收集、保存多样化植物,关注保护物种及栖息地,向强调整体性、可持续利用性和生态系统服务转变,其功能或特征主要表现在植物多样性迁地保护、自然遗传多样性保存、地区性物种保存、向社会提供种质和技术和向公众提供科普教育服务。

2.1.2 中国植物园概况及存在的不足

1. 中国植物园概况

中国是世界上生物多样性最为丰富的国家之一,仅高等乡土植物即大约有33000种。从全国植物分布情况看,植物最为丰富的是广大的热带、亚热带地区(详见《中国植物多样性分布图》),保护世界上独特的我国热带、亚热带常绿阔叶林及其植物多样性是我国植物保护的重点和关键。我国植物园建设已有近80年的历史,目前全国植物园总数约250个(详见《中国植物园分布图》),其中分布在热带、亚热带地区的植物园约80个,约占植物园总数1/3。

2. 中国植物园存在的不足

(1)植物园与生物多样性资源分布严重不对等

约80个分布在热带、亚热带地区的植物园中,多数位于我国东部地区,而生物多样性丰富独特的西部亚热带地区为数很少,如云南的高等植物种类占全国的50%以上,是我国生物多样性保护最重要的省份。在云南的广大亚热带地区,也仅在昆明有2个植物园,大量南亚热带植物,尚缺乏植物园开展迁地保存。

(2)亚热带森林多个重要植物类群系统收集保存不充分

许多重要的亚热带植物类群,如樟科、壳斗科等尚无专门收集和保护的植物园,即使对山茶收集保存很好的昆明植物园,也由于地处城市中心地带,城市环境污染,加之土地面积有限,植物生长和长期保存受到限制。

(3)尚无系统保存南亚热带植物多样性的植物园

目前,国内为数不多的"亚热带植物园"皆存在专业性、完整性、针对性、主题性等系统性缺陷,如中国林科院亚热带林科所树木园、厦门华侨亚热带植物引种园、湛江南亚热带植物园、厦门华侨亚热带植物引种园、广西亚热带作物研究所试验站龙州亚热带经济植物园、广西亚热带植物科普风情园等,又如规划建设中的四川南充高坪区大龙山亚热带植物园,占地270余公顷,规划投资4.2亿元,其主题仍是"一座集旅游休闲、观赏娱乐、科普教育等功能为一体的综合性植物园"。因此,建设一座系统保存南亚热带植物多样性的植物园,是完善我国植物园结构、增加或填补我国南亚热带区域内植物园数量或空白的重要举措。

2.2 建园条件分析

2.2.1 区域自然地理概况

1. 自然环境

(1)地理位置

景东县地处东经100°24′~101°15′,北纬23°57′~24°51′之间,滇西南中部,普洱市最北端,横断山脉南端,澜沧江以东、哀牢山以西。东与楚雄州楚雄、南华、双柏三县(市)接壤,南与普洱市镇沅县毗邻,西与临沧市临翔区、云县隔江相望,北与大理州南涧、弥渡山水相连,东西宽61公里、南北长73公里,总面积4532平方公里,其中山区面积占95.5%,坝区面积占4.5%。

(2)地形、地貌、地质、河流及矿产资源

①地形、地貌。景东县属山地、河谷的山原(高原山地)地貌,境内无量山与哀牢山是横断山脉的余脉,其间有澜沧江峡谷与川河(把边江)宽谷,以及者干河丘陵河谷,形成中山与宽(峡)谷相间的高原(山原)地貌。由低到高分布着谷地、丘陵、山地等,逐级向上过渡。境内最低海拔为795米,最高点为无量山系的笔架山,海拔3376米。

②地质。景东县地形北高南低,地层发育较全,全县地层与岩类分布有板岩、石英片岩、片岩等岩石。境内成土母质类型主要有河流冲积、洪流冲积扇、破积和残积等四种母质。

③河流。景东县水资源丰富,有澜沧江、川河、者干河等主要河流,43条支流,河网密度为0.22公里/平方公里,集水面积4466平方

公里,年均降水量65亿立方米。除了澜沧江上已经建成的漫湾和大朝山两个百万千瓦级大型水电站外,境内的45条中小河流中还蕴藏着21.2万千瓦水能资源,其中可开发利用水能资源有7.1万千瓦。

④矿产资源。景东县矿产资源富集,蕴藏着铁、煤、铜、金、铅、锌、锡、钨、花岗石、水晶石、玛瑙石等十几种矿藏,已探明的褐煤储量8800万吨、无烟煤10余万吨、铬1100吨、绿彩石85万立方、红色花岗石110万立方、石灰石150余万吨,开发潜力巨大。

(3)气候资源

景东县处于西南季风控制气候区,因为海拔高差悬殊、地形复杂而造成了光热水湿等的再分配,形成气候类型复杂,垂直变化差异显著,造成"一山分四季,十里不同天"的气象奇观。随着海拔高度从低到高,具有南亚热带、中亚热带、北亚热带和暖温带等气候带。

气候特征方面,四季不明显,干湿季分明,雨热同季、干凉同步,具有冬无严寒、夏无酷暑,年温差小、日温差大的特点:县城所在地海拔高度1170米,年平均气温为18.5℃,最冷月为1月(平均气温10.9℃),最热月为6月(平均温度23.2℃);年均降雨量1086.7毫米,5~10月为雨季,年降水日为153.5天,年平均相对湿度77%,年均日照时数2131.6小时,冰雹日0.5天,雾日63.1天,无霜期332天。

(4)土壤类型与分布

受母质与地貌形态的控制,在复杂多变的水热、生物等条件的影响下,景东县境内的土壤类型较多,其中既有地带性土壤,也有非地带性土壤,还有垂直地带上的各类土壤。地带性土壤有赤红壤、红壤、黄棕壤、棕壤和亚高山草甸土五种土类;非地带性土壤有紫色土、石灰岩土、冲积土等。

2. 植被与生物资源

(1)森林植被类型与分布

在植被区划上,景东县属亚热带常绿阔叶林区域,地处高山亚热带南部季风常绿阔叶林带、滇西南中山山原河谷季风常绿阔叶林区,并向高原亚热带北部常绿阔叶林带滇中、滇东高原半湿润常绿阔叶林、云南松林区过渡。水平带植被类型为亚热带季风常绿阔叶林,由于林地反复采伐,多演替成思茅松林。由于境内多山,相对高度变化大,植被垂直分布明显。从澜沧江河谷795米至无量山顶3371米之间,排列着暖热性干热河谷半干旱棉树灌木草丛、暖热性思茅松林、暖温性针阔混交林、湿性常绿阔叶林等主要植被型组。在哀牢山从山麓到山顶,东坡、西坡的植被类型较为完整,依次为东坡:干热河谷植被(910~1300米)、半湿润常绿阔叶林及云南松林(1300~2400米)、中山湿性常绿阔叶林(2400~2600米)、山顶苔藓矮林(2600~2700米);西坡:季风常绿阔叶林及思茅松林(1140~2000米)、中山湿性常绿阔叶林 (2000~600米)、山顶苔藓矮林(2600~2700米)。

全县土地总面积中,林业用地占70.0%,非林业用地占30.0%。森林覆盖率66.8%,其中有林地覆盖率63.9%,国家特别规定灌木林地覆盖率2.9%,林木绿化率69.1%,其中有林地覆盖率63.9%,灌木林覆盖率4.8%,四旁树占地折算覆盖率0.4%。

(2)生物资源概况

景东县是我国云贵高原、横断山地和青藏高原三大自然地理区域的结合部,是多种生物区系地理成分荟萃之地,是亚洲大陆热带向温带过渡、物种迁徙和基因交流的重要廊道,自然分布着世界上类型独特、发育完整、物种丰富、并以云南特有植物种为优势的大面积亚热带中山湿性常绿阔叶林, 其中蕴藏着大量珍贵的生物资源和稀有濒危物种, 因此整个区域成为保护国际(*Conservation International*) 划分的全球34个生物多样性热点地区(*Biodiversity Hotspots*)的组成部分。

景东"两山"(无量山和哀牢山)是国家级自然保护区,它是地球同纬度带上生物资源最为丰富的自然综合体,被誉为"天然绿色宝库"和"天然物种基因库"。自然保护区内有高等植物209科1039属2574种,其中有国家一、二级保护植物36种,专家学者在考察中还不断发现新分布和新种。境内主要由壳斗科、樟科、茶科和木兰科等亚热带常绿阔叶林的基本科组成，在保护区内保存有许多特有、珍稀濒危和国家级保护植物,如水青树(Tetracentron sinense)、野荔枝(Litchichinens var euspontanea)、银杏(Ginkgobiloba)、云南七叶树 (Aesculus wangii)、翠柏 (Calocedrus macrolepis)、林生芒果(Mangiferasv lvatica)、红花木莲(Manglietia insignis)、思茅豆腐柴(Premnaszemaoensis)、景东翅子树(Pterospermumkingtungense)、龙眼(Dimocarpus longan)、任豆(Zeniainsignis)、红椿(Toonaciliata)、篦齿苏铁(Cvcaspectinata)等。此外,保护区森林中藤本植物和附生植物相当丰富、发达,藤本植物以木质大藤本为常见,附生植物以苔藓和蕨类植物为主要组成成分,布满在较大的树干、树杈和树枝上,形成奇特的森林景观。保护区内目前记录到的蕨类植物有48科、118属、446种，种数最大的为鳞毛蕨科（Dryopteridaceae）、水龙骨科（Polypodiaceae）和蹄盖蕨科（Athyriaceae）三科,可以提供有经济价值的蕨类超过 300 种。

无量山和哀牢山自然保护区森林连片面积大,原始性明显,且生境多样,因而栖息于森林内的动物较多,森林生态系统还维持着极为丰富的野生动物种类,其中不乏珍贵稀有的种类,甚至未认识的新物种。目前在两栖类动物中已发现了多个新种，哀牢髭蟾(Leptobrachium ailaonica)、景东齿蟾(Oreolaxjingdongens)、高山掌突蟾(1eptolalaxOlnus)、腹斑掌突蟾(iepwlaxventrtpunctatus)等；在啮齿类动物中也发现了多个新种景东树鼠(Chiropodomysjingdongensis)、猪尾鼠景东亚种(Typhlomyscinereusjingdongensis)等。现已记录哀牢山北段有两栖动物 26 种,爬行动物 38 种,鸟类 384 种,哺乳动物 86 种。

景东生物资源种类繁多，森林植被保护非常完好,拥有森林 377.19 万亩,其中 50 多万亩为原始森林,有国家级公益林 113.49 万亩,省级公益林 56.99 万亩,市县级 8.6 万亩。森林覆盖率为 66.8%。

无量山山矾

182

优越独特的自然森林条件保存了非常丰富的物种，包括国家一级重点保护珍稀濒危野生动物——黑冠长臂猿(Nomascusconcolor)，被中国野生动物保护协会命名为"中国黑冠长臂猿之乡"。为全省粮食、蔗糖、木材、核桃、芒果重点产区，被称为普洱市的"粮仓肉库"，也是普洱茶主产区之一。

3. 区位交通与社会经济

(1)区位交通条件

景东县位于云南省西南部，普洱市北端，县城所在地距省会昆明市449公里，距普洱市驻地248公里。全县与3个州市和8个县区相连，东与楚雄州楚雄、南华、双柏三县(市)接壤，南与本市镇沅县毗邻，西与临沧市临翔区、云县隔江相望，北与大理州南涧、弥渡山水相连，处于东南亚——大理佛文化国际黄金旅游线路重要节点上，是滇中、滇西北、滇西南三大旅游区的结合部和中转枢纽。从发展态势分析，随着云南"桥头堡"战略、普洱绿色经济试验示范区项目等的实施，景东的未来发展蕴藏着巨大的经济发展潜力，随着旅游区域范围的不断扩大，景东也是丽江、大理、普洱、西双版纳旅游线上的一个非常重要的节点。(参见景东在云南省的区位图和项目区在景东县的区位图)

(2)社会经济发展状况

①行政、人口状况。景东县辖13个乡(镇)、166个村民委员会、4个社区、2345个村民小组。全县总面积4532平方公里，其中山区面积占95.5%，坝区占4.5%。2012年全县总人口36.2万人，共有汉族、彝族、哈尼族、瑶族、拉祜族、傣族、回族、布朗族、苗族、傈僳族、佤族、纳西族、景颇族、藏族、阿昌族、怒族、普米族、蒙古族、基诺族、水族、满族、布依族等26个民族，其中彝族154547人，占总人口42.7%，是云南省6个彝族自治县之一，也是全国8个彝族自治县中彝族人口最多的一个县。

全县耕地面积469473亩，其中水田138019亩，旱地331364亩，人均耕地1.30亩。全县林地面积468.66万亩，森林覆盖率

66.82%，人均拥有 12.96 亩。

②社会经济发展状况。2013 年，全县国民生产总值 43.38 亿元，在全省居第 66 位，在普洱市居第 3 位。全部工业增加值 7.95 亿元，在全省居第 84 位，在普洱市居第 4 位。农业总产值 31.27 亿元，在全省居第 30 位，在普洱市居第 2 位。全社会固定资产投资 12.01 亿元，在全省居第 117 位，在普洱市居第 8 位。地方公共财政预算收入 3.05 亿元，在全省居第 66 位，在普洱市居第 4 位，社会消费品零售总额 10.02 亿元，在全省居第 79 位，在普洱市居第 4 位。农民人均纯收入 5022 元，在全省居第 64 位，在普洱市居第 3 位。城镇居民人均可支配收入 16273 元，在全省居第 89 位，在普洱市居第 4 位。

（3）历史文化资源概况

景东历史悠久，唐南诏时设银生节度，是南诏地域最广阔的节度，因此被誉为"银生古城"。景东是傣族的发祥地之一，傣族陶氏土司统辖 500 多年，世袭 25 任知府。近两千年时间内，中原文化、南诏文化不断与各少数民族文化融合，孕育出了多姿多彩、特色鲜明的民族民间文化。历史上涌现出了同治帝师刘崐、四省巡抚程含章、晚清云南著名诗人戴家政等一批文化先贤；遗留下了文庙、卫城、三塔等历史文化古迹；珍藏着 4000 多件举世无双的陶府傣族出土文物，其中国家一级文物 2 件。从 1442 年设学至今，景东教育已有 571 年历史。

2.2.2 园区自然地理概况

1. 园区地理位置与地形地貌

（1）地理位置

中国科学院西双版纳热带植物园景东亚热带植物园拟建于云南省中南部，无量山、哀牢山两个国家级自然保护区之间，川河、瓦韦河及小干河三条水系环绕的罗伟田大山一带，景东县锦屏镇与文龙乡交界处，紧靠现有的 S222 省道和拟建的普大高等级公路，距县城 20 公里。

（2）地形地貌

园区属山地地形，中山地貌，区内最低海拔 1225 米，最高海拔 1882 米，高差 660 米，主要是以罗伟田大山主峰形成南北向渐降山脉，东西两面陡降形成复杂多样的地形地貌，北端抵达瓦伟河河谷，西面降至川河河谷，东面降至罗伟田大箐，南部抵达小干河河谷，各种坡向的土地都占有一定的比例，其中平地仅占土地总面积的 4.47%，坡度小于 15 度土地也仅占 8.6%。坡度较小的土地主要分布在园区的东侧。（参见现状地形地貌图、现状坡度分析图、现状坡向分析图）

2. 园区水文气候

（1）水文概况

园区河流主要有川河和瓦伟河两条河流，以及季节性有水的小干河。

①川河概况。川河沿园区西界由北向南流过，园区内流程长度约为 5.5 公里，河道平均比降约为 3m。旱季平均流量约为 5.6m³/s，雨季平均流量约为 95.6 m³/s，最大洪峰流量约为 268.5m³/s，暴涨暴跌，为典型的山区性河道，多年平均含沙量为 1.28kg/m³。

②瓦伟河概况。瓦伟河发源于景东东北邻县南华县的哀牢山脉，经园区北端、由东向西汇入川河，汇入口处海拔高度 1240 米，河道平均比降约为 3.57960。参考景东县有关水文计算资料和相近水文站及瓦伟河川河交汇口水文数据，瓦伟河年径流在丰水年约为 1.916~26.678m³/s，年均 12.296m³/s；平水年约为 1.378~23~386m³/s，年均 9.928m³/s；枯水年约为 1.064~19.077m³/s，年均 7.896m³/s。

③小干河概况。小干河为川河一级支流，位于园区南端，由东向西汇入川河，径流面积约 5.6km²。小干河是一条季节性河流，每年旱季的 2~5 月断流。

（2）气候概况

参照川河流域气象资料，园区多年平均降雨量为 1403.1mm，降雨集中在每年的 5~10 月，约占全年降雨量的 87%，因而年内干湿分明,雨季产生暴雨的概率较高,极易发生较大洪峰流量,并且流域受寒潮影响微弱,无十分明显的冬季,年平均气温为18.3℃,极端最高气温为37.7℃,极端最低气温为,1.4℃,年温差较小,属南亚热带河谷季风气候。

3. 园区土壤与土地利用

(1)土壤概况

根据取样分析,区内土壤主要为赤红壤、红壤土类,土壤质地为轻黏,pH呈酸性至微酸性,在4.6~6.6之间(参见景东亚热带植物园园区土壤pH分布图和有机质分布图),其中赤红壤pH最小4.10,最大6.90,平均5.58;红壤pH最小5.1,最大6.4,平均5.0。土壤有机质1.5%~2.4%。通过对土壤样品全氮、全钾、全磷、碱解氮、有效磷、速效钾等常规元素的分析,按照景东县土壤常量元素分级标准评判,园区内土壤总体养分含量属于偏低至中等。

(2)土地利用概况

园区内有住户72户,涉及人口200多人。在总面积13000亩土地范围内,土地利用以森林地为主体,其中西侧保存有6000多亩大面积的原生常绿阔叶林植被,占总面积的48%。已利用的土地以人工种植思茅松纯林为主,约4000亩,占总面积的29%。少量旱作地占18%,多为烤烟、玉米、小麦、荞麦和季节蔬菜轮作地。其余为村庄、河流等地。沿瓦伟河两侧有农田约70余亩。(参见土地利用分布图)

4. 森林资源

据景东县森林资源二类调查数据统计,项目区国土总面积862.43hm²,其中:林业用地面积720.75hm²,占总面积的83.57%;非林地面积141.68hm²,占总面积的16.43%。林业用地中,纯林面积612.47hm²,占84.9%;混交林面积58.07hm²,占8.1%;乔木经济林面积5.89hm²,占0.8%;未成林造林地面积44.32hm²,占6.2%。非林地中:农地面积118.83hm²;水域面积22.85hm²。

项目区森林覆盖率55.57%。活立木总蓄积量60477.9m³,全部为林木蓄积。

土地按权属统计：国有土地面积481.16hm²，集体土地面积391.73hm²。

按森林类别统计:生态公益林面积415.72hm²,蓄积32360.0m³,其中国家公益林面积343.83hm²,蓄积29629.0m³;地方公益林面积71.89hm²,蓄积2731.0m³;商品林面积305.03hm²,蓄积28117.9m³。

按亚林种统计:试验林面积0.83hm²,蓄积80.0m³;水源涵养林面积372.41hm²,蓄积32280.0m³;一般用材林面积297.30hm²,蓄积28227.9m³;果树林面积5.89hm²,无蓄积。

按起源统计：人工林面积53.32hm²，无蓄积；天然林面积667.43hm²,蓄积60477.9m³。

按优势树种统计:思茅松面积622.88hm²,蓄积53234.7m³;其他阔叶林面积91.98hm²,蓄积7243.2m³;核桃面积5.89hm²,无蓄积。

纯林、混交林按龄组统计：中龄林面积541.34hm²，蓄积49478.2m³；近熟林面积125.26hm²，蓄积10919.7m³；成熟林面积0.83hm²,蓄积80.0m³。(参见:森林资源分布图、林种分布图、土地利用现状图)

5. 园区植被与物种

（1）园区植被概况

根据土地利用情况,园区
植被分布可明显分为西部和东部两部分。西部沿川河至罗伟田大山峰顶,山势陡峭,沟壑遍布,主要为自然分布的季风常绿阔叶林,其群落类型垂直变化较明显。沿川河至海拔约1400米山地主要是以常绿榆(*Ulmuslanceifolia*)、毒药树(*Sladeniacelastrifolia*)、毛叶青冈(*Cycobalanopsiskerrii*)、滇青冈(*Cglaucoides*)、西南木荷(*Schimawallichii*)等为主的常绿阔叶林；海拔至1600米左右主要是以高山栲(*Castanopsisdelavcvi*)、截头石栎(*Lithocarpustruncatus*)、白楠(*Phoebeneurantha*)、茶梨(*Annesleafragrans*)等为主的常绿阔叶林；海拔1600米以上则主要是思茅松林,伴生有栓皮栎(*Quercus rarabilis*)、

187

锐齿槲栎(ealienavalacuttserrata)等。罗伟田大山西侧海拔 1700 米以上有较大面积以马缨花（Rhododendrondelavayi）、云南桤叶树（Clethradelavayi）、云南越橘（Vacciniumduclouxh）、珍珠花（Lyoniaovalifolia）等为主的群落。

东部坡度相对平缓，虽然在罗伟田大箐低处斑块状分布有类似园区西部的季风常绿阔叶林成分,但东部绝大部分为人工林地,其中主要是人工种植的思茅松林,为当地百姓收获松脂的主要经济林。村庄和住户周围散布着少量季节性旱作地。

园区内自然森林与人工林地之间，散生有大量虾子花(Woodfordiafruticosa)、余甘子(Phyllanthusemblica)等植物,也表明有一定程度的干热性质。(参见现状植被分布图)

（2）园区物种概况

根据样方调查,园区内植物物种丰富,每 500m² 样方内记录维管植物物种达 120~150 种。根据初步考察结果,园区内已记录种子植物 130 科达 1160 余种，其中零散分布有景东翅子树、泸菊木(Noueliainsignis)、喜树(Camptothecaacuminata)以及已记录到的 50 余种兰科植物等国家级重点保护植物。

2.3 技术优势与规划前期工作基础

2.3.1 技术优势

版纳植物园位于祖国西南边陲的西双版纳傣族自治州勐腊县勐仑镇一江碧水的葫芦岛上,1959 年由著名的植物学家蔡希陶教授亲手创建,占地面积 1100 公顷,收集保存植物 13000 多种,已建成 35 个专类植物同园区,是集科学研究、物种保存和科普教育为一体的综合性植物园。现有在职职工 300 多人,高级职称科技人员 60 多人,具有植物学、生态学两个博士学位授予点,在读研究生近 200 人,在站博士后人员 9 人。随着研究队伍国际化的发展,引进国内外优秀科技人员 30 余人,其中"百人计划"和"项目百人计划"9 人,引进外籍全职研究人员 7 人。

近 5 年来，版纳植物园争取和承担国家及地方重大科学研究

188

项目304项,累计发表科研论文近1000篇,其中SCI(E1)刊物论文600多篇,出版专著12部,获发明专利授权15项,申请发明专利32项,3个林木良种获得认证,6个项目获云南省科技奖;累计获得云南省自然科学二等奖4项、云南省科技进步三等奖3项。先后在《美国科学院院刊》等国际著名学术期刊上发表多篇研究论文,在区域生物多样性与生态环境保护领域的研究成果多次被《自然》《科学》上的评述论文引用,已引起国内外同行的广泛关注,并分别于2008年和2011年通过中国科学院热带森林生态学重点实验室和资源植物可持续利用重点实验室评审,科研实力进一步加强。

版纳植物园现设有热带森林生态学重点实验室(院级)、资源植物可持续利用重点实验室(院级),生物多样性综合保护中心。科研力量主要集中在25个研究组,从事森林生态学、土壤学、水文学、气象学、植物生理生态学、化学生态学、恢复生态学、入侵生物学、进化生物学、传粉与繁殖生物学、基因组学等科学研究。设有3个野外科学研究站:西双版纳热带雨林生态系统研究站、哀牢山亚热带森林生态系统研究站和元江干热河谷生态站,此外,还有中心实验室和具实验室资质认定(计量认证)合格的生物地球化学实验室(昆明分部)为全园科研工作提供技术支撑。

版纳植物园"十二五"期间发展的总体目标是在学术上成为具有较高影响力的国际化研究中心,在环境和生物多样性保护的影响力方面成为国家种质资源保存基地、地区性生物多样性保护的领导者,在景区影响与公众影响力方面成为最美的植物园和热带天堂,并具有较高的自主创新和可持续发展能力。在科学研究方面将从增进科学认知、推进有效保护和促进生物多样性资源可持续利用三方面进一步凝炼科学目标,重点开展生态学研究、保护生物学研究和植物资源的开发利用。在植物园建设方面争取启动景东亚热带植物园建设。

2.3.2 规划前期工作基础

1. 完成了拟选园址方案比选

2006 年以来，版纳植物园与景东县政府组织和邀请相关专家对拟建景东亚热带植物园园址的多个地点进行了多次选址考察，通过认真比较最后重点对位于双河温泉和罗伟田大山的两处园址进行了深入的选址调查。通过 GPS 定位实地踏察结合植物样本调查、土壤取样分析等方式，通过对园址可取面积、自然条件、植被现状、土地利用方式以及与周边环境关系的对比分析，最终拟定罗伟田大山园址作为项目建设地。

2. 完成了园区概念性总体方案

由版纳植物园主持，聘请北京林业大学园林学院孙筱祥教授作为总顾问，于 2012 年 7 月牵头组织完成了园区概念性总体方案设计工作。

3. 完成了现场踏勘与植被现状调查

由版纳植物园组织相关专家对拟建园区范围内的地形地貌和植被状况进行摸底和调查，绘制现状林相图和出具调查报告。

4. 完成了园区范围内土壤土质化验分析报告

委托景东县农业局的技术人员对拟建园区范围的土壤进行布点取样，在实验室内完成理化特性分析出具土壤情况报告。

5. 完成了项目建设区域的卫星遥感影像测绘

由景东县土地局提供的项目建设区域的卫星遥感影像图，经版纳植物园的相关专家进行后期制作分析，完成了三维地形模型、坡度坡向分析、土地利用现状分析以及高程控制等工作内容。

6. 成立景东亚热带植物园项目建设指挥部

版纳植物园成立了项目规划领导小组和工作小组，启动了对植物园项目专业规划设计工作，并邀请北京林业大学园林规划设计专家孙筱祥教授作为顾问指导景观规划设计。由景东县政府组织相关职能部门抽调技术骨干，成立项目建设指挥部，县领导任指挥长并统一指挥，负责项目前期筹备和参与规划设计工作。

7. 确定了项目建设区域内的土地征用和农户搬迁方案

目前，项目建设指挥部根据景东县政府指示和景东亚热带植物园概念规划,制订园区征地及农产搬迁等相关工作方案。因规划范围内绝大部分土地属于景东县林业局林场和丢荒地,所以实际涉及农产的农林地并不多,为征地工作创造了良好的条件。

8. 启动了植物引种和培育工作

由版纳植物园抽调相关研究和技术人员,展开专类园区植物引种考察工作,并通过建设指挥部的协助,在项目区域内建造苗圃50多亩,用于引种植物的育苗和扩繁,为项目今后的实施建设储备苗木。

9. 普洱市委、市政府大力支持

2014年9月29日,普洱市人民政府第10次常务会议专题研究景东亚热带植物园建设项目相关问题。会议由常务副市长张善强主持,中国科学院西双版纳热带植物园主任陈进研究员、主任助理殷寿华、景东彝族自治县县长李春荣、副县长杨波及普洱市委编办、市发改委、市国土局、市财政局、市科技局、市住建局、市环保局、市水务局、市交通局、市林业局、市旅发委、市绿经办和景东亚热带植物园有关人员40余人参加会议。在听取中国科学院西双版纳热带植物园和景东县的汇报后,常务副市长张善强总结发言,普洱市政府将支持景东亚热带植物园建设,并对项目总体规划的论证、项目审批等工作进行了部署,要求各市直部门积极争取项目支持亚热带植物园建设,对于林地、土地的收储需要依法依规办理,另外普洱市拟批准成立景东亚热带植物园管理局,并在经费上给予大力支持。

2014年10月29日,中共普洱市委第三届五十三次常委会议审定通过了景东亚热带植物园建设项目,会议由市委书记卫星主持。市委常委、常务副市长张善强向会议汇报了市政府第十次常务会议对景东亚热带植物园建设项目所作出的七项决定,景东县委书记张渝就项目的目的和意义、建设的规划情况、目前进展等方面向会议作了汇报,并报告了需提请市委市政府解决的问题。版纳植物园党委书记李宏伟概述了项目对我国亚热带生物多样性研究与保护，推动区域社会经济发展以及对版纳植物园建成世界一流植物园目标的重要作用。会议认为，实施景东亚热带植物园建设将会在生态保护、经济发展和科学研究上具有重要的价值。会议从项目的申报审批程序、合作模式、组织机构保障、项目实施对策和工作目标等方面作出了一系列重要决策。普洱市委书记卫星指出，景东亚热带植物园建设是实现科研价值、打造区域品牌、推动社会经济发展的一个重要的抓手、平台和契机，项目早已列入国家级绿色经济试验示范区规划中，关键在于落实和执行，要统一思想，高位推进。最后，会议提出要与版纳植物园成立联合领导小组，要求普洱市政府与版纳植物园签订战略合作协议，联合向省政府和中科院报批，着力推进项目建设。

红豆杉（国家一级保护植物）

第三章　规划原则　定位与目标

3.1 规划基本原则

1. 前瞻性与科学性原则

现代植物园经过四百多年的发展，其内涵及工作重点也发生了很大的变化，而未来植物园则应该是作为区域植物多样性的迁地保护基地和环境教育基地。景东亚热带植物园的规划以国际国内植物园发展的新趋势和科学植物园建设的基本原理为指导，充分分析我国亚热带植物区系特点特别是所在区域植物多样性特点，在详细了解园地的地形地貌、土壤、植被、水资源及土地利用现状等要素的基础上，再进行规划，充分突出规划的前瞻性与科学性。

2. 重点与特色原则

作为一个地区性植物园，规划中不求大求全，而是强调重点与特色，分析物种的生物——生态学特性和园区生境特点，对一些重点要收集的类群，规划以相应的土地面积。专类园的布局与景观营造相结合，以期建设若干个富有科学内涵且物种丰富、景观优美、特色明显的植物专类园区,形成该植物园的强烈特色。

3. 实践性与创新性原则

景东亚热带植物园的规划坚持从实际出发,顺地势造景,注意尊重原本地形地貌特征,提高建设的可操作性和降低成本;同时,要善于利用园区独特的山形山体和区内的水资源情况,大胆创新,营造"虽为人作,宛如天开"的自然生态园林式艺术效果。

4. 物种准入性原则

为防止有害外来物种对本地生物多样性和生态环境产生严重危害,在综合分析国内外入侵物种研究资料以及本地生物多样性组成特性的基础上,逐步开列和完善植物园禁入物种名单,严禁蔓延性有害杂草、带病虫害林木繁殖体及其生长介质(如土壤)的引入。

根据景东亚热带植物园特点及其物种保存目标的定位,规划制订物种准入性原则,维护植物园的明显特色和区域生物多样性的安全。景东亚热带植物园应以收集保存我国亚热带重要植物类群为重点,并以云南亚热带常绿阔叶林成分为主。但对于资源型的专类园区,在注重区域性的基础上,也应收集适合植物园栽培的国内外重要物种。

3.2 总体规划定位与目标

3.2.1 总体规划定位

呈现世界上发育完整、独特的云南南亚热带森林类型和生物多样性,展示云南南亚热带植物特色和珍稀度及可利用价值,形成云南南亚热带植物种质资源库和面向全国、走向世界的科技交流及科普教育基地。

景东亚热带植物园总体规划定位为:**系统收集保存、区域特色鲜明、物种特色突出、科学内涵丰富、艺术园貌优美的亚热带植物园**。

系统收集保存:以云南南亚热带常绿阔叶林成分为主,以亚热带常绿阔叶林壳斗科、樟科、山茶科、木兰科为重点,收集保存我国亚热带重要植物类群,保存原生森林面积 6000 余亩,收集保存亚热带植物 5000 种,建成中国西部南亚热带地区首座系统性保存南亚热带植物多样性的亚热带植物园。

区域特色鲜明:园址地处我国云贵高原、横断山地和青藏高原三大自然地理区域的结合部,紧邻两山(无量山和哀牢山)国家级自然保护区,为亚洲大陆热带向温带过渡、物种迁徙和基因交流的重要廊道, 规划重点收集、 保存山茶科(*Theaceae*)、樟科(*Lauraceae*)、壳斗科(*Fagaceae*)和木兰科(*Magnoliaceae*)等典型的亚热带科属植物资源,彰显西南亚热带区域特色。

物种特色突出:规划相应的土地面积,重点收集、保存保护壳斗科、樟科、山茶科、木兰科、杜鹃花科、兰科等亚热带重要植物类群,突出亚热带物种特色。

科学内涵丰富:集物种保存、科学研究、科普教育为一体,填补我国系统保存南亚热带植物多样性的植物园的空白, 建成南亚热带常绿阔叶林的开放研究平台、亚热带植物资源利用的种质与技术平台和国家级的科普教育基地,以植物分类系统性、生存适应的生态特性、植物生长繁衍的生物学特性、植物为人类所利用的经济价值类型等为基础构建植物专类收集园区,彰显丰富的科学内涵。

园貌景观优美:依托园区内地形地貌多样,山崖、峡谷、河流和 600 米以上海拔差异,追求植物园基本功能与艺术兼容,尊重场地,更多地融入园林艺术,形成山为身、水为脉、植物专类园与科普展示园为魂的四季复合生态景观群落,建成国家级的生态旅游景点。

3.2.2 规划目标

1. 总体目标

充分利用哀牢山、无量山两个国家级自然保护区的区位优势,以云南亚热带地区丰富的生物多样性和植物资源为基础,以版纳植物园为技术支撑,以就地保护、生态修复、迁地收集保存为举措,以保护、展示和研究中国亚热带特色植物类群为重点,**建成集物种保存、科学研究、科普教育为一体,在国家战略性生物资源保藏与**

194

中国西南生态安全屏障构建中占有重要地位的具有显著区域特色和国内外重要影响力的植物园。

2. 分期建设目标

第一期 3 年(2015~2018 年),主要完成:

(1)征地;

(2)综合管理服务区中南入口服务区、景观大桥、综合管理服务中心区、北入口服务区等工程建设;

(3)特色展示区中兰园、岩石园、杜鹃园、民族植物园、进化系统园、基础教学园、观果植物园、药用植物园、经济林木园、水生植物园、山茶园和纪念植树园等 12 个园区建设;

(4)相应的建筑、景观、水、电、路等基础配套工程建设。

第二期 2 年(2018 年~2020 年),主要完成:

(1)就地保存区即原生植被保存复苏区建设;

(2)特色展示区中竹园、木兰园建设;

(3)收集保存区中珍稀濒危植物区、樟科植物区、裸子植物区和壳斗科植物区等园区建设;

(4)科研试验区中科研区、苗木繁育试验区、引种试验驯化区和科学家活动中心等设施建设;

(5)居民新村建设,包括新农家园的改造建设和拟建备用地的指导性建设;

(6)相应的建筑、景观、水、电、道路等基础配套工程建设。

第四章　建设容量与规模测算

4.1 建设容量

考虑到项目的建设性质,结合项目对外开放区域的环境容量,对来访者规模进行合理控制。

4.1.1 环境容量计算

1. 环境容量计算公式

无量山小檗

C(日)=A/axD

C=环境容量(人次)

A=可游览面积(m²)

a=人均占有面积(m²)

D=周转率(植物园开放时间/游览所需时间)

2. 项目环境容量计算结果

景东亚热带植物园总用地面积 862.43 公顷,其中:重点开放区域包括特色展示区、综合管理服务区和居民新村,面积合计 248.33 公顷;其余区域面积计 614.10 公顷;根据园区的大小及服务点的布置情况,游完本园所需的时间在 4~8 小时,本园开放时间取 12 小时,周转率 3~1,考虑到本项目的生态效应,合理周转率取 1。植物园人均占有面积按《公园设计规范》规定结合本园情况,重点开放部分按 800m²/人取值,其余部分按 5200m²/人取值,综合实际取值为 3000m²/人。本园环境容量计算得:

C(日)=8624300/3000×1=2875(人次)

C(年)=2875×365=105 万(人次)

4.1.2 来访者容量计算

1. 来访者容量计算公式

G(日)=t×C/T

C=来访者容量(人)

t=来访者游完该景区所需时间(小时)

C=日环境容量(人次)

T=每天游览最舒适合理的时间(小时)

2. 来访者容量计算结果

根据区域气候气象条件及本园的游览条件,按合理游完时间 6 小时计算;来访者每天游览最舒适合理的时间取值为 8。本园来访者容量最大计算得:

C(日)=6×2875/8=2156 人

C(年)=2156×365=78.69 万人

196

4.1.3 人口容量

人口容量按本园实际情况,综合考虑游人、员工、当地居民三类人口进行测算。

景东亚热带植物园日最大游人容量为 2156 人;员工按十年内发展 200 人计,含临时工;当地居民按总规居民新村规划住户 72 户,每户按 5 人计,共 360 人计,本园人口容量计算得:

(2156+200+360)/862.43×100=314 人/km²

4.1.4 容量确定

根据以上计算数据,将本园每年的环境容量按 105 万人次控制,来访者每年的接待规模控制在 78 万人以内比较合适,人口容量为 300 人/km²,通过合理的容量控制,才能保证来访者对本园不形成资源与环境破坏,才有利于本园生态建设的可持续发展。

4.2 建设规模测算

4.2.1 停车场规模测算

项目的停车场规模根据预测的来访者数量和内部使用需求数量确定分外部停车场和内部停车场进行规模测算。

1. 对外停车场规模

(1)大巴车停车场面积

$S1=C×b1/E1×H1$

$S1=$大巴车停车场面积(平方米)

$C=$日控制来访者容量(人)

$b1=$大巴车乘客占来访者的比例

$E1=$每辆大巴车平均载客数量(人)

$H1=$每辆大巴车车均占地面积(m^2)

国家发改委领导到景东亚热带植物园调研

景东亚热带植物园来访者每年的接待规模控制在 78 万人,日来访者最大规模 2156 人;大巴车乘客占来访者的比例按 40% 计;每辆大巴车平均载客数量计 40 人;每辆大巴车车均占地面积 60 平方米(生态停车场)。

本项规模计算得:

S1=2156×0.4/40×60=1294 平方米

(2)小汽车停车场面积

S2=C×b2/E2×H2

S2=小汽车停车场面积(平方米)

C=日控制来访者容量(人)

b2=小汽车乘客占来访者的比例

E2=每量小汽车平均载客数量(人)

H2=每量小汽车车均占地面积(m²)

小汽车乘客占来访者的比例按 60%计；每辆小汽车平均载客数量计 4 人;每辆小汽车车均占地面积 45 平方米(生态停车场)。本项规模计算得：

S2=2156×0.6/4×45=14553 平方米

(3)外部停车场总面积

S 停外=S1+S2=15847 平方米

2. 内部停车场规模

(1)专用停车场

景东亚热带植物园专用停车场是专门接待贵宾、科学家而设置的重点管理的停车场，按 3 年一遇最大来访车辆预测贵宾接待车 30 辆,加上中巴车、警务车、工作车、随行车,共计 50 辆。每辆车车均占地面积 45 平方米(生态停车场)。本项规模计算得：

S3=80×45=3600 平方米

(2)后勤、管理、管护停车场面积

综合考虑景东亚热带植物园内部工作人员、工作内容、管理区位置及管护面积等因素，按 10 年发展情况预测后勤保障用车 20辆,管理工作用车 35 辆(含电瓶车),职工代步用车 40 辆(按职工人数 200 人的 20%计),管护用车 5 辆,机动车位按 20%计。每辆车车均占地面积 45 平方米(生态停车场)。本项规模计算得：

S4=(20+35+40+5)+(20+35+40+5)×0.2×45=5400 平方米

(3)内部停车场面积

S 停内=S3+S4=9000 平方米

3. 停车场总面积

S 停总=S 停外+S 停内=15847+9000=24847 平方米

按照项目使用、规划和单体工程设计要求及植物园运行实际管理经验,常用停车率按 50%计,项目规划建设常用停车场 12600 平方米,备用停车场 12100 平方米,总计 24700 平方米。

4.2.2 外部服务接待用房规模测算

项目的服务接待规模根据预测的来访者数量确定,对项目的服务接待规模进行合理控制。

1. 住宿用房

(1)床位测算公式

$$Z=\frac{NPL}{TK}$$

Z—床位预测数(张)

N—年游人容量(人)

P—留宿系数

L—平均留宿天数

T—全年可游览天数

K—床位平均利用率

景东槭

(2)客房面积

景东亚热带植物园年来访者容量控制规模 78 万人,留宿系数取 3%,平均留宿天数一天,全年可浏览天数 300 天,床位平均利用率取 50%,则 Z 值计算得 156 床;每个住宿单元按 2 人标准,42 平方米计,则住宿用房面积计算得:ZL=156/2×42=3276 平方米。

2. 餐饮用房规模

(1)餐位预测公式

$$C=\frac{NP}{T}$$

C——餐位数(座)

N—日平均游人人数(人)

P—就餐率

T—平均每个餐位可接待人数(人/座)

(2)餐饮面积

设就餐率30%,平均每个餐位可接待人数2人,则C值计算得323座;每人就餐面积按4平方米计,则餐饮用房面积计算得:C1=323×4=1292平方米。

3. 固定生态公厕

按500米服务半径,并结合地形、人流、各分区功能进行综合测算,建设8个固定生态公厕较为合适,每个拟建建筑面积120平方米,8个建筑面积C2=8×120=960平方米。

4. 门卫值班室

值班室数量按两个主次入口分设2个计算,每个建筑面积60平方米,共计C3=2×60=120平方米。

5. 外部接待服务用房总面积

$S_{建外}$=Z1+C1+C2+C3=5648平方米

按照项目使用、规划和单体工程设计要求项目实际建设外部接待服务用房总面积5640平方米。

4.2.3 内部用房规模测算

1. 内部工作人员数量

内部工作人员数量按版纳植物园的实际建设经验进行预测,十年内景东亚热带植物园预计发展在编人员100人,其中固定编制30人,流动工作人员70人;科研人员70人,管理工作人员40人。

2. 科研用房建筑面积

(1)科研用房

按照《科研建筑工程规划面积指标》的规定,植物学科各类用房人均综合面积指标取62.5m²/人,其中:科研用房25.63~29.37m²/人,科研辅助用房16.88~19.37m²/人,公用设施3.75~5.0m²/人,行政及生活服务用房11.25~13.75m² 人。

项目建设科研人员数量按 10 人取，人均指标按 62.5m²/人取。共可建设科研用房 625 平方米。

(2)生物多样性场馆

生物多样性场馆主要包括用于室内展示亚热带植物多样性和保护区保护动物生活场景的远程传输图像科普宣传的生物多样性博物馆和植物标本馆，同时包括用于植物科学研究的形态解剖实验室和种子库。其中形态解剖实验室和种子库按需要建设建筑面积 1000 平方米,植物标本馆和生物多样性博物馆按需要规划建设建筑面积 2000 平方米。

(3)科学家流动公寓按项目使用、规划和单体工程设计要求,项目实际建设科学家流动公寓总面积 6000 平方米。

3. 办公及职工生活用房建筑面积

(1)办公用房

按照《党政机关办公用房建设标准》的规定,项目单位建设等级属三级办公用房, 编制定员每人平均建筑面积为 8~16 平方米,使用面积为 10~12 平方米。

项目建设工作人员数量按 40 人取,人均指标按 18m²/人取。共可建设办公用房 720 平方米,用于办公及园林维护管理用房。

(2)职工生活用房

a.食堂

按照《饮食建筑设计规范》JGJ64-89 的规定,食堂餐厅最小使用面积 0.85m²/座,中餐厅的餐厨比为 1：1,使用面积系数取 0.6,食堂每座建筑面积指标计算得 2.8m²/座。

就餐工作人员数量按 40 人取,人均指标按 2.8m²/人取,共可建设食堂用房 112 平方米。

b.宿舍

按照《宿舍建筑设计规范》JGJ36—2005 的规定,单间最小使用面积 16m²/人,使用面积系数取 0.6,宿舍每人建筑面积指标计算得 27m²/人。

住园工作人员数量按 40 人取,人均指标按 27m²/人取,共可建设宿舍用房 1067 平方米,用于住园工作人员和流动人员住宿用房。

4. 内部用房总面积

$S_{建内}$=625+6000+3000+720+112+1060=11517 平方米,按照项目使用、规划和工程设计要求,项目实际建设内部用房总面积 11500 平方米。

4.2.4 项目建设总建筑面积

$S_{建总}$=$S_{建外}$+$S_{建内}$=5640+11500=17140 平方米

第五章 总体布局规划

5.1 建设规模与内容

5.1.1 建设规模

根据景东亚热带植物园的规划定位、目标、要求和国内外植物园建设实践经验,项目主要建设规模与内容为规划总用地面积 862.43 公顷,合 12936.45 亩,其中:建成就地保存区、植物专类园区和科研试验区三大植物园核心园区即 23 个小园区共计 740.35 公顷,合 11105.25 亩;植物园辅助园区和保留改造园区 122.08 公顷,合 1831.20 亩。收集保存物种 5000 种,其中:就地保存 1160 种,植物专类园区迁地收集保存 3840 种。

云南拟单性木兰(国家二级保护植物)

具体如下:

(1) 建设就地保存区即原生植被保存复苏区,规划用地面积 231.16 公顷,就地保存物种 1160 种,迁地收集保存物种 440 种。

(2)建设珍稀濒危植物、樟科植物、裸子植物、壳斗科植物等 4 个收集保存园区,规划用地面积 106.40 公顷,迁地收集保存物种

700 种。

(3)建设兰园、岩石、竹园、木兰、杜鹃园、民族植物、进化系统、基础教学、观果植物、药用植物、经济林木、水生植物、山茶、纪念植树、兰园等 14 个特色展示园区,规划用地面积 198.87 公顷,迁地收集保存物种 2700 种。

(4)建设科研、苗木繁育试验、引种试验驯化、科学家活动中心等 4 个科研试验园区,规划用地面积 203.92 公顷。

(5)建设综合管理服务区,规划用地面积 20.36 公顷,提供植物园正常运行所需的基本服务和管理功能。

(6)改造建设居民新村,规划用地面积 29.1 公顷,改善规划园区内现有 72 户居民的生活、生产条件及环境,使之与未来园区景观协调。

5.1.2 建设内容

(1)物种收集与专类园区建设工程:就地保护区、植物专类园区和科研区等植物园核心功能区建设。

(2)基础设施工程:水、电、路及环卫、综合防灾等工程建设。

(3)园林景观工程:景观节点及园林建筑、景观廊道、绿化、广场及小品等工程建设。

(4)综合管理服务设施工程:管理、办公、生活用房,接待、服务用房及生物多样性场馆和科普展示、标示系统等工程建设。

(5)居民新村建设工程:新农家园环境整治和拟建备用地的建设指导。

5.2 功能分区与布局结构

5.2.1 功能分区

根据项目建设定位、总体目标及概念性总体方案结合现状资源、地形条件和建设内容等,遵循地域空间成片性、管理政策类同性及实施可操作性原则,进行景东亚热带植物园功能区划。项目分大区——亚区——小区四级结构为区划系统进行分区规划,共形成 5 大主题区 2 亚区 28 小区。具体区划系统图如下:

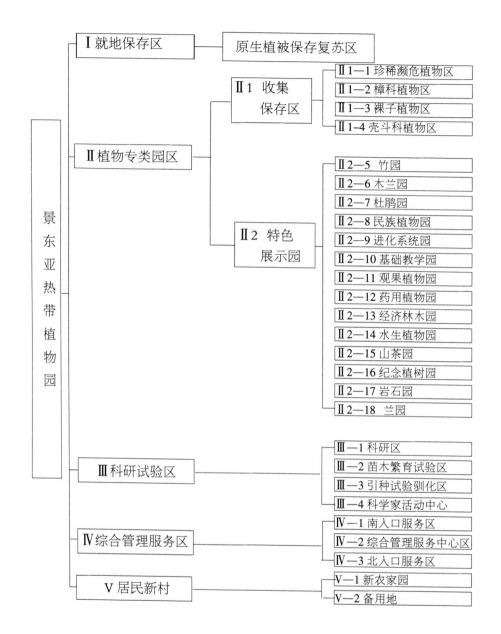

5.2.2 布局结构

根据功能区划结果,结合现状用地条件、地形地貌、气候特征、生态景观等各项因素,从保护自然环境,实现项目的可持续发展的角度出发,规划区的结构为"一轴、两片、三心、五区"的形式。

一轴:哀牢山支脉罗伟田大山纵贯园区中部形成的园区主体

建设发展轴线；

二片：罗伟田大山将园区自然分为东西两个片区。东部为专类收集展示建设片区，西部为就地保存建设片区；

三心：南部综合管理服务中心、北入口管理服务中心、中部科学家活动中心。

南部综合管理服务中心。含南入口服务区和综合管理服务中心区。通过南部主入口停车、售票、引导、疏散功能和综合管理服务中心区驻足、分流、接待、服务、管理、办公、后勤等功能形成的项目工程设施建设重点。

北入口服务中心。通过北部次入口停车、售票、管护功能和科研试验区科研、试验、管理、办公、后勤等功能形成的项目工程设施建设重点。

中部科学家活动中心。通过中部科学家流动公寓，提供科学家交流、休息、研讨场所等功能形成的项目工程设施建设重点。

五区：全园由五大主体功能区即原生植被保存复苏区、迁地收集保存区、科研试验区、综合管理服务区和居民新村五个空间构成。

1. 就地保存区

位于园区东北部，为园区内集中分布的自然森林，属典型的云南亚热带季风常绿阔叶林类型，是保持植物园地带性植被特征的典型区域范围，以保护和培育原有植物类型、控制人为活动为目的的植物园重点区域。

2. 植物专类园区

位于园区西部，是凸现景东亚热带植物园物种收集、分类建设的区域范围。是植物园以物种收集、保存、提供科普教育活动为目的的植物园重点区域。

3. 科研试验区

位于园区西北部，是植物园科研试验、科学家及科研人员生活和办公区域及植物园种源保存、苗木繁育和储备、增扩、发放园区植物的重要场地,也是引种植物种子萌发、幼苗培育研究重要的试验场地。

4. 综合管理服务区

是植物园为科考、学习和观赏、游览等不同的人群及内部使用提供各项综合管理服务功能的重点建设区域,包括南入口服务区、综合管理服务中心区及北入口服务区。服务区功能以基本接待、服务和管理功能为主。

5. 居民新村

以园区内西北部现有下罗伟田村为主,集中保留原住民民居,进行环境整治的新农村建设区域。结合植物园的发展,挖掘民族文化、民俗风情,开展观光农业、经济林果等观光服务及参与性农事体验服务,改善居民生活条件,增加居民收入,发展成为与植物园建设协调的具有民族特色的社会主义新农村。

第六章 分区建设与土地利用规划

6.1 分区建设

园区规划总面积 862.43 公顷,合 12936.45 亩。在现有规划范围内,大多数土地属于自然森林、人工思茅松林地,农业用地较少。依据亚热带植物属种间不同的生物学特性、园艺特色、培养要求以及科研、学习、观赏游览等建设要求和目标,园区规划设计"五大主体功能区"。

1. 就地保存区

(1)建设的作用与特点

①呈现亚热带较典型的温暖性常绿阔叶林相特征,含森林类型;

②哀牢山、无量山国家级自然保护区延伸至中低海拔森林类型种质资源库;

③在 200 多公顷范围内保护原生植物物种 1200 余种;

206

④呈现亚热带森林对生态环境和地方经济发展良好的功能作用。

(2)建设主题。

该区为园区内集中分布的自然森林，属典型的云南亚热带季风常绿阔叶林类型,面积 200 多公顷,海拔 1225~1882 米,垂直分布明显,物种丰富,初步调查已记录 1160 余种本地植物,包括壳斗科、山茶科、樟科、木兰科、杜鹃花科、兰科等重要类群,以及一些国家级重点保护植物种类。

该区一方面以就地保护方式为主保存弥足珍贵的南亚热带季风常绿阔叶林类型及其生物多样性,同时为植物园开展地带性植被修复研究、林分内专类植物物种包括濒危植物的种群重建、种群增强等迁地保护研究提供科研平台。

2. 植物园专类园区

(1)建设的作用与特点

①亚热带植物主要植物种质资源收集保存;

②亚热带植物主要科属物种组成的体现;

③显示云南亚热带特色植物景观及其价值;

④科研科普教育体验及教学实习园功能。

(2)建设主题

作为重点植物收集保存区和特色展示区建设的部分,是凸显景东亚热带植物园物种收集与分类建设特色的核心园区。

①珍稀濒危特有植物收集区

研究和保护稀有濒危特有植物是生物多样性保护的重要任务。我国西部亚热带常绿阔叶林除了在适应不同干湿环境所体现的生态特征、具有不同区系组成等方面,与东部亚热带常绿阔叶林表现出较大差异外,还拥有大量的特有物种,成为西部独特森林类型的明显标志。根据初步统计,景东县所处无量山、哀牢山区域,有特有属 27 个,特有种 67 个,并具有较多的稀有濒危物种,已列入国家级保护植物的有 30 余种,属国家重点保护兰科、苏铁科等植物 100 多种。

规划收集保护景东翅子树、喜树、白菊木、兰科植物等稀有濒危特有植物及国家级保护植物 100 种。该区面积约 128 亩,海拔 1300~1400 米,位于园区北部靠近罗伟田大箐,并与苗圃及科研管理区相邻,便于濒危植物观测管理,属项目第二期建设内容。

②壳斗科植物收集区

壳斗科植物是我国南亚热带常绿阔叶林特别是云南季风常绿阔叶林的主要代表科之一,是重要的淀粉和用材类植物资源。全世界约有该科植物 900~1000 种,中国分布 294 种,规划收集保存 150 种,收集以石栎属(*Lithocarpus*)、栲属(*Castanopsis*)、栎属(*Quercus*)、青冈属(*Cyclobalanopsis*)等植物种类为主,保存基因资源。

该区规划面积约 642 亩,海拔 1400~1650 米,有多种坡向,是本地区壳斗科植物适宜的生长环境。

该区为我国南部南亚热带常绿阔叶林特色分类类群专类园,属项目第二期建设内容。

③樟科植物收集区

樟科植物是我国南亚热带常绿阔叶林的主要代表科之一,是重要的香料、化工原料、用材和药用植物资源。该科全世界约 2000~2500 种,中国分布 445 种,规划收集保存 300 种。收集以樟属(*Cinnamomum*)、木姜子属(*Litsea*)、润楠属(*Machilus*)、楠属(*Phoebe*)等为主,保存基因资源。

樟科植物更多分布于我国东部亚热带常绿阔叶林中,所需生境相对偏湿。项目规划樟科植物收集区面积约 482 亩,海拔 1350~1600 米,靠近瓦伟河及罗伟田大箐,并在罗伟田大箐方向与残留的自然森林斑块(规划为备用林地)相连接,环境较为湿润。

该区为我国南亚热带常绿阔叶林特色分类类群专类园,属项目建设第二期内容。

④山茶科植物收集园

山茶科植物是我国南亚热带常绿阔叶林特别是云南季风常绿阔叶林的主要代表科之一,是重要花卉观赏、药用、食用油料和食品等植物资源。该科全世界约 600 种,中国分布 274 种,规划收集保存 150 种(含重要观赏品种)。收集以山茶属(*Camellia*)、木荷属(*Schima*)、柃木属(*Eurya*)等为主,在保存物种基因资源的基础上,同时适当收集重要观赏品种,通过精细造园展示优美的观赏特性。

山茶科多数具观赏特性的种类属于小乔木或灌木类,占地面积相应较少。规划该科植物收集区面积约 310 亩,海拔 1300~1450 米,坡向偏西向,地形为平缓坡地,视野开阔,是项目建设的主要科普观赏园之一, 也为我国南部南亚热带常绿阔叶林特色分类类群专类园,属项目第一期建设内容。

⑤木兰科植物收集园

木兰科植物是我国南亚热带常绿阔叶林主要代表科之一,是重要的园林观赏、绿化、用材和芳香油料植物资源。该科全世界约 300 种, 中国分布 108 种, 规划收集保存 60 种。收集以木兰属(*Magnolia*)、木莲属 (*Manglietia*)、含笑属(*Michelia*)等为主,保存基因资源,并通过精细造园展现其优美的观赏特性。

与樟科相似,木兰科植物更多分布于我国东部亚热带常绿阔叶林中, 所需生境相对偏湿。项目规划木兰科植物收集区面积约 807 亩,海拔 1350~1500 米,南端靠近小干河规划建设的园林水体区, 北端接罗伟田大箐方向残留的自然森林斑块 (规划为备用林地),生境较为适宜。

该区为我国南亚热带常绿阔叶林特色分类类群专类园,属项目建设第一期内容。

⑥杜鹃花园

杜鹃花科植物是南亚热带常绿阔叶林灌木层分布的主要类群之一,是重要的园林观赏和药用植物资源。该科全世界约 4000 种,中国分布 980 多种, 规划收集 150 种。收集种类以杜鹃花属

(*Rhododendron*)、越橘属(*Vaccinium*)、树萝卜属(*Agapetes*)、珍珠花属(*Lyonia*)等为主,保存基因资源,并通过精细造园展现其优美的观赏特性。

杜鹃花科植物主要分布于高海拔地区,所需生境偏阳,园址内海拔 1700 米以上西坡有大面积马缨花等杜鹃花科植物分布,1300 米以上偏阳环境中有大量越橘属植物分布。规划该科植物收集区面积约 443 亩,海拔 1250~1550 米,地形为平缓坡地,坡向西南偏阳性,土壤酸性到微酸性,生境基本适宜。收集区内具有一条由北向南汇入小干河的季节性支流, 地势较低, 规划设计为药用植物区,杜鹃花科收集区沿此支流东、西两坡向上延展布置,属项目第一期建设内容。

⑦岩生植物园

岩生植物园是根据物种的生物——生态学特性适宜于岩生生境而规划设计的生态类型园,收集以草本植物、宿根植物、多浆植物以及适应石生生境的小灌木等为主植物种类,保存基因资源。

岩生植物多数植株较为矮小,或为覆地植物,形状多样,其叶、花、果的色泽、质感有极其丰富的多样性,季相变化也十分明显。通过精细造园布置不同岩石环境与植物种类、植株体量的多种组合,能在空间和时间上展现出撼人心魄的奇幻景观。

根据调查,项目园区内已有分布的岩生植物种类繁多,包括苦苣苔科(*Gesneriaeeae*)、兰科(*Orchidaceae*)、龙胆科(*Gentianaceae*)、姜科 (*Zingiberaceae*)、虎耳草科 (*Saxifragaceae*)、部分禾本科(*Poaceae*)及杜鹃花科(*Eficaceae*)植物等,辅以适当引种本地区野生种类及国内外较好岩生园的适宜种类, 即可实现该收集区的规划目标。规划收集植物 400 种以上, 收集区面积约 54 亩,海拔 1230~1280 米,位于小干河川河交汇处的小型岩石山体上,与主入口处"山水相映"景观小干河中部"飞瀑流泉"景观构成平面三点式景体,视觉上相互交联而又景色迥异,并与小干河南、北山坡布置的山茶园、杜鹃花园等形成立体景观,展示植物园园林造景的多样

210

性,属项目第一期建设内容。

⑧水(湿)生植物园

水(湿)生植物收集区是根据物种的生物——生态学特性适宜于水(湿)生生境而规划设计的生态类型园,多数水(湿)生植物具有较好的药用、食用和观赏价值。收集以荷、莲、菖蒲、泽泻等水生和水缘湿生植物,保存基因资源,并建造优美的水景观。

规划收集100种,收集区面积约44亩,主要布置位于小干河梯级水体中,属项目第一期建设内容。

⑨药用植物园

药用植物园是根据植物的利用价值而规划设计的资源类专类园,是植物园传统的物种收集对象。地区性药用植物园的建立,既为药用植物的进一步利用奠定种质资源基础,也为系统研究地方社群对植物利用的传统知识,进而发展新技术、减少对野生资源的过度取用创造条件。

规划收集保存具有药用价值的云南南亚热带植物500种,重点收集具有景东地区性特色的药用植物种类。规划收集区面积约118亩。该区位于一条由北向南汇入小干河的季节性支流两旁,由南向北地势逐渐提升,相对高差达200米,为沟谷和坡地地形,为不同生态习性的物种生存以及营造人工水、雾环境等均提供了较好的条件,属项目第一期建设内容。

3. 科研试验区

(1)建设的作用与特点

①亚热带植物繁育试验基地;

②亚热带植物引种驯化试验场所;

③学术交流实地考察场所。

(2)建设主题包括苗圃及试验地、科研办公区、科学家活动中心等,占地面积750亩。

科研区用地面积6.12公顷,合91.75亩,规划建于园区北端瓦伟河一侧,与园区主要的开放服务区域相对隔离,具有安静、安全和交通方便的特点。区内园林式建筑约 3600 平方米,是植物园进行科研实验、种子资源保存、科研人员生活和办公的区域,配备少量科学家流动公寓(约 20 套)和 40 人左右的办公室、种子资源库及科研实验室(包括形态解剖实验用房、植物档案与数字化管理用房、小型植物标本用房)。

苗圃繁育实验区和引种驯化试验区是植物园种源保存、苗木繁育和储备、增扩、发放园区植物的重要场地,也是引种植物种子萌发、幼苗培育研究的重要实验地。苗圃繁育试验区规划面积约 34.89 公顷,合 523 亩,位于北部科研区旁,引种试验驯化区规划面积约 113.24 公顷,合 1699 亩,位于植物园场区东南科研区,两大实验性苗圃拥有充足的实验地和种苗保存圃。

科学家活动中心占地约 49.65 公顷,合 744 亩,充分利用园址内呈南北向分布的山峰之间的平地和茂密森林,建设登高临远、幽静宜人的学术交流考察场所,向科研人员展示苍翠挺拔的亚热带树木和森林中各种野花野果。

4. 综合管理服务区

(1)建设的作用与特点

①提供植物园正常营林、森保、监测、科研、科普等活动组成的管理功能;

②提供来访者(科学家、观光游览人员)的接待服务功能;

③提供来访者(科学家、观光游览人员)和园区职工生活条件;

④科普教育展示场所。

(2)建设主题

综合管理服务区包括由南入口、综合管理服务中心区、北入口构成的服务管理区。

综合管理服务区占地面积约 20.36 公顷,合 305 亩,入口服务区主要规划建设入口停车、售票、观景、问询、休息、分流等功能设施;区内主要规划建设综合管理服务中心、接待服务中心、内部员工生活用房等;以室内展馆形式建设生物多样性博物馆,利用标本、图片、影片等方式向公众展示本地区,包括无量山、哀牢山国家级自然保护区内动物、植物等生物多样性特色,并在无量山保护区对黑冠长臂猿生活区多点架设不间断自动摄像系统,通过无线和网络远程传输进入展馆,向公众实时传送黑冠长臂猿活动场景,扩大黑冠长臂猿及其保护的公众影响,以新的技术和理念深入开展科普宣传和环境教育。

5. 居民新村

(1)建设的作用与特点

①通过环境整治提供需要的山村闲居功能;

②拟启用备用地建设提供生态农业林果观光体验功能。

(2)建设主题

居民新村包括新农村家园和拟建现代农业林果观光园区。按新农村建设政策保留现有村舍并对其进行环境整治,含美化、净化、绿化"三化"建设和必要的水电路配套基础工程建设;拟在备用地区域,按新农村建设政策,在植物园指导下,有序开展板栗、核桃、柑橘等经济林及林农混交生态农业观光体验园。

6.2 建设土地利用规划

6.2.1 五大主体区功能建设用地指标

五大主体功能区建设用地指标见下表。(详规划功能分区图)

主体功能分区经济技术指标表

序号	分区名称		面积(ha)	备注
1	Ⅰ就地保存区		231.16	植物园核心园区
2	Ⅱ植物专用类园区		305.27	植物园核心园区
	其中	Ⅱ1收集保存区	106.4	
		Ⅱ2特色展示区	198.87	
3	Ⅲ科研试验区		203.92	植物园核心园区
4	Ⅳ综合管理服务区		20.36	植物园辅助园区
5	Ⅴ居民新村		29.1	保留园区
6	其他		72.62	
7	总用地面积		862.43	

6.2.2 分区建设用地分配指标

序号	名称	用地面积 单位 : ha	比例 单位 : %
1	总园区	862.43	100.00%
2	Ⅰ就地保存区——原生植被保存复苏区	231.16	26.80%
3	Ⅱ植物专类区	305.27	35.40%
	Ⅱ1 收集保存区	106.4	12.34%
	Ⅱ1-1 珍稀濒危植物园	8.54	0.99%
	Ⅱ1-2 樟科植物区	32.13	3.73%
	Ⅱ1-3 裸子植物区	22.90	2.66%
	Ⅱ1-4 壳斗科植物区	42.83	4.97%
	Ⅱ2 特色展示区	198.87	23.06%
	Ⅱ2-5 竹园	12.63	1.46%
	Ⅱ2-6 木兰园	53.78	6.24%
	Ⅱ2-7 杜鹃园	29.51	3.42%
	Ⅱ2-8 民族植物园	3.82	0.44%
	Ⅱ2-9 进化系统园	5.20	0.60%
	Ⅱ2-10 基础教学园	1.56	0.18%
	Ⅱ2-11 观果植物园	6.38	0.74%
	Ⅱ2-12 药用植物园	7.68	0.91%
	Ⅱ2-13 经济林木园	43.37	5.03%
	Ⅱ2-14 水生植物园	2.92	0.34%
	Ⅱ2-15 山茶园	20.66	2.40%
	Ⅱ2-16 纪念植物园	6.00	0.7%
	Ⅱ2-17 岩石园	3.62	0.42%
	Ⅱ2-18 兰园	1.56	0.18%

		用地名称	用地面积	占比
4		Ⅲ 科研试验区	203.92	23.64%
		Ⅲ-1 科研区	6.12	0.71%
		Ⅲ-2 苗木繁育试验区	34.89	4.05%
		Ⅲ-3 引种试验驯化区	113.24	13.13%
		Ⅲ-4 科学家活动中心	49.67	5.76%
5		Ⅳ 综合管理服务区	20.36	2.36%
		Ⅳ-1 南入口服务区	4.09	0.47%
		Ⅳ-2 综合管理服务中心区	13.49	1.56%
		Ⅳ-3 北入口服务区	2.78	0.32%
6		Ⅴ 居民新村	29.10	3.37%
		Ⅴ-1 新农村园	7.29	0.85%
		Ⅴ-2 备用地	21.81	2.53%
7		道路用地	12.62	1.46%
8		其他辅助用地	50.53	5.86%
9		河流	9.47	1.10%

6.2.3 建设用地分类指标表

序号	名称		用地面积 单位:ha	地类(单位:ha)				建筑面积 单位:m²	备注
				林业用地	农用地	建设用地	其他用地		
1	总园区		862.43	772.88	21.81	58.27	9.47	17140	
2	Ⅰ 就地保存区-原生植被保存复苏区		231.16	231.16					
3	Ⅱ 植物专类园区		305.27	305.27				120	建筑功能为生态公厕
	其中	Ⅱ1收集保存区	106.40	106.40					
		Ⅱ特色展示区	198.87	198.87				120	
4	Ⅲ 科研试验区		203.92	192.46		11.46		8350	建筑功能主要为综合管理服务用房,生物多样性展馆及员工生活用房和生态公厕

215

序号	其中	分区	面积					建筑面积(m²)	备注
	其中	Ⅲ-1 科研区	6.12			6.12		2230	
		Ⅲ-2 苗木繁育试验区	34.89	34.89					
		Ⅲ-3 引种试验驯化区	113.24	113.24					
		Ⅲ-4 科学家活动中心	49.67	44.33		5.34		6120	
5		Ⅳ综合管理服务区	20.36			20.36		8430	建筑功能主要为综合、管理服务用房，生物多样性展馆及员工生活用房和生态公厕等等
	其中	Ⅳ-1 南入口服务区	4.09			4.09		180	
		Ⅳ-2 综合生理服务中心	13.49			13.49		8070	
		Ⅳ-3 北入口服务区	2.78			2.78		180	
6		Ⅴ居民新村	29.10		21.81	7.29		240	
	其中	Ⅴ-1 新农村	7.29					120	
		Ⅴ-2 备用地	21.81		21.81			120	
7		道路用地	12.62	6.80		5.82			
8		其它辅助用地	50.53	37.19		13.34			
9		河流	9.47				9.47		
10		用地比例(%)	100	89.62%	2.53%	6.76%	1.10%		

第七章　物种保护规划

7.1 物种保护方案

7.1.1 原生植被恢复保存技术方案

1. 技术路线

原生植被恢复保存技术路线见下图：

景东楠

216

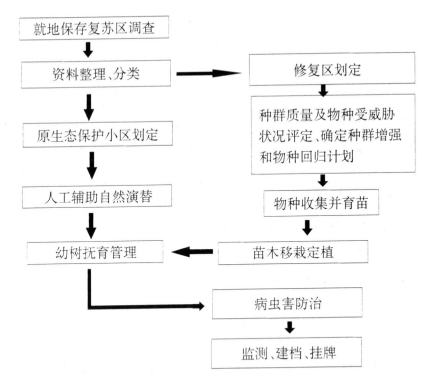

2. 技术方案及特点

对规划于园区内5000多亩的亚热带常绿阔叶林,采用原生植被恢复保存的技术方案,通过就地保护和受威胁物种回归两种方法,科学修复和保存云南海拔2000米以下亚热带地带性植被的完整性和植物物种多样性。本部分工作在技术上主要依托于版纳植物园森林生态学重点实验室及保护生物学研究中心相关研究组开展,同时积极引入国内外相关研究力量。

(1)就地保护方法及其技术特点:划定原生植被就地保护修复区,采取严格的自然保护措施进行管理;同时科学监测和研究植被动态和植物种群结构变化,针对周围大环境变化所造成的局域性干旱、水土流失、森林自然更新的种子萌发及幼苗生长不良等问题,采用病虫害防控、幼苗抚育、水土固定和补充等适当人工辅助手段,促进植物园内大面积原生常绿阔叶林植被的自然恢复和良好发育。

217

(2)受威胁物种回归及其技术特点:在原生植被就地保护修复区内,通过对植物物种受威胁状况及其种群数量动态监测研究,制定受威胁物种的优先补充与回归计划。对原本属于本地地带性成分但在本保护修复区内已不再有分布的物种,采用再引种同归方法,逐步恢复自然森林的物种构成。对区内种群结构遭受严重破坏、难以延续种群生存的物种,采用补充人工种苗的方法,增强种群遗传多样性,逐步恢复物种自然更新能力,最终达到森林植被自然修复的目的。

7.1.2 迁地收集保存技术方案

1.技术路线

迁地收集保存技术路线见下图:

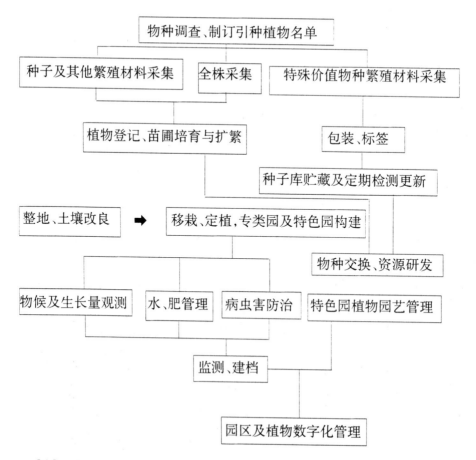

218

2. 技术方案及特点

植物园活植物迁地收集保存是植物多样性迁地保护的重要技术措施之一。其主要方法是在自然生境中采集植物的种子、幼苗、枝条等各类繁殖材料,在植物园中采用相应的种子萌发、扦插、组织培养等方法,形成活植株,再运用植物专类园方式保存到植物园规划的各个相应专类园区中,辅以适当的人工管理,达到使植物正常生长繁殖的目的,并最终实现植物的自我繁衍。部分重要的稀有濒危植物, 还将采用种子库技术等其他迁地保护技术进行种质保存。

(1)植物专类园区构建

植物专类园的设计与构建是活植物迁地保存的关键环节,其基本方法是根据植物物种的生态适应性及植物个体的生活与生长特性, 按照植物园的总体定位和物种保存目标, 将植物分别依类群、生态习性、地理分布区域、经济价值观赏特性、文化价值等划分为不同的物种保存区,构成收集保存区或特色展示区等保存区。各保存区采用群落型结构保存物种结构多样性, 并在一定程度上保存物种的遗传多样性。本项目规划建立的壳斗种植物收集区、樟科植物收集区等属于按植物分类群构建的植物专类园,岩生植物区、水生植物区等属于按植物生态习性构建的植物专类园。

(2)园区及物种数字化管理

植物园的植物从采集、繁殖、栽种移植、交换一直到植物生长、繁衍,均在植物记录系统中进行科学的管理,包括开花、长叶、高度、胸径等物候及生长量的定期观测,以便掌握园内植物的地理来源、遗传背景、生长动态,并对其生态适应性及相关性状进行科学评价。本项目将采用与版纳植物园统一的植物记录系统进行管理。同时,对全园区的植物进行数字化定位,形成园区及物种保存的数字化管理系统,保证植物园内所有物种和植物生长的动态监控。

(3)稀有濒危植物的种子库保存

采用低温、低含水量处理对植物种子进行保存是植物迁地保护的重要技术之一,可以在较小的空间内保存大量的物种。其基本方法是采用降温除湿设备及相关建筑材料,建造封闭的低温(4℃或-20℃)、低空气相对湿度(RH)为40%的空间,构成保存种子的种子库,目前国内外已有成型的温湿度可控的活动式冷库供应。将植物种子根据其贮藏特性适当降低含水量,密闭封装后放入种子库予以保存。种子库定期对所保存的种子材料抽样进行生命力检测,并根据检测结果确定种子材料的更新。云南南亚热带植物绝大多数种类的种子在贮藏特性上不属于顽拗性种子,适宜于种子库保存。本项目采用活动式冷库,对难以在园区立地条件下进行活植物迁地保护的稀有濒危植物采用种子保存。同时版纳植物园建有种子库,可互为备份,保障种子保存的安全性。

(4)植物园物种准入策略与植物引种的生态安全

把好植物园引种防御关口,制订科学的物种准入机制,依托版纳植物园等专业机构专家建立准确完善的物种分类鉴定与植物信息数字化管理体系,防止有害外来物种进入植物园。同时制定和严格执行苗圃种苗登记和管理制度,建立良好的隔离检疫机制,通过实验观测和有效隔离,消除有害物种的自然繁衍与蔓延,保障地区生态环境和生物多样性的安全。

本项目收集保存物种的核心类群是本地分布的野生种类,属于安全范围。对用于短期科研、教育等活动的其他类群植物,将严格禁止进入专类园保存区。而已明确属于入侵物种或具有入侵潜力的,以及需要施用杀虫剂等化学药品才能良好生长的植物,将严格禁止引入。

7.2 物种保护规划

项目建成后能有效地收集保存物种5000种,其中就地保存1160种,植物专类园区迁地收集保存3840种。规划建设能较大地提升园区内的森林植被覆盖率和培育能力,能将森林覆盖率由现在的55.57%提高到90%以上。具体建设指标详下表。

功能分区用地与物种收集一览表

序号	名　　称	面　积（公顷）	收集保存物种（种）		
			迁地保存	就地保存	小计
1	就地保存	231.16	440	1160	1600
1.1	原生植被保存复苏区	231.16	440	1160	1600
2	植物专类区	305.27	3400		3400
2.1	收集保存区	106.4	700		700
2.1.1	珍稀濒危植物区	8.54	150		150
2.1.2	樟科植物区	32.13	300		300
2.1.3	裸子植物区	22.90	100		100
2.1.4	壳斗科植物区	42.83	150		150
2.2	特色展示区	198.87	2700		2700
2.2.1	竹　园	12.63	300		300
2.2.2	木兰园	53.78	50		50
2.2.3	杜鹃园	29.51	150		150
2.2.4	民族植物园	3.82	300		300
2.2.5	进化系统园	5.2			
2.2.6	基础教学园	1.56	200		200
2.2.7	观果植物园	6.38	150		150
2.2.8	药用植物园	7.86	500		500
2.2.9	经济林木园	43.37	300		300
2.2.10	水生植物园	2.92	100		100
2.2.11	山茶园	20.66	150		150
2.2.12	纪念植树园	6.00			
2.2.13	岩石园	3.62	400		400
2.2.14	兰　园	1.56	100		100
3	科研试验区	203.92			
3.1	科研区	6.12			
3.2	苗木繁育试验区	34.89			
3.3	引种试验驯化区	113.24			
3.4	科学家活动中心	49.67			
4	合　计	740.35	3840	1160	5000

说明：物种保护名录详附件

7.3 设备购置

项目主要购置设备如下表

设备购置清单表

序 号	设备名称	单 位	数 量	备 注
1	园林管理			
1.1	草坪修剪机	台	1	
1.2	梳草机	台	1	
1.3	鼓风吹扫机	台	2	
1.4	油锯	台	2	
1.5	割灌机	台	2	
1.6	绿篱修剪机	台	2	
1.7	树枝粉碎机	台	1	
1.8	电动搬运车	辆	1	
1.9	拉货车	辆	1	
1.10	高空作业车	辆	1	
1.11	绿化喷洒车	辆	1	
1.12	打药机	台	2	
1.13	喷雾喷粉机	台	2	
1.14	枝剪	把	10	
1.15	高枝剪	把	2	
1.16	喷灌配件(电磁阀、各种喷头、水管)	套	1	
2	游览设施			
2.1	电动游览车	辆	4	
3	标本制作与管理设备			
3.1	移动式整体标本柜(10万份标本容量)	套	1	
3.2	除湿机	台	10	
3.3	空调机	台	10	
3.4	低温杀虫设备	套	1	自研制
3.5	标本烘干设备	套	1	自研制
3.6	台纸	张	若干	

3.7	枝剪	把	10	
3.8	高枝剪		2	
3.9	海拔表	只	5	
3.10	解剖镜	台	3	
3.11	体视显微镜	台	1	
3.12	解剖配件（针、锯等）			
3.13	放大镜	个	50	
3.14	望远镜	个	10	
4	植物与标本档案管理			
4.1	台式电脑	台	5	
4.2	激光打印机	台	2	
4.3	A4扫描仪	台	2	
4.4	植物档案信息系统（软件、英文系统）	套	1	自研制
4.5	标本信息管理系统（软件、英文系统）	套	1	自研制

第八章　景观工程规划

8.1 规划原则

(1)以景东县总体规划的布局思路为指导

植物景观和工程景观设计,无论是从整体上考虑,还是详细到局部,均要以总体规划划分的功能或立意为指导,以生物多样性保护和植物物种保存为基础,并以人为本,总体把握生态景观布局,合理安排植物园内各个景观细节。

(2)因地制宜,功能,适用,经济,美观

生态景观规划主要是为使用者的需求而考虑的,各种空间、色彩和尺度均须符合人性化。专类园区的建设满足植物园建设的技术要求;园区内的所有工程设施均按园林建筑和小品教学标志性和特征设计,园林配景植物选材因地制宜,以地方乡土植物为主,引入部分适宜的外来物种,丰富场区的绿化素材,并尽量在费用、空间和时间上精打细算。

(3)保护并利用原有良好的植被体系

在进行工程设施和基础设施建设的重点区域,尽量保留原有较好的植物、植被,并在原有基础上进行完善,形成综合项目区内部良好的自然景观。

水青树
(国家二级保护植物)

(4)强化山、水、树的概念,突出景东亚热带植物园的景观特征。

"山""水""树"是规划区最为重要的三大自然景观因素,规划强化山、水、树的概念,充分与规则区结合,使之渗透到规划区的方方面面。

8.2 规划结构

场区依托现有山体植被,结合各个分区的功能布局特点,形成规划区"**一核、两廊、多线、多点**"的整体景观系统。

一核:结合规划区西南部特色展示园区的植被分布和山地空间形成的植物园建设景观核心。

两廊:结合规划区中部哀牢山支脉罗伟田大山纵贯场区中部形成的绿色生态通廊和场区东西哀牢山和无量山自然保护区自然形成的景观视线通廊。

多线:结合场区自然植被和人为建设的植物专类园区形成的游走在场区内的多条景观脉络。

多点:结合场区内入口广场、下台、大桥、休息亭廊、建筑、管护和瞭望设施等形成的多个工程景观节点。

8.3 主要工程景观工程规划

1. 南部综合服务区

是南入口服务区结合综合管理服务中心区共同形成的综合服务区。为解决规划区主入口地形狭窄的问题,满足外部停车、分类、引导、商业服务和接待服务等功能,利用公路边到川河水边的滩涂空间、结合入口景观大桥引入综合管理服务中心区,共同形成的集功能性和景观性于一体的工程建设景现。(见效果图)

224

2. 科学家活动中心

以流动公寓为主结合休闲、医疗救助、观景平台等设施形成的较集中的工程建设景观。

3. 北入口服务区

以管护用房、入门拱桥、停车场等入口主要功能要素,兼顾科研区使用功能要求形成的工程建设景观。

4. 景观水体规划

通过整理河床和拦水及景观巴塘、水池等的建设,将区域内河流水面扩大造景,使得河流两岸大小山峰相映衬,其上有景桥飞渡,碧水长流,两岸青山永驻,山水相映,梯级水景灵动与肃穆同存,给人以非凡感受。

8.4 主要特色展示园区景观规划

8.4.1 岩生植物园

岩生植物园位于南部综合管理服务区以北,是一种旨在展现独特、优美的岩生植物的形态及其生境景观的植物专类园。植物配置以岩生植物为主体,色彩鲜艳的植物结合岩石生境,经过合理的规划,展示岩崖、碎石陡坡、峰峦溪流等自然景观和植物群落。

理想的岩生植物要具备喜旱或耐旱、耐瘠薄土、适宜在岩石缝隙中生长;植株低矮、生长缓慢、生活期长、抵抗力强等特点。同时,岩石园中种植的少数矮生乔灌木特别是常绿灌木,也要求具有上述特点,并为地表覆被植物起遮阴保护和陪衬作用。

中国园林的独特性在于传统文化所赋予植物的人文内涵。因此,除了岩石园不可缺少的岩石类植物,也可应用松、竹等植物,以其灵性和韵致提高意境美。岩生植物中有大量的宿根草本种类,养护简单,节省费用。适当布置陆生观赏蕨类的比例,与花境植物配植,会产生红花绿叶、相得益彰之效,更显色彩鲜艳。整个岩石园应以低矮的花草、灌木与山石为主,局部点缀小乔木作为上层植被。

8.4.2 水生植物园

水生植物区主要沿小干河流域建设,用于表现水体的自然景观。根据地形特点,依托自然环境建造水池,池内利用植物的遮掩,营造曲折变幻的效果。充分利用石材和水生植物的姿韵、线条、色彩等,力求模拟并再现自然景观,以水生、湿生植物造景为主题,借以丰富的地形地貌,展示了人工与天然相结合的园林景观,从而集中体现了耐湿、挺水、浮水、沉水等植物在湿地水域生态环境中所起的洁净水质、净化空气等的生态功能。水生、湿生植物所在的水边空间,将水域与陆地的景观融为一体,其在生态保护和环境美化中所起的作用是其他植物难以替代的,它们极大地丰富了园林的水体景观。此外,可以在水域环境较好,相对静僻的水域引入水禽等动物构建稳定的生态链。

水体的驳岸依据材料的不同,有多种形式,如土岸、石岸、木栅栏岸、混凝土岸等。生态驳岸的植物设计,应结合地形、道路、岸线的材料和整体布局,设计上远近相宜,疏密有致,野趣横生。岸边的植物配置宜选择耐水湿的树种,尤其是枝条柔细纤长的柳树等,软化硬质驳岸,再以开花灌木、藤本和草本植物掩映,显得别致有趣。生态的驳岸还应该有从岸至水的过渡空间,种植水生植物,为昆虫们设置多种生存环境。水中有堤、岛时,植物配置应当有特色和趣味,起到烘托和美化的作用。岸边有亭、台、廊、阁、榭等园林建筑,或有观花、观叶树种时,应当留出足够空旷的水面来展示倒影。

1. 天池探幽

运用小池处于整个植物园的低谷这一地理特点,在四周树木成林、花草丰富的环境下,运用置石、塑石、驳岸等景观处理方法并且充分利用园内天然池沼,营造出了幽静的"天池探幽"效果。

2. 深谷明泉

"深谷明泉"这一景点规划力求体现古典园林理水造景中的"水通意远,沟连全园"和"藏曲萦绕,莫辨来踪去迹"艺术境界。贯穿小干河,始终有一线清净明亮的汩汩泉水,却又使其若隐若现,时而隐于绿草丛中,时而跳跃眼前,为静谧的荫生园增添了无限的活力。

226

3. 横梁飞渡

在这部分的规划设计中，利用廊架遮荫来创造荫生环境，景观效果明显。廊架的设计形式不拘一格,有椭圆形、六边形、正方形、花瓣形、长廊形等,根据游览线路进行有机地布置,使其自然地把两岸的园区联系在一起,达到了最大面积的遮荫和最佳景观效果的要求。柱子和架子的设计元素有单柱、双柱、直线、弧线、放射状线,总体上满足协调性,从而展现出"横梁飞渡"的景观。同时攀缘植物栽植于柱子盘中,使得每个廊架翠意盎然,产生更好的遮荫效果。

4. 跌水

在水生植物区中，池水采用跌水形式顺流而下，从入口到出口,贯穿始终,别有一番意境。由于规划设计的地形特征为:显山、露水、平路。而水在整个植物分区和景观分区中起着纽带作用,如果是单纯的水景就会显得过于单一,通过人工营造"跌水"效果,从人工溪流过渡到自然溪流采用泉水叮咚的跌水把水生植物区的水景演绎到极致。

8.4.3 药用植物园

药用植物专类园指通过花园设计的手法，将具有观赏价值的药用植物布置于一定的区域，供展示和普及中药学知识及传统文化,并提供休息、观赏和游览功能的专类花园。药用植物专类园是以科学研究、保护、展示和教育为目的,并具有完整档案的药植物活体保育机构。其主体对象以药用植物为主,广义的功能应包括了植物园的所有功能,主要有植物多样性的迁地保护,即在植物园对稀有濒危、特有的植物物种和有重要价值的植物种质资源实行迁地保护;展示、教育与咨询;科学研究,植物园收集引种的植物可作为植物学和各相关学科研究的材料,提供研究基地。

从景观角度,植物选择时应注意掌握两个原则。首先要从园林绿化的角度出发,掌握其核心是"绿"的原则,要以常绿药用树木为主,如香樟、枇杷、女贞、桂花等。着力展现绿色植物群落改善环境的功能,创造更多的绿色覆盖面和遮挡面。其二,要根据当地的气候、水、土质特点,着眼区域环境因地制宜的原则,科学选用既美化又有保健作用的花木,按照园林规则,合理布局所植花木,可以按中医"五行"学说规划设计出对五脏六腑有益的人体植物群落,使其形成多层次、多品位的绿化体系,同时注意植物习性,尽量让其形成有规律、有功能、错落有致、美观得体的园林群落。既充分展现出植物绿化、美化的园艺效果,又让其发挥植物的药用保健作用。如银杏、石榴、腊梅等,都是对心血管有益的植物;常青的桂花、香樟、女贞、枇杷、玉兰花等是对心肺有益的花木;合欢、香椿等是对脑神经有益的树木。总之要因环境而宜,各类植物合理搭配,形成乔、灌、草,花、果、叶相结合的植物群落体系,达到融保健、科学、文化、艺术为一体的植物景观,以新观念、新方法建成具有良好保健型的药用植物专类园,为促进人们的身心健康发挥应有的效应。

建筑和园林小品通常都是规划设计中的点睛之笔。药用植物园与城市普通公园不同,植物是药用植物园体现地域性特色的最重要元素,但是,建筑和园林小品仍可以起到辅助性的作用。药用植物园中还可布置雕塑、浮雕、置石、亭廊、花架等景观要素,蔓篱式结合廊架配置各种药用藤蔓植物,如马钱、花蓼、藤萝、忍冬、凌霄、木通、南蛇藤、五味子、何首乌、拔契、络石、金银花、葛藤等。还可设置诸如本草馆等建筑,展示文字、图片、标本、实物等资料,普及科学和文化知识。

连韵门:位于药用植物专类园的南端大门区内,是药用植物专类园主入口的一个集散场地,药用植物专类园大门采用传统建筑。场地西南侧设立一个景壁,其上布置整个药用植物专类园的导游图及关于整个药用植物专类园创作主题思想的简介,使游人入园便对药用植物专类园的布局规划有所了解,感受浓厚的药物韵味。

忆贤大道:是进入药用植物专类园大门后的一条景观大道,在道路两旁设置古今名中医雕像,激发人们对贤医的追忆;通过中间规整有序的药用观赏植物圃和路旁疏理整齐的乔木树阵,更烘托了对贤医的崇敬之情。

本草苑:是以彝族传统建筑为要素的展示馆,位于药用植物专类园的西端,主要展示名贵药用植物的设施栽培和传统加工工艺。在展示馆内通过文字、图片、实物、影视等形式展示中医药文化的深刻内涵。

8.4.4 山茶科专类园

1. 山茶科专类园建设的原则

在建设山茶专类园时,景观规划将根据物种不同的特点、文化内涵以及观赏方式等来进行分析, 在系统性保存亚热带山茶科物种多样性的前提下,选择适当的植物种类,结合生态因素、景观因素进行合理搭配,其景观规划的原则应遵循以下几点:

(1)就地保护与迁地保护相结合的原则

在山茶科专类园的规划范围内,对已经存在的部分花卉植物,要进行保护, 在保护原有花卉植物的基础上增加拟保存的山茶科植物,达到建设物种丰富和高品质山茶科专类园的目的。对迁移种类细心观察并记录植物的生长与物候表现, 及时处理出现的各种问题,确保存活率与景观性状的体现。

(2)充分应用生态适应性原则

山茶科专类园主要以物种的分类系统和亲缘关系来收集和保存植物。在建设山茶园的过程中,同时还应充分考虑物种及其个体的生态习性与特征,根据生境特性适当引入伴生种类,做到合理的植物配置,丰富山茶科专类园的植物种类与数量。

(3)与园林景观相结合的原则

山茶科专类园在收集保存山茶科物种的基础上, 还要利用多数山茶科植物所具有的绚丽的观花特性, 特别是以茶花为主美化园林布局,利用这些物种营造出优美的园林环境,向人们展示"人与自然"和谐相处的优美画面与云南亚热带深厚的山茶植物意蕴。在山茶园的规划中,其所收集与栽培的物种都应是与园林景观相结合,从而达到物借景势、景借物势。

2. 山茶专类园的景观规划

山茶园规划面积 310 亩,海拔 1300~1400 米,坡向偏西南,地形为平缓坡地,视野较好。山茶专类园的景观布局以茶花为基础,在对茶花进行栽种时,要充分掌握茶花的景观效果,为其配置其他的植物种类,从而丰富、完善茶花专类园的布局特色。茶花是常绿阔叶灌木、乔木或小乔木,茶花花瓣为单瓣或重瓣,花朵色彩鲜艳,有白色、红色、紫色、黄色等,茶花的树姿优美,可孤植、群植和丛植。因为茶花多为冬天开花,花期长,叶常绿,即使在高大的树冠下也可健康地生长。同时茶花还可以盆栽,也具有很高的观赏性。这些都是茶花的景观效果,在栽种茶花的过程中,一定要按照园林景观的分布,采用合理的景观效果与其他景物及自然环境融合,并配置以其它生态习性相似的或有亲缘关系的植物进行搭配,真正做到合理地利用每一处资源,体现"人与自然"和谐、统一的美丽画面。

山茶专类园的景观建设,不只是茶花的简单栽种,还有对园林景观充分合理的利用。所以,在建设山茶专类园时,应依照园林所具有的景观来进行景点设计。将茶花与其他的植物与景观进行合理的配置,以便能营造出中国式的园林景观。可以根据园林地势的走向,设计一些便于游人观赏景色的景点。例如,在园林中地势较高的地方可以设计一些绿草覆盖的观景台地,站在这些台地上,可以将园林之中的大部分景色一览无余,让人们体验"会当凌绝顶,一览众山小"的美妙感觉。在园林的中心区域,还可以建立植物障景小型池塘等传统的观赏景点,以自然式的植物障碍和池塘将这些不同主题的景点进行视觉与感官上的分割或连接,划分出一条条的"曲径通幽"的小路,让身在其中的来访者们有"峰回路转"的感觉。在山与山之间设置不同的种植带或种植池,形成远近皆可观、错落有致、层次分明的景点,体现出缀满茶花的山茶科专类园的群体美。

8.4.5 杜鹃花专类园

杜鹃花在园林上的应用形式丰富多彩,既可盆栽,也可地栽,更可以制作千姿百态的盆景、盆花供人们观赏娱乐,坛、花境、花带或花丛则可营造花篱、花墙、花山甚至花海的丰富园林植物景观。杜鹃花姿态各异,乔灌木的树形有伞形、圆球形、半圆形等,或高耸入云、潇洒挺拔,或纤巧秀丽、平和悠然,不同姿态的树种给人以不同的感觉。

杜鹃花专类园在景观上规划建设为以种植或收集杜鹃花科为主的花卉专类园。由于杜鹃花种类繁多且有很大观赏价值,通过营建专类园的形式展示其丰富程度具有极大的公众吸引力。杜鹃花专类园具有植物种质保存、科学研究、科普教育、游览观赏等多种功能。

为了提高园林景观的观赏性和多样性,一般按不同杜鹃种类的生态要求,将花期相近的种类集中布置,并适当配置其它的园林植物。根据不同的形态,杜鹃在园林上可做多种造景。既可单株种植,也可丛植、群植或片植;既可做绿篱,也可做花墙;既可做花境,也可做地被。依园林造景的形式不同,可营建出花球、花丛、花带、花山甚至是花海的壮阔园林景观。

花树或花球:乔木或大灌木状的常绿杜鹃花,如云锦杜鹃、马缨杜鹃等,体形高大、枝干挺拔、花多、叶亮、冠形浓密且造型独特,可孤植于空旷的平地、山坡、草坪等,将能充分体现其巍峨、挺拔的树型美,花开时节,满树的杜鹃花,亮丽的风景更能成为视野的焦点。

枝繁叶茂、蓬径开张的大型杜鹃花灌木,可培育成圆球、半球、扁圆等形状,可单个或多个一组地种植在建筑物入口、园路交叉处、道路两边、草坪或树丛前,高低错落或连绵起伏,十分引人注目。

杜鹃花丛可散生于草坪山坡的自然旷野;可用于布置自然曲线型道路的转折点,使人产生步移景换的感觉;可点缀于小型院落及铺装场地(包括小园路、台阶等)之中。

杜鹃花群也可布置于开阔的草坪周围,以松、柏等为背景或上木,作为林缘、树丛、树群与草坪之间的联系和过渡。大面积造景,则应以灌木杜鹃片植为主,配以色块组合,以多取胜,突出杜鹃造景主体。

花篱或花墙:灌木状的杜鹃花可采用篱笆式的栽植成高低不等的花篱、花墙等。作为花篱、花墙种植的杜鹃花宜选择叶片小、枝节密、耐修剪、萌发力强的品种。花篱、花墙在园林绿化中常作为分界、屏障、背景之用。

花境:花境是借鉴自然风景中林缘野生花卉自然散布生长的景观,并加以艺术提炼而应用于园林景观布置的一种形式。即以树丛、树群、绿篱、矮墙或建筑物为背景的带状自然式花卉布置,不同种类的花卉以自然斑块状混交栽植,其边缘可以是自然流畅的曲线,也可以是直线,因所处环境的不同而异。杜鹃花可依种类和形态的不同,艺术配置成花丛、花带、绿篱、树群等,以松、柏等为上木,配置玉簪、石蒜、萱草、沿阶草、鸢尾等低矮的花卉种类,形成高低错落、疏密有致、前后穿插、花朵此开彼谢的景观,一年内富有季相变化,四季有花观赏。

花山或花海:通过成千上万的杜鹃花成片种植或较大规模的专类杜鹃种植,可营建出杜鹃花山、杜鹃花谷甚至是杜鹃花海的园林景观。

8.4.6 观果植物园

果实是植物的重要观赏特性,果实不仅增添园林中的色彩美,而且充满了丰收的喜悦。特别是在深秋和冬季,当树木的叶子已经脱落、花已经凋零时,鲜艳的果实成为植物园最引人注目的景观。运用园林设计、景观生态的理论来规划园区、布局各个景点,以果树为主,园林植物为辅,展现果园"春花夏荫秋实",形成"四季有花、三季有果"的植物季相群落生态景观。

观果园是观果植物汇集之地,主要以栽植具有观赏价值果实的树木为主,有红色果实的山楂、山里红、金银忍冬、枸杞、山樱桃、五味子、胡颓子、水榆花楸、桃叶卫矛、东北茶藨子;有白色果实的莲雾(蒲桃),有橙黄色果的南蛇藤、野柿,有黑色果实的稠李;黑紫色果实的接骨木、桑椹、杨梅;蔷薇科等一些种类具有特殊的蓝黑色果实,如欧李、蓝莓等。即使是同为红色果实也有深红、鲜红、橙红的区别,五彩的果实吸引游人前来观赏。

具体的造景可以采用以下手法:一是合理利用不同树种、不同品种的生物学特性,运用大棚栽培、延迟栽培等科技手段,确保果园三季有花、四季有果。二是运用整形修剪技术,创造出各种奇特的树形艺术形态,提高树体的观赏价值。三是运用各种嫁接手法,在同一棵树上嫁接不同品种,培养出一树多果的自然景观。四是运用人工授粉、水肥控制技术,培养出色泽艳丽的特大果实。

园中可以根据不同植物的习性,搭建不同结构、形态的廊架,上面爬藤,中间挂果,下面则可满足游人休憩、遮阴的需要。树下可以用山石堆叠成小品,既可独立成景,也可作为摘果台。

8.4.7 游览大道

道路在植物园中起到连接各个功能区,提供游览路线的作用。就道路的种类来说,植物园一般将道路分为三种,分别为主干道、次干道和步行道。

道路植物景观设计细则

(1)顺应地势,分割空间。植物空间合理划分,顺应地形的起伏变化,根据不同的地理条件和观赏要求配置。

(2)空间多样,统一协调。

(3)立体轮廓,均衡韵律。少数通行较多的道路以当地高大乔木类植物采用局部错杂而总体整齐的自然式布置于道路两旁,但园区道路景观总体上与所在专类园景观相协调,自然布置路边植物和植物群,使全园浑然一体,形成"虽为人作,宛如天开"的效果。

(4)一季突出,季季有景。园林植物的显著特色是其变幻有季节景观,设计得当,一年四季都有景可赏。

（5）增加绿化的人文性,选择具有象征意义的植物。

园区道路绿化选用观花、观叶、闻香的乔木为骨干树种,夏季绿阴环抱,冬季阳光普照,花艳叶丽,芳香四溢。开辟诸如梅影道、樱花径、紫薇弄、杜鹃路等专类特色观光游览道路,情景交融,引人入胜。根据道路的性质和功能,确定园林植物的种类与配置方式,如小道,可绿化为山花烂漫、鸟语蝉鸣、野趣横生的乡间小路;园区主干道,可选择色相对比不那么强烈,比较容易协调统一的乔木,如黄栌、五角枫、茶条槭、棉树等色叶树种到了秋季会变成红叶;而银杏、白蜡、鹅掌楸等则变成黄或黄褐色;这些树种彼此穿插在一起,能形成美妙的色差变化。

总之,要全面考虑植物在观形、赏色等方面的特性,注重植物的体量、色彩、质感等等,从艺术的角度合理规划,展现植物的个体美和群体美,突出地方特色,实现多样与统一,均衡与动感,节奏与韵律,体现"源于自然而高于自然"的意境,达到艺术美的享受。

第九章 综合管理服务设施规划

9.1 规划原则

1. 以植物园开放资源空间分布、内外功能分化、来访者的分类为依据,管理服务设施合理布局,相对集中,分级设置,形成完整的、多层次的服务系统。

2. 根据来访组织及不同人群停留情况,综合考虑交通、基础设施、物质供应等因素,合理选择各级游览服务设施设置地点。

3. 充分利用现有村落,以便配套完善和节约建设资金,同时有利于提高基础设施的利用率,通过项目的建设发展带动地方经济发展,提高当地居民的收入水平。

4. 在植物园区内设置的管理服务设施以不损害生态环境和景观质量为前提,不得对规划区造成水体和大气污染,建设要与自然环境相融合，成为具有一定地方特色和景观风貌的景观建筑群落或景观点。

5. 容量控制的原则：对位于植物园内的管理服务设施应以环境容量和高品质体验为依据，对管理服务设施总量进行控制，够用即止。

9.2 管理服务设施规划

规划区内管理服务设施分级按三级系统规划，即管理服务中心、管理服务部、管理服务点。

1. 管理服务中心

规划区的管理服务中心功能主要是为植物园正常运转提供停车、换乘、餐饮、住宿、医疗、救急等对外开放性的功能，可建设接待服务中心、停车场、生物多样性博物馆、宣讲设施及邮电通信设施。同时，又具备内部管理功能，负责植物园区的日常保护及各项功能设施维护，内部管理人员的食宿等。除此之外，还设有管理办公中心，结合停车、后勤保障等设施进行设计，位于项目区南部主入口景观大桥引入的第一个区域。

2. 管理服务部

具有相对完善的管理服务功能，可提供外部车停靠、售票、问询、餐饮、商业、公厕等服务。规划根据场区布局特点布置如下：

（1）南部主入口综合设置一处。

（2）北部次入口设置一处，此服务部与科研区管理办公用房接合设置，并可提供管护设施。

（3）中部科学家活动中心设置一处，此处服务部与防火瞭望台接合设置，并可提供瞭望设施。

3. 服务点

（1）具有较简便、单一的管理服务功能，主要提供来访者休憩、观景、饮水、公厕、环卫设施等，规划布局主要考虑节点、游走距离、环境因素等，在各个分区及节点布置若干服务点。

（2）各级管理服务设施的建筑规模应严格控制，其建筑风格应与周围自然、人文环境相协调,建筑体量宜小不宜大,建筑布局应采用分散组合式布局,建筑材料不使用瓷砖、玻璃钢等现代建筑材料。

9.3 标识牌系统

在整个园区内建设符合国际化要求的浏览文化要素,创造国际化的语言环境,加强各种标识牌和园区内公共信息符号的规范化建设,建立统一规范的双语和多语引导标识系统,包括全景图、导览图、标识牌、各园区介绍牌、警示型标识牌、公共设施解说物等,其造型应有特色,与景观环境相协调,标识牌和景物介绍牌设置合理。具体见下表。

标识牌系统分类表

大类	亚类	小类	数量
植物系统标本牌	分区说明牌	各专类园、特色园说明	34
	植物解说牌	植物类型说明	5000
	植物定名牌	植物名称来源说明	5000
	植物引种牌	物种引种管理标示	5000
吸引物解说	各区解说牌	各区名牌、各区介绍牌	47
	景观解说牌	植物景观、其他景观	30
管理与服务设施解说	功能指示牌	门票价格表、售票服务牌、生态厕所、商店、值班室、投诉电话、餐厅、多功能指示牌、停车场、火源、寄存、问讯	150
	导示牌	支游线示意图、位置示意图、出入口指示、景点方向指示、其他导示牌	60
	环保宣传牌	水深提示、请勿喧哗提示、小心财物提示、请勿乱扔垃圾提示、请爱护水体提示、来访者走失提示、其他提示	150

	安全提示牌	小心落石、小心坠落、小心路滑、小心碰头、注意安全	55
		防火警示牌	50
		公共信息图形标识牌	50
		导游全景图	2
		须知	20
道路交通指示	交通指示牌	内部交通指示牌	50
		外部交通指示牌	6
合计			15704

注：用于植物种源及观测研究类专业标牌未计。

9.4 建构物建设指标

根据建设内容量与规模测算结论，结合功能需要，景东亚热带植物园主要建构物建设规模指标见下表。

项目建设主要技术经济指标表

序号	建设项目		建设内容	结构形式	建筑层数	单位	用地面积 ha	建筑面积 m²	观景平台 m²	生态停车场 m²	森林瞭望台 座	气象站 座	桥梁 座
1	Ⅰ就地保存区-原生植被保存复苏区		合计				231.16						
2	其中	Ⅱ植物专类园区	合计				305.27	120		400	1		2
		Ⅱ1 收集保存区				m²	106.4						
	其中	Ⅱ1-1 珍稀濒危植物区	专类收集园区			m²	8.54						
		Ⅱ1-2 樟科植物区	专类收集园区			m²	32.13						
		Ⅱ1-3 裸子植物区	专类收集园区			m²	22.9						
		Ⅱ1-4 壳斗科植物区	专类收集园区			m²	42.83						
		Ⅱ2 特色展示区	生态公厕	框架	一层	m²	197.31	120			1		2
	其中	Ⅱ2-5 竹园	专类特色园区				12.63						
		Ⅱ2-6 木兰园	专类特色园区				53.78						
		Ⅱ2-7 杜鹃园	专类特色园区				29.51						
		Ⅱ2-8 民族植物园	专类特色园区				3.82						
		Ⅱ2-9 进化系统	专类特色园区				5.2						
		Ⅱ2-10 基础教学园	专类特色园区				1.56			200			

序号		分区名称	子项名称	结构	层数	单位	面积					
		Ⅱ2-11 观果植物园	专类特色园区				6.38					
		Ⅱ2-12 药用植物园	专类特色园区				7.86					
		Ⅱ2-13 经济林木园	专类特色园区				43.37					
		Ⅱ2-14 水生植物园	专类特色园区				2.92					
		Ⅱ2-15 山茶园	专类特色园区				20.66					
		Ⅱ2-16 纪念植物园	专类特色园区				6					
		Ⅱ2-17 岩石园	专类特色园区				3.62					
		Ⅱ2-18 兰园	专类特色园区				1.56					
		Ⅲ科研试验区	合计				203.92	8350		2000	2	1
3	其中	Ⅲ-1 科研区	小计			m²	6.12	2230				
			综合实验楼	框架	二层	m²		1610				
			职工生活用房	框架	二层	m²		500				
			生态公厕	框架	一层	m²		120				
			生态停车场	混凝土		m²				1000		
			气象站	框架	一层	座					1	
			桥梁	钢筋混凝土								1
		Ⅲ-2 草木繁育试验区				m²	34.89					
		Ⅲ-3 引种试验驯化区				m²	113.24					
	其中	Ⅲ-4 科学家活动中心	小计			m²	49.67	6120				
			流动公寓	框架	一层	m²		6000				
			生态公厕	框架	一层	m²		120				
			生态停车场	植草砖		m²				1000		
			森林瞭望台	框架	三层	座					2	
		Ⅳ综合管理服务区	合计				20.36	8430		21100		1
4	其中	Ⅳ-1 南入口服务区	小计			m²	4.09	180				
			门口监督室	框架	二层	m²		60				
			生态公厕	框架	一层	m²		120				
			观景平台	钢筋混凝土		m²			3000			
			生态停车场	植草砖		m²				12100		
			桥梁	钢筋混凝土								1

序号	区	其中	子区	项目	结构	层	单位	用地面积	建筑面积	停车场面积	瞭望台	气象站	桥梁
			IV-2综合管理服务中心区	小计			m²	13.49	8070				
				综合办公楼	框架		m²		720				
				接待服务中心	框架		m²		4560				
				生物多样性展馆	框架		m²		2000				
				员工生活用房	框架		m²		670				
				生态公厕	框架	一层	m²		120				
4	其中		IV-2综合管理服务中心区	生态停车场	混凝土		m²			8000			
		IV-3北入口服务区	小计				m²	2.78	180				
				门卫值班室	框架	一层	m²		60				
				生态公厕	框架	一层	m²		120				
				生态停车场	混凝土		m²			1000			
	V 居民新村			合计				29.10	240	1200			
5	其中	V-1新农家园		小计			m²	7.29	120				
				生态公厕	框架		m²		120				
				生态停车场	混凝土		m²			1000			
		V-2备用地		生态公厕	框架		m²	21.81	120				
				森林瞭望台	框架		座						
				生态停车场	混凝土		m²						
6	用地面积			总计			m²	862.43					
8	建筑面积			总计			m²		17140				
8	停车场面积			总计			m²			24700			
9	瞭望台			总计			座				4		
10	气象站			总计			座					1	
11	桥梁			总计			座						4

第十章 道路交通规划

10.1 外部交通条件

随着国家"桥头堡"战略、普洱绿色经济试验示范区项目等的实施,坐拥两个自然保护区的景东有着独特的地理、交通、发展的区位优势,要实现"无量景东"的区位条件,必须大幅度改善其对外交通条件,根据景东县"十二五"规划指标,与本项目相关的交通工程项目有:

(1)景东至普洱市方向(南)县城锦屏镇——臭水段120公里改建为高等级公路。

(2)景东至昆明方向(北)县城锦屏镇——南涧90公里改建为高等级公路。

景东县城至南涧——昆明的公路(S222省道)紧邻项目区西边通过与项目区隔河相望,通过园区南部入口大桥可引入项目区,项目区外部交通条件较为通畅便利。

10.2 规划原则

规划建设布局合理、流畅通达的道路系统和现代化交通设施;建设适应植物园发展要求的独立的道路系统, 同时跟城市整体路网协调统一。在进行道路交通规划时遵循以下几项基本原则:

(1)功能实用性原则

根据现状地形条件、功能分区的布局要求及主要景观节点的连接要求,以够用能用为准,合理选择线路,控制坡度和路宽,减小土石方工程量,最大限度地减少对山体、植被和生态的破坏,降低工程造价。

(2)统一性原则

结合现状用地条件,将用地布局、功能分区、生态景观三者统一起来对项目区道路交通进行组织、规划,形成相对独立的内部道路交通系统。

（3）承接性原则

项目区内部的道路交通与外部道路交通合理连接，加强项目区内外的联系、畅通。

（4）通达性原则

在保证相对独立的基础上，实现道路网的通达性，创造相对方便的交通环境，交通组织充分考虑植物园管理与来访的不同需求。

10.3 道路交通系统规划结构

场区依据现状山体植被，结合各个分区的功能布局特点，形成规划区"一纵、两口、四环"的道路系统组织结构，该结构组成园区内独立的道路交通系统，并覆盖全园区。

一纵：由园区西片贯穿南部综合管理服务中心区、中部植物专类园区和北部科研区的车行道形成的规划园区主干交通。

两口：分别指园区南、北两个主、次出入口。

四环：结合植物园功能分区布局、功能使用和景观形成要求，形成覆盖全园的四道路交通环路。

（1）一环：位于植物园西南部，覆盖综合管理服务中心区和特色展示区的连接、观光交通环路；

（2）二环：位于植物园中西部，覆盖收集保存区和科学家活动中心的连接、观光交通环路；

（3）三环：贯穿原生植被保存复苏区并连接收集保存区和特色展示区的森林巡护交通环路；

（4）四环：连接南、北入口滨水栈道形成的亲水湿地、森林、生态体验步行交通环路。

10.4 机动车道路

机动车道路主要指供机动车和电瓶车通行的园区之间的联系通路。

（1）南入口区——综合管理服务中心区：在项目南部，长0.3公里、7.0米宽的入口景观大道，含一座110米长、9米宽的景观大桥；

（2）综合管理服务中区——北部入门区：在项目西片区，长

10.2 公里、宽 5.5 米的规划园区主干道;

（3）综合管理服务中心区——观果植物园：在项目西南部，长 3.23 公里、宽 4.0 米的规划园区次干道（一环范围）;

（4）木兰园——备用地(拟建现代农业林果观光园)：在项目中西部，长 6.17 公里、宽 4 米的规划园区次干道（二环范围）;

（5）杜鹃园——竹园，在项目中东部，长 6.00 公里、宽 2.5 米的规划园区支路（森林巡护路）（三环范围）。

10.5 步行路线

滨水路线、分区之间没有车行道通过的和分区内的交通，采用步行道路连接的方式。步道建设应依山就势，避免对地貌造成破坏，步行道宽度 0.8~1.5 米，局部地段应架设栈道，铺设石板，并以人为本，在合理地点设置休息点。

（1）主要步道为连接南、北入口的滨水、科普、探秘、生态体验的步行栈道，总长度 5.5 公里;

（2）次要步道为功能分区间的联系步道，总长约 6.9 公里;

（3）其它步道为功能分区内的联系步道，总长约 8.1 公里。

第十一章　基础设施规则

11.1 基础设施规划原则

遵循"全面规划，分期建设;经济高效，综合协调"的原则，在总体规划的基础上合理布局，各项基础设施的规划与相应的来访者服务中心或服务点的规模相匹配、分散布置。工程设施应避开景观视廊，充分利用现有设施，保障规划目标的实现，达成社会效益、环境效益和经济效益的统一。

11.2 给排水工程规划

11.2.1 设计依据

（1）《城市给水工程规划规范》（GB50282—98）

（2）《城市排水工程规划规范》（GB50318—2002）

（3）《室外给水设计规范》（GB5013—2006）

（4）《室外排水设计规划》（GB50014—2006）

（5）《建筑设计防火规范》（GB5001—2006）

11.2.2 工程规划概况

园区距县城约20公里，远离县城市政供水管网覆盖范围，目前园区居住的约72户居民水源为山涧溪流。园区周边无适宜引水条件的水库或库塘，但园区边界的北面到西面分别由瓦伟河、川河围成，水源丰富，因此自建水源系统为水源地方案首选。

11.2.3 给水工程规划

1. 规划用水量预测

由于植物园用水方式和用水量的特殊因素，用水量按不同性质用水量指标确定，其中科研试验区、综合管理服务区，居民新村用水量指标参照《城市给水工程规划规范》（GB50282—98）选取，原生植被保存复苏区、迁地收集保存区用水量指标参照园林用水指标确定。经测算最高日实际用水量为2165m³（0.092m³/s），具体见下表。

植物园规划用水量预测表

序号	分区名称	面积（ha）	用水量标准 m³/ha·d	计量用水（m³/d）	系数	最高日用水量(m³/d)	kh	最大时间用水量(m³/d)
1	Ⅰ就地保存区——原生植被保存复苏区	231.16	10	2312	0.05	116	3.0	0.004
2	Ⅱ迁地收集保存区	305.27	20	6105	0.1	611	3.0	0.021
3	Ⅲ科研试验区	172.92	20	3458	0.1	346	3.0	0.012
4	Ⅳ综合管理服务区	20.36	20	407	1.5	407	3.0	0.021
5	Ⅴ居民新村	29.1	20	582	1.5	582	3.0	0.030
6	其他	103.62	10	1036	0.1	104	3.0	0.004
7	合计	862.43	42	36010		2165		0.092

注：表中总用水量不包含消防用水，上述用水量指标已包括管网漏失等不可预见水量，不再单独考虑管网漏失量；系数指各类园的轮灌系数。

2. 消防用水量

按同一时间火灾次数为 2 次，一次灭火用水量为 35 升/秒，火灾延续时间为 2 小时计，即 504m³。消防用水为常备水量，储存在山顶景观水池中，不计入日用水量。

3. 水源及供水方案

根据现状分析，水源选择紧邻园区西面川河作为供水水源，川河年平均径流量为 652.6 毫米（15.3944 亿立方米），旱季平均流量约为 5.6m³/s，雨季平均流量约为 95.6m³/s，水量满足本项目（0.092m³/s）要求。目前，水质川河符合饮用水水源水质标准，且上游无工业和大的居民区规划，水质稳定。规划在位于园区南入口处、川河西岸边建设净水站，选用 1000m³/d 全自动净水设备两台，设调节水池和泵房将净化后的水通过调节水池及多级泵站送至各区的高位蓄水池和景观水池，满足园区生产、生活、消防和景观用水。

4. 给水管网规划

在规划区内科研试验区、综合管理服务区和居民新区管网布置均以环状管网布置为主，支状管网为辅；原生植被保存复苏区和迁地收集保存区管网布置均以支状管网为主。管材采用球墨铸铁管或给水塑料管。科研试验区、综合管理服务区和居民新村内室外消火栓沿给水管间距不大于 120 米布置。

11.2.4 排水工程规划

1. 规划排水体制

排水工程规划范围为科研试验区、综合管理服务区和居民新区，根据环境保护要求，排水体制采用雨污分流制体系。

2. 雨水系统

（1）雨水量预测

雨水流量按下式计算

Q=VqF

其中：Q—雨水设计流量（升/秒），V—径流系数

q—设计暴雨强度（毫米/秒），F—汇水面积（公顷）

暴雨强度采用下列公式计算

q=(L/ha·s)

重现期 P 取 1 年,径流系数一般采用 0.5。

(2)雨水设施规划:雨水管网沿道路敷设,沿地势最终排入附近水体。

3. 污水系统

(1)规划预测污水量按照总用水量的 20%计算(项目浇灌用水不排放污水),即最高日污水量为 433m³/d。

(2)规划区污水采用自流收集,排入位于综合管理服务区中水站,经处理达标后用于园林绿化用水。

(3)规划区内污水不得直接排入河道,必须经处理达到《城镇污水处理厂污染物排放标准》(GBl8918—2002)标准中的一级 A 标准后方可排入河道。

4. 管材

根据中华人民共和国建设部第 218 号公告《关于发布〈建设部推广应用和限制禁止使用技术〉的公告》,管径 DN<500mm 时,采用排水塑料管;DN>500mm 时,可采用混凝土管及排水塑料管。

11.3 电力电信工程规划

11.3.1 电力工程规划

1. 用电负荷预测

规划区内用电主要以现状居民生活用电和园区生产、生活及设施用电为主。

居民及园区工作人员用电负荷采用每人负荷指标进行估算,用电指标根据《城市电力规划规范》(GB50293–1999)及当地实际情况确定。各分区用电量预测详见下表。

各分区用电量预测表

序号	建设项目		规模		用电负荷指标 (W/m²)	需要系数	用电负荷 (kW)
	项目	建设内容	单位	面积			
1	合计	小计	m²				1536.6
2	Ⅱ植物专类园区	生态公厕	m²	120	80	0.5	4.8
3	Ⅱ植物专类园区	森林瞭望台	座	1			1
4	Ⅱ植物专类园区	生态停车场	m²	400	3	0.5	0.6
5	Ⅲ-1植物专类园区	综合实验楼	m²	1610	80	0.5	64.4
6	Ⅲ-1科研区	职工生活用房	m²	500	60	0.6	18
7	Ⅲ-1科研区	生态公厕	m²	120	80	0.5	4.8
8	Ⅲ-1科研区	生态停车场	m²	1000	3	0.5	1.5
9	Ⅲ-1科研区	气象站	座	1			1
10	Ⅲ-4科学家活动中心	流动公寓	m²	6000	60	0.5	180
11	Ⅲ-4科学家活动中心	生态公厕	m²	120	80	0.5	4.8
12	Ⅲ-4科学家活动中心	森林瞭望台	座	2			
13	Ⅳ-1南入口服务区	门卫值班室	m²	60	60	0.6	2.16
14	Ⅳ-1南入口服务区	生态公厕	m²	120	80	0.5	4.8
15	Ⅳ-1南入口服务区	广场及观景平台	m²	2000	3	0.5	3
16	Ⅳ-1南入口服务区	生态停车场	m²	12100	3	0.5	18.15
17	Ⅳ-2综合管理服务中心区	综合办公楼	m²	720	80	0.5	28.8
18	Ⅳ-2综合管理服务中心区	接待服务中心	m²	4560	60	0.6	164.16
19	Ⅳ-2综合管理服务中心区	生物多样性场馆	m²	2000	80	0.6	96
20	Ⅳ-2综合管理服务中心区	员工生活用房	m²	670	80	0.5	26.8
21	Ⅳ-2综合管理服务中心区	生态公厕	m²	120	80	0.5	4.8
22	Ⅳ-2综合管理服务中心区	生态停车场	m²	8000	3	0.5	12
23	Ⅳ-3北入口服务区	门卫值班室	m²	60	80	0.5	24
24	Ⅳ-3北入口服务区	生态公厕	m²	120	80	0.5	4.8
25	Ⅳ-3北入口服务区	生态停车场	m²	1000	3	0.5	1.5
26	Ⅴ-1新农家园	社区管理服务房	m²	300	80	0.5	12

27	V-1新农家园	民居	m²	11520	60	0.6	414.72
28	V-1新农家园	生态公厕	m²	120	80	0.5	4.8
29	V-1新农家园	生态停车场	m²	1000	3	0.5	1.5
30	V-2备用地	森林瞭望台	座	1			1
31	V-2备用地	生态停车场	m²	200	3	0.5	0.3
32		水泵	台	15	30kW/台		450

以上负荷区同时系数 Kt=0.8,得园区总用电负荷约为 1229kW。

2. 电源规划

根据《景东县总体规划》,规划区用电均由周边 10kV 线供给。

根据以上负荷预测及功能分区,引入两条 10kV 线,一条从北部引入,一条从园区主入口处引入,每条以两回来形式引入,向园区供电。园区干道及巡护道路灯采用太阳能方式供电。

10kV 变压器装置本着小容量、多布点的原则,在负荷区域采用 10kV 箱式变电站供电,箱式变电站尽量设置在负荷中心,且进出线方便的位置,低压供电半径控制在 250 米以内,局部地段适当延伸至 300 米,但需保证额定电压压降不得小于 6%。

3. 电力线路敷设

为创造一个优美的园区空间环境,规划园区内高低压线路均以埋地敷设为主。埋地可采用电缆沟形式和穿管埋地形式。规划长距离 10kV 高压线采用沿规划道路穿管埋地的方式,各变压器低压出线采用电力电缆沟方式敷设,电缆沟采用有覆盖层电缆沟形式,覆盖层厚度 30 厘米;穿管埋地深度不小于 70 厘米。规划要求电力线的布置以不影响园区环境为原则。

4. 道路照明

(1) 照度要求:主干道平均照度取 20lx,次干道平均照度取 15lx,支路平均照度取 10lx;

(2)照明供电:园区主干道、次干道及支路灯照明采用太阳能和蓄电池方式供电;

(3)照明控制:主干道、次干道采用时钟及光电控制相结合,支

路采用光电控制;

(4)照明光源及灯具:道路照明采用 LED 光源,灯具主干道、次干道采用截光型灯具,支路采用半截光型灯具。

11.3.2 电信工程规划

1. 电话容量预测

考虑计算机互联网络的发展,规划考虑居住区 80 线/公顷,公共管理与公共服务区 100 线/公顷,道路与交通区域 10 线/公顷,绿地与广场 10 线/公顷。得园区需电话容量为 300 线,规划由县城引入——光缆中继线路。

2. 电信线路规划

规划沿道路理顺电信线路,要求电信线路以穿管埋地敷设为主。

3. 无线通信规划

加大 GSM、CDMA 无线通信信号覆盖范围,提高信号质量。规划近期覆盖各主要功能区,中期覆盖整个园区范围。

11.3.3 有线电视线路规划

近期在各村及办公区设置卫星电视地面接收电视信号,远期有线电视线路由公共有线电视网引入,实现有线电视光缆联网,开展数字电视服务。有线电视光缆可以电信线路并排综合埋地敷设。

11.3.4 宽带网络规划

整个园区采用光纤接入网 (OAN),对于规划期内的综合实验楼、综合办公楼、接待服务中心等网点采用光纤到楼(FTTB),光网络单元(OAU)设置于楼内。并采用综合布线系统,将语音、数据、图像及多媒体业务集中在同一系统上。对于生活区域和其他公共区域网点采用光纤到路(FTTC),光网络单元(OAU)可设置室外交换箱内。

11.4 环卫设施规划

11.4.1 垃圾收集设施设置

按照功能分区,园区内 28 个区各设环保型垃圾箱 2~5 个,共计设 80 个,另外在科研试验区、综合管理服务区和居民新区各设一个垃圾房。在各类道路上(含游道)每隔 100~200 米处设 1 个,科普参观者集中活动区可设 2 个。

11.4.2 生态厕所

公园共设置生态厕所 8 座, 主要供科普参观者使用, 厕所沿道路和科普参观者集中活动区均衡布设。生态厕所的设计, 外形上依据景东当地建筑风格特色, 将仿古建筑的一些设计元素融入到现代建筑设计理念中, 力求达到和整个园区的建筑风格和谐、统一又有所变化。功能上考虑残疾人专用卫生间, 力求做到以人为本的设计原则。每个生态厕所占地面积约 120 平方米, 整体通风、透气效果好。

11.5 综合防灾规划

园区防灾规划主要有: 防震、消防、防洪、防不良地质现象等内容, 结合园区实际的建设情况, 规划拟定以下几项主要内容:

11.5.1 防震规划

1. 抗震防灾规划设防等级

依照国家抗震设计规范, 本次规划以八级抗震烈度设防。

2. 规划目标

在遭遇相当于地震基本烈度(城市设防烈度)的破坏时, 能确实保障园区要害系统的安全, 保障震后生活的基本需要, 居住建筑和重要公共建筑不致造成严重破坏或倒塌。

3. 避震疏散道路

避震疏散道路的选择立足于现有道路的功能及交通能力, 重点保障需疏散人员及救灾物资快速、有效和安全地向避震疏散场地集中。要求遭到一定震级和烈度的地震时, 园区主要交通基本上能正常通行, 满足组织群众生活和生产的需要并能顺利通达园区对外出口。

4. 避震疏散场地

避震疏散场地的选择应坚持平时与震时相结合、就近疏散的原则。就地疏散时, 疏散群众基本上不远离自己的住所, 疏散场地可以利用广场、花园等符合要求的建筑物之间的空地、停车场等。无论是集中疏散地还是就地疏散场地, 都应考虑医疗、供水、供电。人均避难场地应大于 2 平方米/人, 住所或工作地距临时避难场地

249

不大于 500 米。

11.5.2 消防规划

1. 规划指导思想及原则

规划指导思想:应全面贯彻"预防为主,防水结合"的工作方针,使园区消防设施适应保障人民生命财产安全的需要。

规划原则:统一规划、完善体系、统筹兼顾、合理布局;完善更新各类消防设备;采取自救为主、专业人员及设备协同的消防体系;区内各重要建筑物,以预防火灾措施为主。规划建设中,需配套完善建筑物内部消防设备、通信、监视、监测、监控、集中控制系统。

2. 消防通讯

建立和完善的园区火警报传的专用有线通讯网络使火灾报警方便、快捷。

3. 消防给水工程规划:

消防用水主要依靠专业消防供水系统,并充分利用天然水体,完善火栓、取水平台、消防水池等消防供水设施,形成适应当地特点的消防供水体系,确保消防供水。建设园区供水管网、室外消火栓,消火栓设置必须满足规范要求,间距不大于 120m;主干道铺设供水管,其管径应为 DN200mm;采取措施保证消防供水压力,供水压力不足的地区,应视情况满足消防供水压力;适当结合园区山顶、调节水池等建设消防水池。

4. 消防通道

消防通道主要依赖于园区道路系统,为保证形成畅通的消防通道,需满足:完善道路网络,增加提高连通度;合理布局消防通道,宽度、间距、转弯半径等相关技术指标符合国家有关规定。

11.5.3 防洪规划

1. 工程防洪措施

在园区边界的北面到西面分别由瓦伟河、川河围成,南面有小干河在其中,洪水威胁主要来源于小干河及山脉,防洪措施采用工程防洪措施和非工程防洪措施。规划主要考虑以河道治理为主,河堤外种植林木以保持水土、稳定河岸。山脚下的工作和居住区路边应设置排洪沟,及时输导雨季的山洪,排洪沟力求顺直,就近排入水体。

2. 非工程防洪措施

对河道进行治理,加强沿岸的管理,对易堵塞的河段定期进行防淤清挖,禁止向河道内倾倒垃圾;在河流流域内植树造林,禁止乱砍滥伐,保持水土,增加植被覆盖率,减少径流泥沙含量,防止河床淤积。

11.5.4 规划区内不良地质灾害的防治

规划区总体上场地稳定,适宜建筑,暂未发现溶沟、溶槽、溶洞、落水洞、地下岩溶通道、地下塌陷等岩溶溶蚀现象,但规划设计时仍有必要时应进一步查明并处理。

第十二章 建设规划投资与资金筹措方案建议

12.1 编制说明

12.1.1 投资估算依据

(1)《云南省建设工程造价计价规则》(2013);

(2)《云南省建设工程消耗量定额》(2013);

(3)《云南省安装工程消耗量定额》(2013);

(4)《云南省建设工程措施项目计价办法》2013 版;

(5)《云南省施工机械台班费用计价办法》2013 版;

(6)已完类似工程技术经济指标;

(7)《建设项目投资估算编审规程》CECAGCl—2007;

(8)《基本建设财务管理规定》财建字(2002)394 号;

(9)《招标代理服务收费管理暂行办法》计价格(2002)1980 号;

(10)《建设工程监理与相关服务收费管理规定》发改价格(2007)670 号;

(11)《工程勘察设计收费管理规定》计价格(2002)10 号;

(12)《国家计委关于印发建设项目前期工作咨询收费暂行规

定的通知》计价格(1999)1283 号；

（13）《建设项目环境影响咨询收费标准》计价格(2002)125 号；

（14）建设单位提供的其他技术经济指标。

12.1.2 收费标准

（1）设备价格：凡属国家定型产品，均采用生产厂家的对外供货价格，非标准设备则采用估算价格，运杂费按设备原价的 5%计入设备造价内，不另行计收。

（2）建筑、安装工程依据 2013 版云南省建筑、安装工程消耗量定额和计价依据、当地现行材料预算价格及类似工程技术经济指标进行估算。

（3）工程建设其他费用中的工程勘察费、设计费、建设单位管理费等依据有关规定分别计收。

（4）预备费按工程费用+工程建设其他费用的 8.0%计收。

12.2 投资估算

项目建设总投资 61182.38 万元。

1. 建设投资按构成分列为：

（1）建筑工程费 32151.88 万元，占总投资的 52.55%；

（2）设备购置及安装工程费 5558.51 万元，占总投资的 9.09%；

（3）工程建设其他费 18939.96 万元，占总投资的 30.96%；

（4）预备费 4532.03 万元，占总投资的 7.41%。

2. 建设投资按建设内容分列为：

（1）物种收集与专类园区建设 18724.20 万元，占总投资的 30.60%；

（2）基础设施建设 10372.74 万元，占总投资的 16.95%；

（3）园林景观设施工程 5173.15 万元，占总投资的 8.46%；

（4）综合管理服务设施工程 3199.79 万元，占总投资的5.23%；

（5）居民新村建设 240.51 万元，占总投资的 0.39%；

（6）土地征用及补偿费 15523.74 万元，占总投资的 25.37%；

（7）其他费用(递延资产)3416.22 万元，占总投资的 5.58%；

（8）基本预备费 4532.03 万元，占总投资的 7.41%。

12.3 资金筹措方案

项目总投资 61182.38 万元。资金筹措如下：

（1）地方自筹解决资金 15523.74 万元(用于土地拆迁补偿)，占总投资的 25.37%。

（2）申请中央扶持资金与多渠道筹资解决资金 45658.64 万元，占总投资的 74.63%。

建设项目投资估算总表

序号	工程项目各费用名称	估算价值(万元)				技术经济指标			占总投资比例	备注
		建筑工程	设备及安装工程	其它费用	总值	单位	工程量	单位(元)		
A	B	C	D	E	F	G	H	I	J	K
一	第一部分直接工程费用	32151.88	5558.51		37710.39				61.64%	
(一)	樹种收集与专类园区建设	16296.57	2427.63		18724.20				30.36%	
1	园区建设				14480.00				23.67%	
(1)	原生植被修复				1600.00	ha	400	40000.00		原生植被中群增强与森林恢复
(2)	物种考察与引种				4200.00	种	300			含野外科考费用
(3)	植物育种与苗木扩繁				2400.00	万株	15	1600000.00		包括部分苗木购置
(4)	苗圃大棚				280.00	m²	400	700.00		每棚100m²,共4棚。
(5)	植物种植布置				3900.00	ha	650	60000.00		
(6)	小地形及土壤改造				2100.00	ha	300	70000.00		
2	科研管理	1816.57	2427.63		424420				6.94%	
(1)	土壤调查及数据采集	800			80.00	ha	650			

喜树(旱莲木 国家二级保护植物)

(2)	科研仪器设备		200.00		200.00	套	1		实验室基础仪器设备
(3)	监测塔架		200.00		200.00	座	5	400000.00	科研观测及数据采集用
(4)	气象观测站	20.00	60.00		80.00	座	1		气象数据采集构建数字化植物园
(5)	植物档案与数字化管理系统		5000		500.00	套	1		相关设备购置和软件构建
(6)	植物及导引标牌识别系统	200.00			200.00	套	1		
(7)	科普教育及解说系统工程		1200.00		1200.00	套	1		园区科普设施及环保导览车
(8)	功能用房	151657	267.63		1784.20				
①	综合实验楼	301.07	53.13		354.2	m²	1610	2200.00	框架结构
②	职工生活用房	93.50	16.50		110.00	m²	500	2200.00	框架结构
③	流动公寓	1122.00	198.00		1320.00	m²	6000	2200.00	框架结构
二	基础设施建设	8083.08	2289.66		10372.74			16.95%	
1	道路设施工程	4992.90			4992.90			8.16%	
(1)	机动车道	1472.30			1472.3				
①	景观大道	10.50			40.50	km	0.3	1350000.00	宽70米;水泥面层
②	园区主干道	765.00			765.00	km	102	750000.00	宽55米;水泥面层
③	园区次干道	582.80			582.80	km	9.4	620000.00	宽40米;水泥面层
④	园区支路	84.00			84.00	km	6.0	140000.00	宽25米;碎石面层
(2)	步行道	451.00			451.00				
①	步行栈道	121.00			121.00	km	55	220000.00	宽0.8-1.5米,含护栏
②	联系步道	330.00			330.00	km	15	220000.00	宽0.8-1.5米,含护栏
(3)	桥函	2625.00			2625.00				
①	南部入口景观大桥	2100.00			2100.00	座	1		长110米,宽9米,含引桥
②	北部入口连接桥	380.00			380.00	座	1		长30米,宽5米,含引桥
③	特色园小干河连接桥	80.00			80.00	座	1		长8米,宽5米
④	岩石园小干河连接桥	65.00			65.00	座	1		长8米,宽4米
(4)	停车场	444.60			444.60	m²	24700	180.00	生态停车场
1	给排水设施工程	612.00	1086.90		1698.90			2.78%	
(1)	取水工程	40.00	50.40		90.40				
①	抽水泵房	6.00			6.00	m²	30	2000.00	
②	清水泵		24.00		2400	台	8	30000.00	

254

③	蓄水池	10.00			1000	座	1	100000.00	200立方米,钢筋混凝土构筑
④	清水蓄水池	24.00			2400	座	1	240000.00	500立方米,钢筋混凝土构筑
⑤	输水管		26.40	26.40	米	800	330.00		DN200球墨铸铁管
(2)	生产,生活供水工程项	104.00	864.00	968.00					
①	一体化净水设备		13.00	1300	台	2	65000.		100m³/d 全自动净水设备,一备一用
②	清水泵		99.00	99.00	台	22	45000.		50~100立方/小时扬程30~60m变频加压泵,一用一备
③	调节水池	20.00		20.00	座	10	20000.00		50立方米,钢筋混凝土构筑
④	清水蓄水池	24.00		2400	座	1	240000.00		500立方米,钢筋混凝土构筑
⑤	景观蓄水坝塘	60.00		60.00	个	1	600000.00		1000立方米,钢筋混凝土构筑
⑥	喷灌系统		195.00	195.00	ha	150	13000.00		地被
⑦	浇灌系统		140.00	140.00	ha	400	3500.00		林木
⑧	给水管网		387.00	387.00	米	18000	215.00		DN50-100HDPE配水管,含配件
⑨	循环水系统		30.00	30.00	套	1			景观水塘
(3)	消防给水工程		100.5	100.50					
①	给水管		85.50	85.00	m	450	190		镀锌钢管DN100含配件
②	室外消火栓		15.00	15.00	套	60	250.00		SS65/100,间距120米
(4)	排水工程	468.00	72.00	540.00					
①	一体化污水处理站	250.00		250.00	座	2			20立方米/小时
②	钢筋混凝土化粪池	24.00		24.00	座	8	30000.00		G49SQF
③	隔油池及其它	2.00		2.00	个	4	5000.00		钢筋混凝土构筑
④	排水管		72.00	72.00	m	3600	200.00		
⑤	污水导流渗透渠道	63.00		63.00	m	2100	300.00		
⑥	雨水沟	129.00		129.00	m	4300	300.00		
3	供电设施工程		739.00	739.00				121%	
(1)	1#箱式变压器		80.00	80.00	台	2	400000.00		南部入口区;800KVA
(2)	2#箱式变压器		35.00	35.00	台	1	350000.00		北部入口区;500KVA
(3)	配电箱		2.70	2.70	台	9	3000.00		
(4)	地埋低压线路		66.30	66.30	m	10200	65.00		铜芯电缆
(5)	照明		555.00	555.00					

①	车行道照明灯具		96.00	96.00	个	240	4000.00		车行观光道路
②	游道灯具		75.00	75.00	个	500	1500.00		步行游道
③	广场及集中景点照明灯具		292.50	292.50	个	650	4500.00		集中景区
④	绿化照明灯具		91.50	91.50	个	610	1500.00		景观绿化
4	弱电设施工程	183.90	260.00	443.9				0.73%	
(1)	电信系统		40.00	40.00	套	1			
(2)	宽带系统		40.00	40.00	套	1			
(3)	有线电视系统		40.00	40.00	套	2			
(4)	语音广播系统		60.00	60.00	套	1			
(5)	安防设施	183.90	80.00	263.90					
①	视频监视系统及应急处理系统		80.00	80.00	套	2			
②	防护围栏	183.90		183.90					
	生物围栏	33.00		33.00	m	13200	2500		以种植火棘为主
	围墙	141.90		141.90	m	3300	430.00		镀锌镂空爻围墙1.5米高
	防护铁丝网围栏				m	3000	30.00		1.8米
5	环卫设施	351.04	103.76	454.80				0.74%	
(1)	环保公厕	251.04	53.76	304.80					
①	固定生态公厕			268.80	m²	960	2800.00		
②	流动公厕			36.00	座	2	180000.00		
(2)	垃圾收集系统			150.00					
①	垃圾收集站			20.00	座	2	100000.00		
②	垃圾收集压缩设备			30.00	套	2	150000.00		
③	垃圾收集清运车			20.00	辆	1	200000.00		
④	环保垃圾箱			80.00	个	200	4000.00		
6	综合防灾设施	690.25	100.00	790.25				1.29%	
(1)	防洪	370.25		370.25					
①	河道治理	242.00		242.00	米	1100	2200		河床纵坡整理
②	防洪沟	128.25		128.25	米	1500	855.00		浆砌毛石

序号	项目名称				合计	单位	数量	单价	占比	备注
(2)	森林防火	320.00			320.00					
①	防火瞭望台	260.00			260.00	座	4	650000.00		钢混结构3层
②	防火检查站	60.00			60.00	个	4	150000.00		
(3)	病虫害防治		100.00		100.00					
①	预测预报点	40.00		40.00		个	5	80000.00		
②	检验检疫设备	50.00		50.00		套	1			
③	防治药具	10.00		10.00		批	1			
(1)	场地平整	320.40			320.40	m²	582700	550		
(2)	土石方	600.00			600.00	m²	400000	15.00		
(3)	护坡	332.5			332.50	m²	3500	95.00		
三	园林景观设施工程	5173.15			5173.15				8.46%	
1	景观节点	2248.15			2248.15				3.67%	
(1)	硬质铺装	640.00			640.00	m²	2000	320.00		大中小广场15个
(2)	雕塑小品	375.00			375.00	个	25	150000.00		专业设计定制
(3)	廊架	48			48.00	m	1200	400.00		木塑不锈钢
(4)	景观水池、水体	1170.00			1170.00	个	26	450000.00		蓄水造景
(5)	花池	2.40			2.40	个	8	3000.00		砖砌
(6)	树池	3.75			3.75	个	25	1500.00		表石坡砌边
(7)	坐凳	9.00			9.00	个	45	2000.00		木塑
2	景观绿化	2925.00			2925.00				4.78%	乔木灌木乔灌、地坡等
(1)	景观节点	2250.00			2250.00	m²	75000	300.00		
(2)	道路两边	675.00			675.00	m²	45000	150.00		
四	综合管理服务设施工程	2443.84	755.95		3199.79				5.23%	
1	管理服务中心	1537.65	271.35		1809.00				2.96%	
(1)	综合办公楼	134.64	23.76		158.40	m²	720	2200.00		框架结构
(2)	接待服务中心	852.72	150.48		1003.20	m²	4560	2200.00		框架结构
(3)	员工生活用房	125.29	2211		147.40	m²	670	2200.00		框架结构
(4)	生物多样性博物馆	425.75	75.00		500.00	m²	200	2500.00		框架结构

2	管理服务部	479.40	84.60		564.00				0.92%	
(1)	南部主入口服务部	469.20	82.8		552.00					
①	门卫值班室	10.20	1.8		12.00	m²	60	2000		框架结构
②	观景平台	459.00	81.00		540.00	m²	300	1800.00		框架结构
(2)	北部主入口服务部	10.20	1.80		12.00					
①	门卫值班室	10.20	1.80		12.00	m²	60	2000		框架结构
3	管理服务点	26.29			26.29				0.04%	
(1)	场地平整	0.09			0.09	m²	60	15.00		
(2)	硬质铺装	1.20			1.20	m²	40	300.00		
(3)	休息设施	15.00			15.00	套	10	15000.00		
(4)	遮阳避雨设施	10.00			10.00	套	10	10000.00		
4	展示标示牌系统	40050			40050				0.65%	钢木结构
(1)	吸引解说牌	15.40			15.40	块	77	2000.00		
(2)	管理与设施解说牌	81.00			81.00	块	540	1500.00		
(3)	道路交通指示牌	3.36			3.36	块	56	600.00		
(4)	植物系统指示牌	300.74			300.74	块	15037	200.00		
5	数字化综合管理服务系统		400.00		400.00				0.65%	
(五)	居民新区建设	155.24	85.27		240.51				0.39%	
1	环境整治	142.16	76.55		218.70	ha	7.29	300000.00		"三化"建设及室外基础设施建设
2	现代农业园建设	13.09	8.72		21.81	ha	21.81	10000.00		
二	第二部分：工程建设其他费用			18939.96	18939.96				30.96%	
1	土地征用费			15523.74	15523.74	亩	12936.45	12000.00		含拆迁补偿
2	建设单位管理费			565.66	565.66					财建[2002]394号
3	勘察设计费			942.76	942.76					计价格[2002]10号
4	工程监理费			452.52	452.52					发改价格[2007]670号
5	施工图审图费(10%)			94.28	94.28					云发改价格[2008]1176号
6	施工图预算编制费			94.28	94.28					云计价格[2001]779号
7	竣工图编制费(8%)			75.42	75.42					云计价格[2001]779号
8	报建及招投标费(1.0%)			377.10	377.10					云计价格[2002]382号

序号	工程或费用名称	建筑安装工程费	设备购置费	其他费用	合计				比例	备注
9	可行性研究费			56.57	56.57					云计价格[1999]1283号
10	前期工作费(12%)			452.52	452.52					
11	质查环评费			131.99	131.99					云计价格[2002]125号
12	地质灾害评价费			30.00	30.00					
13	水土保持评价费			30.00	30.00					
14	工程保险费(0.3%)			113.13	113.13					
	第一、第二部分费用合计	32151.88	5558.51	18939.96	56650.35					
三	预备费			4532.03	4532.03				7.41%	
1	基本预备费(8.0%)			4532.03	4532.03					
2	涨价预备费			0.00	0.00				100.00%	
	总投资	32151.88	5558.51	23471.99	61182.38					
	占总投资比例	52.55%	9.09%	38.36%	100.00%					

项目实施年度投资计划表（续1）

附表二　　　　　　　　　　　　　　　　　　　　　单位：万元

序号	工程或费用名称	投资合计	单位	单价(元)	第一年		第二年		第三年		第四年		第五年		备注
					工程量	投资额	工程量	投资额	工程量	投资额	工程量	投资额	工程量	投资额	
一	第一部分:直接工程费用	37710.39				12329.70		6061.35		11088.99		6416.35		1814.00	
(一)	物种收集与专类园区建设	18724.20				6120.00		3060.00		1620.00		6110.20		1814.00	
1	园区建设	14480.00				6120.00				1020.00		2916.00		1364.00	
(1)	原生植被修复	1600.00	ha	40000.00				1260.00				1040.00		560.00	
(2)	物种考察与引种	4200.00	ha					2520.00		420.00					
(3)	植物育种与苗木扩繁	2400.00	ha	1600000.00								1680.00		720.00	
(4)	苗圃大棚	280.00	m²	700.00				1170.00				196.00		84.00	
(5)	植物种植布置	3900.00	ha	60000.00		2340.00		630.00		390.00					
(6)	小地形及土壤改造	2100	ha	70000.00		1260.00				210.00					
2	科研管理	424420								600.00		31942.20		450.00	
(1)	土壤调查及数据采集	8000	ha									80.00			
(2)	科研仪器设备	200.00	套									200.00			
(3)	监测塔架	200.00	座	400000.00								100.00		100.00	

序号	工程或费用名称	投资合计	单位	单价(元)	第一年		第二年		第三年		第四年		第五年		备注
					工程量	投资额	工程量	投资额	工程量	投资额	工程量	投资额	工程量	投资额	
(4)	气象观测站	80.00	座									80.00			
(5)	植物档案与数字化管理系统	500.00	套									350.00		150.00	
(6)	植物引种及号引标识牌系统	200.00	套											200.00	
(7)	科普教育及解说系统	1200.00	套							600.00		600.00			
(8)	功能用房	178420										178420			
①	综合实验楼	35420	m²	2200.00							1610	35420			
②	职工生活用房	110.00	m²	2200.00							500	110.00			
③	流动公寓	1320.00	m²	2200.00							6000	1320.00			
二	基础设施建设	10372.74						5969.19		1192.36		2906.06		306.15	
1	道路设施工程	4992.90						2970.00		46050		1451.25		111.15	
(1)	机动车道	147230						765.00		4050		666.80			
①	景观大道	40.50	km	1350000.00			0.3	4050							
②	园区主干道	765.00	km	750000.00	102	765									
③	园区次干道	58280	km	620000.00					9.4	582.80					
④	园区支路	84.00	km	140000.00					6.0	84.00					
(2)	步行道	451.00								451.00					
①	步行栈道	121.00	km	220000.00					55	121.00					
②	联系步道	330.00	km	220000.00					150	330.00					
(3)	桥涵	3625.00						2205.00		420.00					
①	南部入口景观大桥	2100.00	座					1680.00		420.00					
②	北部入口连结桥	380.00	座					380.00							
③	特色园区小干河连结桥	80.00	座					80.00							
④	岩石园区小干河连结桥	65.00	座					65.00							
(4)	停车场	444.60	m²	180.00							333.45		111.15		
2	给排水设施工程	1698.90						771.95		451.95		280.00		195.00	
(1)	取水工程	90.43						90.40							
①	抽水泵房	6.00	m²	2000	30	6.00									
②	清水泵	24.00	台	30000.00	8	24.00									

附表二　　　　　　　　　　　　　　　　　　　　　　　　　　　　　　单位：万元

序号	工程或费用名称	投资合计	单位	单价(元)	第一年		第二年		第三年		第四年		第五年		备注
					工程量	投资额	工程量	投资额	工程量	投资额	工程量	投资额	工程量	投资额	
③	蓄水池	10.00	座	100000.00	1	10.00									
④	清水蓄水池	24.00	m³	240000.00	1	24.00									
⑤	输水管	26.40	米	330.00	800	26.40									
(2)	生产生活给水工程	968.00				391.55		351.45		300		195.00			
①	一体化净水设备	13.00	台	65000.00			2	13.00							
②	清水泵	99.00	台	45000.00			22	99.00							
③	调节水池	20.00	座	20000.00			10	20.00							
④	清水灌水池	24.00	座	240000.00			1	24.00							
⑤	景观灌水坝塘	60.00	个	600000.00			1	60.00							
⑥	喷灌系统	195.00	ha	13000.00								195.00			
⑦	浇灌系统	140.00	ha	3500.00		140.00									
⑧	给水管网	387.00	米	215.00		251.55		135.45							
⑨	循环水系统	30.00	套							30.00					
(3)	消防给水工程	100.50						100.50							
①	给水管	85.50	m	190.00				85.5							
②	室外消火栓	15.00	套	2500.00				15.00							
(4)	排水工程	540.00						290.00		250.00					
①	一体化污水处理	250.00	座							250.00					
②	钢筋混凝土化类池	24.00	座	30000.00				24.00							
③	隔油池及其他	2.00	个	5000.00				2.00							
④	排水管	72.00	m	200.00				72.00							
⑤	污水导流渗透渠道	63.00	m	300.00				63.00							
⑥	雨水沟	129.00	m	300.00				129.00							
3	供电设施工程	739.00						184.00		96.00		459.00			
(1)	1#箱式变电器	80.00	台	400000.00			2	80.00							
(2)	2#箱式变电器	35.00	台	350000.00			1	35.00							

附表二 单位：万元

序号	工程或费用名称	投资合计	单位	单价(元)	第一年		第二年		第三年		第四年		第五年		备注
					工程量	投资额	工程量	投资额	工程量	投资额	工程量	投资额	工程量	投资额	
(3)	配电箱	2.70	台	3000.00	9	2.70									
(4)	地埋低压线路	66.30	m	65.00	1020	66.30									
(5)	照明	555.00						96.00		459.00					
①	车行道照明灯具	96.00	个	4000.00			240	96.00							
②	游道灯具	75.00	个	1500.00					500	75.00					
③	广场及集中景点照明灯具	392.50	个	4500.00					650	292.5					
④	绿化照明灯具	91.50	个	1500.00					610	91.50					
4	弱电设施工程	443.90						183.90		260.00					
(1)	电信系统	40.00	套							40.00					
(2)	宽带系统	40.00	套							40.00					
(3)	有线电视系统	40.00	套							40.00					

景东县亚热带植物园南部主入口设计构想图

项目实施年度投资计划表(续4)

附表二　　　　　　　　　　　　　　　　　　　　　　　　　　　　　单位：万元

序号	工程或费用名称	投资合计	单位	单价(元)	第一年		第二年		第三年		第四年		第五年		备注
					工程量	投资额	工程量	投资额	工程量	投资额	工程量	投资额	工程量	投资额	
(4)	语音扩播系统	60.00	套							60.00					
(5)	安防设施	263.90						183.90		80.00					
①	闭路监视系统及应急处理系统	80.00	套							80.00					
②	防护围栏	183.90						183.90							
	生物围栏	33.00	m	25.00				33.00							
	围墙	141.90	m	430.00				141.90							
	防护铁丝网围墙	9.00	m	30.00				9.00							
5	环卫设施	454.80								454.80					
(1)	环卫公厕	304.80								304.80					
①	固定生态公厕	268.80	m²	2800.00						268.80					
②	流动公厕	36.00	座	180000.00						36.00					
(2)	垃圾收集系统	150.00								150.00					
①	垃圾收集站	20.00	座	100000.00						20.00					
②	垃圾压缩设备	30.00	套	150000.00						30.00					
③	垃圾清运车	200.00	辆	200000.00						20.00					
④	环保垃圾箱	80.00	个	4000.00						80.00					
6	综合防灾设施	790.25						790.25							
(1)	防洪	370.25						370.25							
①	河道治理	242.00						242.00							
②	防洪沟	128.25	米	855.00				128.25							
(2)	森林防火	320.00						320.00							
①	防火瞭望台	260.00	座	650000.00				260.00							
②	防火检查站	60.00	个	150000.00				60.00							
(3)	病虫害防治	100.00						100.00							
①	预测预报点	40.00	个	80000.00				40.00							
②	检验检疫设备	50.00	套					50.00							

项目实施年度投资计划表(续5)

附表二

单位：万元

序号	工程或费用名称	投资合计	单位	单价(元)	第一年 工程量	第一年 投资额	第二年 工程量	第二年 投资额	第三年 工程量	第三年 投资额	第四年 工程量	第四年 投资额	第五年 工程量	第五年 投资额	备注
③	防治药具	10.00	批			10.00									
7	场地平整及土石方工程	1252.99				1252.99									
(1)	场地平整	320.49	m²	550		320.49									
(2)	土石方	600.00	m²	15.00		600.00									
(3)	护坡	332.5	m²	95.00		332.50									
三	园林景观设施工程	5173.15								5173.15					
1	景观节点	2248.15								2248.15					
(1)	硬质铺装	640.00	m²	320.00						640.00					
(2)	雕塑小品	375.00	个	150000.00						375.00					
(3)	廊架	48.00	m	400.00						48.00					
(4)	景观水池	1170.00	个	450000.00						1170.00					
(5)	花池	2.40	个	3000.00						2.4					
(6)	树池	3.75	个	1500.00						3.75					
(7)	坐凳	9.00	个	2000.00						9.00					
2	景观绿化	2925.00								2925.00					
(1)	景观节点	2250.00	m²	300.00						2250.00					
(2)	道路两旁	675.00	m²	150.00						675.00					
四	综合管理服务设施工程	3199.79					1809.00			1390.79					
1	管理服务中心	1809.00								1809.00					
(1)	综合办公楼	158.40	m²	2200.00			720	158.40							
(2)	接待服务中心	1003.20	m²	2200.00			4560	1003.20							
(3)	员工生活用房	147.40	m²	2200.00			670	147.40							
(4)	生物多样性博物馆	500.00	m²	2500.00			2000	500.00							
2	管理服务部	564.00								564.00					
(1)	南部主入口服务部	552.00								552.00					
①	门卫值班室	12.00	m²	2000.00					60	12.00					

264

附表二

单位：万元

序号	工程或费用名称	投资合计	单位	单价(元)	第一年		第二年		第三年		第四年		第五年		备注
					工程量	投资额	工程量	投资额	工程量	投资额	工程量	投资额	工程量	投资额	
②	观景平台	540.00	m²	1800.00					3000	540.00					
(2)	北部主入口服务部	12.00								12.00					
①	门卫值班室	12.00	m²	2000.00					60	12.00					
3	管理服务点	26.29								26.29					
(1)	场地平整	0.09	m²	15.00					60	0.09					
(2)	硬质铺装	1.2	m²	300.00					40	1.20					
(3)	休息设施	15.00	套	15000.00					10	15.00					
(4)	遮阳避雨设施	10.00	套	10000.00					10	10.00					
4	展示标示牌系统	400.50								400.50					
(1)	吸引物解说牌	15.40	块	2000.00					77	15.40					
(2)	管理与服务设施解说牌	81.00	块	1500.00					540	81.00					
(3)	道路交通指示牌	3.36	块	600.00					56	3.36					
(4)	植物系统指示牌	300.74	块	200.00					15037	300.74					
5	数字化综合管理服务系统	400.00								400					
五	居民新区建设	240.51					240.51								
1	环境整治	218.70	ha	300000.00			218.70								
2	现代农业园建设	21.81	ha	10000.00			21.81								
二	工程建设其它费用	18939.96					18254.69		163.66		299.40		173.24		48.98
1	土地征用费	15523.74	亩	12000.00	12936.45	15523.74									
2	建设单位管理费	565.66					184.95		90.92		166.33		96.25		27.21
3	施工图审图费	942.76					942.76								
4	工程监理费	452.52					147.96		72.74		133.07		77.00		21.77
5	施工图审查费(10%)	94.28					94.28								
6	施工图预算编制费	94.28					94.28								
7	竣工图编制费(8%)	75.42					75.42								
8	报建及招投标费(10%)	377.10					377.10								

项目实施年度投资计划表(续7)

序号	工程或费用名称	投资合计	单位	单价(元)	第一年 工程量	第一年 投资额	第二年 工程量	第二年 投资额	第三年 工程量	第三年 投资额	第四年 工程量	第四年 投资额	第五年 工程量	第五年 投资额	备注
9		56.57				56.57									
10		452.52				452.52									
11		131.99				131.99									
12		30.00				30.00									
13		30.00				30.00									
14		113.13				113.13									
		56650.35				30584.38		6225.01		11388.39		6589.59		1862.98	
三		4532.03				2446.75		498.00		911.07		527.17		149.04	
1		453203				2446.75		498.00		911.07		527.17		149.04	
2		0.00				0.00		0.00		0.00		0.00		0.00	
	总投资	61182.38				33031.13		6723.01		12299.46		7116.76		2012.02	
	占总投资的比例	100.00%				53.99%		10.99%		20.10%		11.63%		3.29%	

资金使用计划与资金筹措表

序号	项目\年份	合计	建设期 1	建设期 2	建设期 3	建设期 4	建设期 5	占总投资比例(%)
1	总投资	61182.38	33031.13	6723.01	12299.46	7116.76	2012.02	100.00%
1.1	建设投资	61182.38	33031.13	6723.01	12299.46	7116.76	2012.02	100.00%
	其中:预备费	4532.03	2446.75	498.00	911.07	527.17	149.04	7.41%
1.2	建设期利息	0.00						0.00%
1.3	流动资金	0.00						0.00%
2	资金筹措	61182.38	33031.13	6723.01	12299.46	7116.76	2012.02	100.00%
2.1	地方自筹解决资金	15523.74	15523.74	0.00	0.00	0.00	0.00	25.37%
2.1.1	建设投资	15523.74	15523.74					25.37%
2.1.2	建设期利息	0.00	0.00					0.00%
2.1.3	流动资金	0.00						0.00%
2.2	申请中央投资或其他融资	45658.64	17507.39	6723.01	12299.46	7116.76	2012.02	74.63%

第十三章 近期建设目标与规划实施措施及建议

13.1 近期建设目标

景东亚热带植物园近期(3年)主要完成建设内容包括:征地;南入门服务区及景观大桥,综合管理服务中心区及北入口服务区等综合管理服务区建设;一期苗圃建设;特色展示区中兰园、岩石、杜鹃园、民族植物、进化系统、基础教学、观果植物、药用植物、经济林木、水生植物、山茶、纪念植树等12个园区建设;完成相应的建筑、景观、水电、路等基础配套工程;各重要物种保存区的苗木收集和储备、科普教育及解说系统和部分仪器装备、机械设备的购置等。

近期建设目标完成后,第4年向公众开放试运行。

13.2 规划实施措施及建议

(1)加强规划的监督管理工作,健全规划管理机构,以行政、法律、经济等多种手段提高规划的管理水平。经强调总体规划、建设的严肃性,严格执行规划,进行建设项目的管理,明确规划、建设的审批和修改的办法、程序。

(2)认真做好规划的宣传工作,增强各级领导和广大群众的规划意识,把园区建设和管理提高到现代化建设的战略高度来认识,做到认识、目标、措施、资金四个落实,建立公众参与规划编制和监督规划实施的制度,使公众为植物园的建设出力、献策。

(3)根据总体规划的要求,以资源合理配置、提高发展层次、用地布局合理有序为原则,提高园区的土地利用效率。

(4)近期规划以骨干项目为支撑:综合管理服务区(含南部主入口服务区及景观大桥、停车场等)、北部次入口区、特色园区以及相应的景观、水、电、道路等基础配套工程。

(5)植物园的建设必须重视基础设施的超前性,按照先地下、后地上,先道路、后用地的原则,确保建设时序,避免重复建设和短期行为。

（6）根据保护和利用相结合的原则,注重环境效益,把环境意识贯穿在整个植物园建设的过程之中。

（7）进行多元化投资体制改革,并制定相应的措施广开资金渠道,保证比较稳定、正常的建设资金来源。

（8）在总体规划的指导下,应尽快编制详细规划,保证总体规划的实施。

右二为普洱市委书记卫星、右三为景东县长李春荣、左一为景东县委书记张瑜

2014年9月20日,普洱市委书记卫星轻车简从深入景东县调研后强调,亚热带植物园既是一个国家项目,又是一张面向全国的名片,对全省全市、对子孙后代都是个贡献。要依托无量山、哀牢山国家级自然保护区,抓好景东国家亚热带植物园项目前期工作,加强汇报衔接,争取早日立项建设,打造国家级名片。

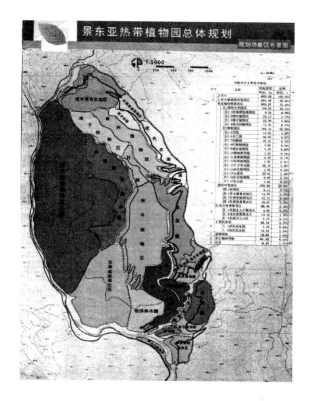

后 记

　　我于 2014 年 8 月动笔,今年 2 月完成了创作编写《润土》文集一书。此书为什么要命名为《润土》? 鲁迅先生曾在上世纪 20 年代的一篇文章中写了一个故事,其中主人公那个孩子的名字给我留下了深刻印象。润土滋润了世界,万物生长源于润土,它滋润了银生大地,滋润了景东。在这片润土中,它积淀了悠久的历史文化,养育了清同治皇帝之师刘崐、清四省巡抚程月川两位让景东人引以为荣的政治家、文学家。

　　《润土》文集,作者认为内容丰富,它记载了景东这块生物繁茂的南国明珠缩影——景东亚热带植物园;记载了景东陶府的历史故事《马龙象战》《密使》《陶府九千家兵战四川》;记载了历史文化名人刘崐的七则故事。《景东第二届感动银生人物》《出席全国文化系统先进工作者表彰大会》记录了作者受表彰后的纪实和感受。

　　《群艺馆里的"诸侯"们》《相亲》是取材于本地区的短篇小说;《二胡缘》《两个又香又甜的小黄饼》《君子》《恩情》《豹子两次袭击柏树林小学》《宽容》《说房子的事》《思茅地区文艺团队长赴内蒙、北京等地学习参观随感》等九篇纪实文学和散文,反映了作者的百味人生。作者感悟人生,又记起取材于十月革命后,苏联人民保卫胜利果实的长篇小说《钢铁是怎样炼成的》一本书,书中的英雄保尔·柯察金的人生观:一个人不能碌碌无为一生,无论前面是平坦大道,还是布满荆棘坎坷的小路,都要排除险阻,认准方向、义无反顾勇往直前,就会迎来曙光……

此书为了庆祝景东彝族自治县成立三十周年，作者还为景东十四个乡镇创作了二十八首古体诗。《现代笑话九则》是根据"文革"时期流传当地的笑话故事编写。这些笑话故事反映了那个时期人们的生活趣事。

在编著出版《润土》文集之际，要特别感谢原在景东任过县委副书记，现任普洱市文化体育局局长饶明勇先生，在景东任领导时，他主持修复清代孔雀山凌云塔，在景东文庙接待中央电视二台吴雪梅记者采访陶府文物发掘纪实以及军旅著名作曲家杨正仁（《阿瓦人民唱新歌》作曲者）的一系列文化活动中，就显示出饶明勇先生是一位很有文化品位和重视文化工作的领导。在那时，他就给了我很大的帮助与支持。我们虽然年龄相差一辈，却成了忘年交，这次在印刷出版《润土》文集之际，他又给了作者极大的支持，在百忙中为此书写了精辟的序言，支持了出版印刷费，使此书能顺利出版。并感谢普洱市文化体育局其他党政领导的支持。

在这里还要感谢普洱市文物管理所原所长，研究员（教授），云南省作家协会会员，全球汉诗总会理事，云南省有突出贡献的哲学家、社会科学家、国务院特殊津贴专家，我的文化老友黄桂枢先生为此书写了精辟的序言二，黄桂枢先生还为我出版的《陶府传》《无量天韵》《银生墨韵》等书写过序言，在这里一并感谢他了。

在出版《润土》文集之际，要感谢：

景东文化体育广播电视旅游局局长蔡志先生；

景东亚热带植物园管理局局长罗中华先生；

景东县民宗局局长李建宜先生；

景东县林业局局长戴清明先生；

中国农业银行普洱市支行原行长、离休干部、全国健康老人原体宪先生；

景东"银生印象"娱乐城董事长张俊屹先生；

普洱市书法家协会主席袁敬东先生；

景东诗书画协会副主席黄崇普先生，顾问黄丕智先生；

景东摄影家吴永康先生。

还要感谢李文辉、丰诗文、李映林、李富学、李文斌、李永、李涛等人的支持与帮助。

同时，感谢普洱市思茅区地大印刷厂厂长姜伟先生，为《润土》文集精心排版印刷出书。同时地大印刷厂从1998年为我编排印刷《陶府传》等12本书，其中2004年该厂印刷出版的《陶府传》荣获云南省新闻出版局年度优质产品奖。

李开运

2015 年 10 月 14 日于思茅区万象小区

图书在版编目(CIP)数据

润土 / 李开运著. -- 昆明：云南美术出版社，
2016.3
ISBN 978-7-5489-2362-6

Ⅰ. ①润… Ⅱ. ①李… Ⅲ. ①中国文学–当代文学–
作品综合集 Ⅳ. ①I217.2

中国版本图书馆 CIP 数据核字(2016)第 052448 号

责任编辑　　林维东
助理编辑　　方　帆
责任校对　　李远生　胡国泉
装帧设计　　黄崇普　袁敬东

润　土

李开运　编著

出版发行　　云南出版集团
　　　　　　云南美术出版社
社　　址　　昆明市环城西路 609 号
印　　装　　普洱市思茅区地大印刷厂
开　　本　　787×1092　1/16
印　　张　　17.5
字　　数　　220 千
版　　次　　2016 年 3 月第 1 版第 1 次印刷
印　　数　　1~1000
书　　号　　ISBN 978-7-5489-2362-6
定　　价　　38.00 元